퇴근의 맛

그림형제 지음

펀탄클

차례

추천의 말	6
1. 이리저리 치이다 - 회사원의 우동	10
2. 포기에 익숙해지다 - 은행원의 잡채	21
3. 어찌해야 할지 갈등하다 - 교사의 짬뽕	33
4. 성공을 쫓는 마음은 조급하다 - 세일즈맨의 된장찌개	46
5. 기대와 다른 현실이 실망스럽다 - 변호사의 샌드위치	58
6. 변화가 두렵다 - 군인의 삼겹살	70
7. 참을 수 없는 분노가 치민다 - 경찰의 곰탕	82
8. 짜증으로 예민해지다 - 간호사의 마라탕	95
9. 희망이 샘솟는다 - 통역사의 김치전	107
10. 눈물 흘리다 - 수의사의 똠양꿍	122
11. 아픔을 딛고 일어서다 - 헤어디자이너의 김밥	136
12. 김칫국을 마시다 - 요리사의 만두	150
13. 옳다고 믿는 일을 하다 - 장례지도사의 돈가스	163
14. 억눌렸던 욕망이 고개를 들다 - 목사의 햄버거	177
15. 첫사랑에 처참히 실패하다 - 배우의 파스타	192
16. 도저히 가만히 있을 수가 없다 - 버스기사의 순댓국	209
17. 여전히 과거에 머물다 - 파일럿의 미역국	223
18. 소심하게 반항하다 - 고등학생의 라면	236
19. 엄마가 되어가다 - 엄마의 떡볶이	248
20. 허무하다 - 작가의 카레	260
감사의 말	273

추천의 말

평범해 보이는 은행원의 일상이었지만, 출근과 동시에 모든 감각을 총동원해 긴장 상태로 일했던 그 시절이 생각난다. 업무 처리와 고객 응대에 바쁜 시간을 보내고 마감 시간에 내려가는 셔터 소리에 비로소 큰 한숨을 내쉬었던 모습이 떠올랐다. 퇴근 후, 조금은 느슨해진 마음으로 맞이하는 소소한 저녁 한 끼는 힘든 일과 속에서 하루의 고단함을 상쇄시켜 줄 만큼 가치 있고 위안을 얻는 선물일 것이다. 시간에 쫓기지 않고 오롯이 집중할 수 있는 저녁 식사는 그 무엇보다도 소중했다. 치열한 매일을 사는 우리에게 따뜻한 안식처가 될 수 있는 이 책을 권하고 싶다.

김지원(전직 은행원), 브런치스토리 작가(신아)

「교사의 짬뽕」을 읽으며 작가가 겪은 일이 아닐까 싶었습니다. 어쩌면 이렇게 현장감이 생생할까요? 이런 터무니없는 일이 어디 있냐고, 자극적인 사건 위주로 꾸민 것 아니냐고 할 분이 있을 것 같아 말합니다. 지금도 학교에서 일어나는 순도 100%의 이야기입니다. 주인공인 '상미'의 사명감이 소진되는 건 지극히 당연한 일이고요. 초심을 잃지 않으려는 마음이나 현실적인 대안을 찾으려는 마음, 그 어느 것도 잘못된 게 아님을 충분히 공감할 만한 이야기입니다. 지금도 열악한 환경 속에서 묵묵히 아이들을 가르치는 수많은 선생님들께 이 책을 추천합니다.

이은덕(26년 차 초등학교 교사), 브런치스토리 작가(다작이)

육아휴직을 했을 때의 일상을 떠올려 보게 되었다. 아기와 하루 종일 함께 보냈던 시간이 행복하기도, 힘들기도 했었다. 이제 제법 커버린 아들에게서는 그때와는 다른 감정을 느끼지만, 한 번쯤 그때로 되돌아가고 싶다는 생각을 해본다. 한바탕 전쟁 같은 하루의 육아를 마무리하고 느지막이 저녁 한 끼를 먹는 소소한 기쁨과 공감을 따라가다 보면, 자연스레 나의 삶도 위로받는 기분이 든다. 엄마도 퇴근이 필요하니까. 하루 끝, 위안과 영감을 주는 한 끼의 가치가 얼마나 소중한지 깨닫게 하는 이 책을 추천한다.

장보영(교사), 한 아들의 엄마

변호사가 되면 정의를 실현하는 히어로 같은 삶일 줄 알았다. 하지만 현실은 재판을 따라 뛰고, 사람들 사이에서 치이고, 늦은 저녁 차가운 샌드위치로 하루를 마무리하는 날들의 연속이다. 이 책은 그런 평범하고도 고단한 하루를 담담하게 그려낸다. 박진감 넘치지도, 대단히 뿌듯하지도 않지만, 그 샌드위치 속엔 놓치고 있던 사명감과 잔잔한 위로가 함께 들어 있다. 현실의 무게에 지친 변호사들과, 또 다른 업에서 각자 고군분투하는 이들에게, 이 책이 조용한 위로가 되길 바란다.

아직도 꿈을 찾고 있는 4년 차 변호사, 브런치스토리 작가(변호사 G씨)

뜨겁고 얼얼한 국물 속 뒤엉킨 재료들처럼, 간호사의 하루도 복잡하고 매섭다. 짜증은 눌러 담고, 친절은 꺼내 쓰며 견뎌낸 하루. 고된 일상은 마라탕의 알싸함으로 '퉁'쳐지고, 남자 친구에게 쏟아낸 짜증과 후회, 외로움은 혀끝에 맴도는 마라처럼 되살아난다. 환자와 보호자의 요구에 맞춰 움직여야 했던 정윤이 자신이 먹고 싶은 재료를 직접 골라 담고 '맛있다'를 되뇌이며 먹은 마라탕 한 그릇은, 허기진 마음을 위로하고 다시 일어설 힘을 준 쉼표였다. 마라탕처럼 얼얼하게 힘을 얻고 싶은 간호사들에게 이 이야기를 건넨다.

조은혜(정신전문간호사), 브런치스토리 작가(엘엘리온)

동물을 사랑하는 사람일수록 수의사 하기 힘들다는 말을 많이 한다. 노동 강도가 높은 데다 감정적인 소모가 더해지기 때문일 것이다. 하지만, 동물을 침대 말에 놓인 인형 대하듯 기계적으로 일한다면 정성스러운 치료는 이루어지기 어렵다. 동물의 아픔과 죽음이 마음에 큰 부담이 될 수밖에 없지만, 생명을 다루는 일이기에 수의사란 직업이 더욱 가치 있다고 생각한다. 또한, 그렇기 때문에 숨 가쁘게 일하고 난 뒤 찾게 되는 소울푸드가 더욱 맛있게 느껴지는 게 아닐까 싶다. 힘든 하루 일을 마친 후, 참된 맛을 느끼고 싶은 분께 이 책을 추천한다.

조현준(수의사), 브런치스토리 작가(예일맨)

눈앞에 김밥이 있다면 무엇을 떠올리겠는가? 미용업에 종사하며 수없이 많은 김밥을 접해왔지만, 주영의 참치김밥은 희망이었다. 헤어디자이너로서 고객을 만난다는 건 머리를 책임지는 것과 더불어 그들의 입학식, 졸업식, 면접, 상견례, 결혼식 등 인생의 대소사를 함께하는 일이다. 여러 가지 재료가 한데 모여 조화로운 맛을 내듯, 고난의 중심에서 견뎌낸 주영의 앞날이 수많은 인연들과 함께 다채로운 인생이 되기를 열렬히 응원한다.

조효진(헤어디자이너), 브런치스토리 작가(조효진)

처음 읽었을 때, 나는 마치 오래된 주방 한쪽에 앉아 따뜻한 찜기의 뚜껑을 조심스럽게 여는 기분이 들었다. 익숙한 음식을 매개로 이토록 풍부한 감정선을 풀어낸 작가의 섬세한 시선은, 인간관계의 주름과 틈을 따뜻하게 비추며 우리가 어떻게 성장하고 서로를 이해할 수 있을지 방향을 제시한다. 현업에서 수많은 재료와 사람을 마주하는 셰프로서, 이 책은 단순한 소설이 아니라 음식과 삶을 연결하는 깊은 고찰로 느껴졌다. 마지막 남은 한 알의 만두를 베어 물었을 때 퍼지는 아쉬움, 쓸쓸함, 그리고 어쩌면 포근함까지. 독자 여러분은 분명 마음을 데우는 무언가를 발견하시리라 믿는다.

김동기(셰프), 세계일보 음식 칼럼니스트

수사과에 근무하던 시절, 피의자의 혐의를 특정하기 위해 두 달 동안 CCTV를 돌려보던 기억이 떠올랐다. 수개월에 걸친 수사를 마친 뒤에도 남는 건 후련함보다는, 말로 표현하기 어려운 허탈함이었다. 수사가 끝나도 다시 반복되는 현실, 그 묘한 감정은 늘 그대로였다. 그래도 퇴근 후 동료들과 나누는 저녁 한 끼, 맥주 한 잔은 그 씁쓸함을 잠시나마 잊게 해주었다. 이 글 속 곰탕처럼. 바쁘고 거친 하루 끝에야 비로소 느껴지는, 작지만 따뜻한 위로가 있었다. 이 책은 그런 고된 일상 속, 잊고 지냈던 소소한 따뜻함을 다시금 떠올리게 해준다. 지친 하루를 보내는 이들에게 이 책을 조심스레 권한다.

문창규(경찰), 브런치스토리 작가(창순이)

마치 날 모티브로 한 것이 아닌가 하는 생각이 들 정도로 리얼함이 있었다. 빵 터지는 웃음이 아닌 피식 웃게 되는 느낌. 그래서 몰입감이 크게 느껴졌던 것 같다. 언뜻 보면 일상다큐 같지만, 인물의 내면 속 씁쓸함, 'K-고딩'들의 암울한 세계를 잘 고증한 것 같다. 너무 무겁지도 너무 가볍지만도 않은 분위기에 나도 모르게 빠져들었다. (주인공이 게임하느라 불어 터진 라면을 먹는 장면에서 '현웃' 터진 건 비밀.) 독자 여러분들도 이 책만의 부드러우면서도 재미난 느낌에 빠져보시길 바란다.

김지환(고등학생), LoL 실버등급, 라면 마니아

이리저리 치이다

회사원의 우동

"I'm a cold heartbreaker, fit to burn and I'll rip your heart in two."

눈을 덮고 있던 안대를 벗고 손을 뻗쳐 알람을 끈다. 아침부터 요란하게 울려 퍼지는 액슬 로즈의 목소리는 충분히 잠을 깨우고도 남는다. 침대에서 빠져나와 주방으로 직행한다. 냉장고를 열고 적당한 크기로 잘라놓은 토마토와 피망, 케일을 믹서기에 넣고 갈아낸다. 도대체 맛을 알 수 없는 액체를 목구멍으로 억지로 넘기면서 소중한 하루가 시작되었음을 느낀다. 잔뜩 인상을 찌푸린 채 다 비운 믹서기 컵을 싱크대에 내던진다.

휴대폰에는 애니메이션 「명탐정 코난」의 TV 시리즈가 재생되고 있다. 그대로 휴대폰을 들고 욕실에 들어가 샤워한다. 애니메이션

한 편이 끝날 때쯤이면 약 20분이 흘렀을 것이다. 그사이 샤워를 마치고 머리를 말린다. 젊었을 때는 한 손에 드라이기를 들고 이리저리 머리를 손질하느라 많은 시간을 보냈던 것 같다. 하지만 지금은 그런 것이 죄다 쓸데없는 것처럼 느껴진다. 욕실을 나와 어제 입었던 청바지와 후드티를 집어 입는다. 운동화에 발을 쑤셔 넣고 현관문을 연다.

지하철역엔 사람들로 붐빈다. 헤드폰으로 음악을 들으며 열차에 오른다. 열차에 올라 자리를 잡고 히가시노 게이고의 추리소설을 펼친다. 열차가 정차할 때마다 인파가 쏟아져 들어와 밀쳐댄다. 한 남자가 넋을 놓고 휴대폰을 들여다보다가 뒤늦게 허둥지둥 내리며 출입문 근처에 서 있던 젊은 여자를 치고 지나갔다. 그 여자는 외마디 비명을 질렀지만, 남자가 내린 뒤 그를 흘겨보는 것밖에는 할 수 있는 게 없다. 아수라장이다. 하지만, 음악과 책은 그들로부터 철저하게 단절시켜 준다. 환승하기 위해 지하철역 내에서 걸을 때조차 책을 손에서 뗄 수 없다.

"안녕하세요."

동료들과 인사를 나누며 내 책상으로 걸어 들어간다. 탕비실에서 텀블러를 씻는다. 인스턴트 블랙커피를 타서 자리로 돌아온다. 핸드크림을 바른다. 모니터를 켜고 버티컬 마우스에 손을 올린다. 자리에 앉은 채로 운동화를 비벼 벗고 슬리퍼에 발을 꽂는다. 사내 메신저와 그룹웨어에 접속한다.

어제까지 생성된 데이터들이 쌓여 있다. 데이터들을 복사해서 내가 만들어 놓은 엑셀 파일의 시트에 붙여 넣는다. 자동으로 결과가 집계된다. 평상적인 작업은 가급적 손쉽고 빠르고 정확해야 한다. 몇 가지 엑셀의 함수를 사용해서 미리 산식이 적용되도록 해놓는 것은 일의 효율을 높여준다. 그럴수록 업무에 여유가 생긴다. 여유가 생길수록 고민하고 연구하는 일에 시간을 쓸 수 있다. 즉, 저급 업무를 처리하느라 시간과 노력을 잡아먹혀 고급 업무를 졸속으로 처리하는 일이 생길 리 없다.

그룹웨어에 올라온 조직개편 공지를 열어본다. 벌써 몇 번째인지 모른다. 툭하면 조직을 이리저리 떼었다 붙였다 하며 놀고들 있다. 축구팀이 성적이 나지 않는다고 자꾸만 선수들 포지션만 이리저리 바꿔댄다. 골키퍼에게 공격을 시키고, 공격수에게 수비를 시키는 일이 이 회사에서는 아무렇지도 않게 일어난다. 정작 교체해야 할 건 감독이다. "아군의 바보 지휘관 하나가 적군 백만보다 무섭다." 자주 보는 전쟁사 유튜브 채널에서 들었던 말이 생각났다. 하지만, 돌아가는 꼴이 마음에 들지 않더라도 내가 대장이 아닌 한 입 다물고 내 일이나 하는 것이 상책이다. 바보짓의 여파가 나에게 미치지 않기를 바라면서 말이다.

점심시간이 되면 늘 엘리베이터는 사람들로 붐빈다. 엘리베이터가 8대나 있지만 24층이나 되는 고층빌딩에서 한꺼번에 쏟아져 나오는 사람들을 실어 나르기에는 부족하다. 겨우 빌딩 밖으로 나와서 향한 곳은 근처 순댓국밥집이다. 팀 동료들과 종종 찾는 곳이다. 그럭저럭 맛이 나쁘지 않다. 식사를 마치면 회사에서 제공하는 모바일 식권을 사용하기 위해 발길을 옮긴다. 지정된 식당들은 몇 안 되는 데다 맛도 별로여서 직원들에겐 인기가 없다. 다행히 모바일 식권을 사용할 수 있는 카페가 한 곳 있어 다들 식사를 마치고 그곳에서 입가심으로 음료를 하나씩 집어 든다. 요즘 들어 자몽에이드를 주로 마신다. 콜레스테롤 수치가 오른 것이 커피를 너무 많이 마신 탓이 아닐지 생각한다. 자몽에이드라면 대신 혈당이 높아지겠지. 자리에 돌아와 출근길에 읽던 추리소설을 다시 펼친다. 등장인물들의 일본 이름이 익숙지 않아 가끔 헷갈리기도 한다. 그래도 히가시노 게이고는 정말 대단하다고 생각한다. 어떻게 이런 소설을 1년에 2~3권씩 쓸 수 있단 말인가. 책을 읽고 있는데 휴대폰이 깜빡였다. 담당 보험설계사로부터 온 메시지다. 특별한 용건도 없으면서 안부랍시고 시시때때로 메시지를 보내온다. 성가시기 짝이 없다. 엄지손가락을 가볍게 슬라이드 해 읽음으로 처리해 버리고 다시 책을 읽기 시작했다.

1시부터 시작된 회의. 회의실에 마주 앉아 있는 광고 업체 관계자들을 바라보며 혼자 생각한다.

'사기꾼 놈들.'

저것들은 입만 열면 거짓말이다. 검토해 보고 연락하겠다는 말로 회의를 마무리 지었다. 자리로 돌아와 사기꾼들이 들이밀었던 제안서를 책상에 내팽개친다. 그 사기꾼 광고 업체 사장이 우리 회사 대표와 아는 사이라서 이번 제안을 들어보게 된 것이었다. 어차피 나를 비롯한 직원들의 의견과는 상관없이 대표는 거래를 해보라고 말할 것이 보나 마나 뻔하다. 혈기 왕성했던 30대쯤이었다면 절대로 안 될 일이라며 조목조목 따지고 들었을 것이다. 하지만 이제는 어느 정도 체념했다고나 할까. 직언도 상대를 봐가며 하는 것이다. 조선 시대쯤이었다면 왕 앞에 목숨을 내놓고 해야 하는 것이다. 받아들여지지 않으면 각종 구실로 목이 달아날지도 모른다. 그만큼 신중해야 하는 것이다. 예전의 나는 이치에 맞는 것이라면 당연히 목소리를 내야 한다고 생각했었다. 지금의 나이가 되기까지 몇 번의 내상을 입고 나서야 정면으로 맞서는 것은 어리석은 일이라는 것을 깨달았다.

'똑똑.'

부사장의 집무실 앞에서 노크했다. 들어오라는 대답을 기다리지 않고 문을 열고 들어섰다. 조금 전 내선전화로 호출이 있었기 때문이다.

"드림이엔씨 인수가치 추정 자료는 어디까지 했어?"

"거의 다 되었습니다. 내일 오전 정도면 완성할 수 있습니다."

"음…… 손익보정 후 영업이익률은 몇 퍼센트로 잡았지?"

"1.04%입니다."

부사장이 아무리 나보다 연장자이고 상급자라도 반말로 얘기하는 것은 기분 나쁘다. 하지만 대놓고 반말하지 말라고 말할 게 아니라면 가만히 입 다물고 있는 편이 낫다. 부사장은 눈치 빠른 여우다. 자신의 책임이 될 만한 일은 절대 벌이지 않고, 대표에게 질책당할 만한 빌미를 만들지 않는 것이 특기다. 업무 능력이 아니라 그 특기 하나로 임원 자리까지 올라간 인물이다.

"너무 낮아. 1.5%로 해."

"네? 왜요?"

"왜냐니? 인수 후에 예상 영업이익이 높게 보여야 대표랑 투자사가 승인할 거 아냐."

"부사장님, 그래도 1.5%는 좀 무리가 있습니다. 워낙 재무상태가 좋지 않은 회사라 구조조정을 한다고 해도 그렇게까지는……."

"아냐. 아냐. 그냥 내 말대로 해."

부사장은 더 들어볼 생각이 없다는 것을 강조하듯이 손사래를 치며 말했다. 결국 "네, 알겠습니다."라고 대답하고 방을 나섰다. 오로지 자기 자리 지키기에만 혈안이 되어 있는 부사장의 태도가 역겨웠다. 실무 능력도 떨어지는 저런 인간을 임원 자리에 앉힌 대표는 도대체 어떤 정신상태인 것일까. 부사장은 이런 식으로 우겨서 숫자를 조작하라고 지시해 놓고도 막상 회의에 들어가면 분위기를 봐서 누구 마음대로 숫자를 그렇게 과하게 조작했냐고 공개적으로 면박을 줄 수도 있다. 이미 몇 번이나 그런 적이 있다. 뿐만 아니라, 대표가 불편해할 수도 있어 보이는 보고를 할 때면 숫자를 조작하거나 아예 보고에서 빼 버리라고 한 것도 한두 번이 아니다. 이러니 최종 의사결정을 해야 하는 대표가 제대로 된 판단을 내리는 것이 불가능한 것이다. 답답한 마음을 달래려 담배 타임을 갖는다.

 자리에 돌아와 자료 작성하기를 몇 시간. 어느덧 퇴근 시간이다. 나머지는 내일 오전에 마무리하면 될 것 같아 미련 없이 PC 전원을 껐다. 점심때 벌어졌던 엘리베이터 붐빔이 재현된다. 다들 정시에 퇴근하느라 벌어지는 현상이다. 그런들 어떠랴, 어쨌든 퇴근인데. 건물을 빠져나온 대다수 사람이 지하철역을 향해 걷는다. 나는 지하철역을 지나쳐 도서관으로 향한다. 평일은 9시까지 문을 열기 때문에 퇴근 후에 느긋하게 방문하더라도 염려는 없다. 요즘 같은 날씨엔 걷기도 좋다.
 걸으며 첫 직장생활을 시작했을 때를 떠올렸다. 밥 먹듯이 야근해야 했었다. 선배나 상사가 원하면 술자리에도 참석해야 했다. 집이란 잠자는 곳에 불과했다. 과연 그렇게 했어야만 했나 싶다. 물론 그때 그렇게 열심히 일한 덕에 실력도 많이 쌓이게 된 것도 사실이다. 하지만, 다시는 그런 삶을 살고 싶지는 않다. 생각해 보면 지금 이렇게 워라밸이라는 합리적인 문화가 자리 잡게 된 것에 나는 아무런 기여를 한 것이 없다. MZ들이 우리 세대, 그리고 그 윗세대들보다 현명하고 용기 있다는 생각을 자주 하게 된다. 몇 해 전 팀에 새로 들어온 앳된 얼굴의 신입사원이 떠올랐다. 민주현이라고 했던가. 이름도 가물가물해졌지만 당찬 눈빛은 아직도 기억에 남았다. 로스쿨 준비를 하겠다며, 입사한 지 겨우 6개월 만에 사표를 냈다. 지금쯤 변호사가 되어 있으려나?

하루하루가 치이는 삶이다. 지하철에서 엘리베이터에서 회사에서 치인다. 하지만 이제는 익숙하다. 기대하지 않으면 실망도 없는 법이다. 삶은 언제나 여유롭고 즐거운 일들만 있어야 한다는 기대라도 한 것인가. 그런 게 아니라면 이 정도의 삶도 나쁘지 않다. 인간사의 모든 불행은 욕망과 욕심에서 비롯되었다. 돈을 많이 갖고 싶다는 욕망, 사랑을 차지하고 싶다는 욕망, 인정받고 싶다는 욕망, 권력을 손에 쥐고 싶다는 욕망, 감정이 시키는 대로 하고 싶다는 욕망…… 이런 것들이 사람들을 각박하게 만들고 서로를 적대적으로 대하게 만든다. 하지만, 나도 안다. 나도 한때는 날이 선 예민함으로 사람들을 대했고, 욕망에 사로잡혀 허우적댔음을.

"어서 오세요."

지하철역 근처의 우동집으로 들어섰다. 칼퇴근하는 직장인들로 지하철이 한창 붐빌 시간이니 저녁을 먼저 해결하는 것이 습관이 되었다. 저녁 먹는 동안 만큼이라도 시간차를 두고 지하철을 타면 한결 한적하기 때문이다. 키오스크 앞에 서서 익숙한 손놀림으로 우동을 주문한다. 줄을 서서 먹는 맛집도 아니고, 실제로 맛이 엄청나게 좋은 것도 아니지만 나는 이곳이 편하다. 혼자 식사를 하기에도 안성맞춤인 곳이다. 실제로 혼자 식사하는 사람들이 꽤 많다. 아무에게도 방해받지 않고 혼자 식사한다는 것은 행복이다. 회사원의 하루는 뻔한 일들의 반복이다. 지루하다. 하지만, 그 안에 이렇듯 쏠쏠한 즐거움들이 있다. 읽고 싶은 책을 읽는 것, 음악을 듣는 것, 그리고 혼자만의 식사를 하는 것이 그것이다.

이윽고 주문한 우동이 앞에 놓였다. 읽던 책을 덮어두고 젓가락을 집어 든다. 고명이 국물에 잠기도록 젓가락으로 휘젓는다. 반대 손으로 숟가락을 들어 뜨끈한 국물을 목으로 넘긴다. 따뜻한 국물

이 식도를 따라 흘러내린다. 체증이 함께 내려가는 것 같다. 젓가락을 들어 우동 면발을 들어 올린다. 후후 두 번 불고 입으로 집어넣는다. 짭조름한 간장 베이스 국물이 입안을 적신다. 통통한 면발이 식감을 자극한다. 면을 끊고 고개를 들며 면을 빨아들이며 들이쉬었던 숨을 내뱉는다. 다시 한번 숟가락을 들어 국물을 먹는다. 하루가 그렇게 채워지는 느낌이다.

든든한 배를 안고 지하철에 몸을 싣는다. 비교적 한가해진 열차 안에서 반경 45cm의 개인 스페이스를 나름 확보할 수 있을 정도이다. 헤드폰을 끼고 음악을 재생하자 스콧 스탭의 목소리가 들려온다.

'Children, don't stop dancing. Believe you can fly away, away.'

김호성 (금융회사 G사 사업기획팀)
40대 후반. 남. 자녀 있음(아들 1). ISTP. 평발 때문에 아치보호 깔창 사용 중. 헤비메탈 음악을 좋아함. 복부비만 있음.

작가의 단상

 첫 화 「이리저리 치이다」에는 저의 일상이 일부 녹아 있습니다. 그렇기 때문에 주인공의 이름이 언급되지 않습니다. 글 속 회사원은 지하철에서, 회사에서 '치이는 삶'을 삽니다. '치인다'는 것은 주도권을 남에게 빼앗긴 것을 의미하며, 그로 인해 평온함을 잊게 되는 것입니다.

 개인적으로 퇴근 후 몇 번 가봤던 우동집을 하나 소개해드릴까 합니다. 을지로3가역 8번 출구를 나서자마자 만날 수 있는 '동경우동'은 맛과 가격 면에서 인기를 자랑합니다. 점심, 저녁 시간에는 가게 앞에 웨이팅을 하는 사람들을 쉽게 찾아볼 수 있습니다. '동경우동'은 기억 속에 남아 있는 그 우동 맛을 충실하게 전해 줍니다. 게다가 요새 같이 외식비가 후들후들 부담되는 때에도 부담 없는 가격으로 먹을 수 있답니다. 저는 퇴근 후에 유부우동에 따뜻한 정종을 한 잔 곁들이는 걸 좋아합니다.

포기에 익숙해지다
은행원의 잡채

택진은 은행원이다. 오늘은 지점의 오픈 담당이라 일찍 출근한다. 영업시간은 9시 반부터이지만 은행원들은 적어도 30분 전에는 출근한다. 그중에서도 가장 먼저 출근해서 지점에 설정된 보안을 해제하고 다른 직원들보다 먼저 업무를 준비하는 것이다.

택진은 아침을 잘 먹지 않는다. 결혼 전에는 어머니가 꼬박꼬박 아침밥을 챙겨주셨다. 하지만, 결혼 후에는 아내를 조금이라도 더 자게 하고 싶어 안 먹기 시작했다. 어머니는 아들이 아침을 굶고 다닌다며 아쉬워하셨지만 택진은 별 대꾸하지 않았다.

아직 새벽 공기가 채 가시지 않은 이른 시간에 아파트 단지를 가로질러 걷는다. 근무하는 영업점까지는 지하철을 타고 가야 한다. 지하철 안에서는 휴대폰으로 OTT 드라마를 본다. 최근 보기 시작한 드라마는 금수저 신병의 군 생활을 다룬 내용인데 요새 인기가 많다. 택진은 성격이 사교적인 편은 아니지만, 남들과 어울리는 것을 싫어하지는 않는다. 최근에 사람들의 관심사는 무엇이고 어떤 것이 유행인지 촉을 세우고 정보를 입수하려 한다. 자신만 모르고 있는 것을 남들은 다 알고 있다고 생각하면 뒤처지는 기분이 들기 때문이다. 넷플릭스를 보기 시작한 것도 그런 이유에서였다.

정신없이 휴대폰 속 드라마에 몰입하고 있다가 내려야 할 역에 도착했다는 사실을 뒤늦게 깨달았다. 깜짝 놀라 허둥대며 열차에서 내리려다 입구 근처에 서 있던 젊은 여성과 부딪쳤다. 꽤 충격이 있었는지 짧은 비명이 들렸지만 택진은 모른 척 내렸다. 열차가 출발하면서 출입문 유리창을 통해 그녀가 째려보는 것이 느껴졌지만 택진은 굳이 눈을 마주치지 않고 지나쳤다. 휴대폰 드라마에 열중하며 전철역을 빠져나갔다.

어느덧 은행에 근무한 지 10년이 다 되어 간다. 벌써 여러 번의 영업점을 옮겨 다녔다. 은행은 2~3년에 한 번꼴로 영업점 직원 순환 발령을 낸다. 지금 근무하고 있는 영업점이 네 번째 발령지이다. 서울 중심에서 한참 떨어진 변두리 지점이다.

택진과 같이 근무하는 지점 직원은 총 10명이다. 위로는 지점장 1명, 부지점장 3명, 차장 2명이 있다. 택진은 조직의 허리라고 불리는 과장이지만 후배보다 선배가 더 많다. 은행은 이직률이 비교적 낮은 편이라 장기근속자가 많아 발생하는 현상이다.

영업점 건물에 도착해서 뒤쪽 직원 전용 출입구로 들어선다. 세콤 보안을 해제하고, 열쇠로 문을 연다. 출입문 손잡이에 달린 요구르트 주머니를 뒤져 녹즙과 유산균 요구르트를 가지고 들어간다. 실내에 불을 켜고 에어컨 리모컨을 집어 들고 송풍 버튼을 누른다. 책상으로 와서 PC의 전원을 켜고 헬리코박터 유산균 음료를 마신다. 다 마신 빈 병을 쓰레기통에 던져 넣는다. PC가 부팅되는 동안 탕비실로 들어가 인스턴트커피를 한 잔 탄다. 택진의 책상은 대부계에 있다. 대부계는 대출 업무를 주로 맡는 부서이다. 서랍을 열어 어제 처리하던 서류들을 책상 위에 꺼내 놓는다. 지하철에서부터 보던 넷플릭스 드라마는 지금까지 이어지고 있다.

직원들이 하나둘씩 출근을 한다. "안녕하세요?" 하고 인사를 나눈다. 박 부지점장이 금고 문을 여는 소리가 난다. 넷플릭스를 보느라 깜빡했던 녹즙을 지점장에게 건네주러 방으로 들어간다. 평소대로라면 가장 먼저 출근한 사람이 지점장 방 책상 위에 올려놓는 것인데, 오늘 택진은 그것을 깜빡 잊었다. 지점장이 간단한 조회를 소집한다. 직원들 각자의 이번 달 실적에 대해서 언급하며 분발해 주길 당부한다. 은행의 수익 증대를 위해 간접판매 상품(펀드, 방카슈랑스) 목표가 상당한 수준으로 배분되었다. 지점장은 목소리를 깔고 손에 든 실적 자료를 내려다보며 말했다. 매번 같은 자세와 같은 목소리 톤으로 같은 이야기를 반복하는 지점장을 택진은 신기하게 바라보고 있었다.

"우리 지점의 간접판매 상품 스코어카드 점수가 12점 모지랍니다. 이달 초부터 틈날 때마다 같은 이야기를 하고 있는데 엔간히 점수 차가 줄어들지를 않고 있습니다. 게다가 교차판매 지수도 모지랍니다. 그렇기 때문에 우리는 펀드와 방카 판매를 PB 쪽에만 의존할 것이 아니라, 창구와 대부계 쪽에서도 동참해야 합니다. 창구에서 말이에요. 본인이 펀드나 방카 상담까지 할 필요 없다니깐요. 통장이나 체크카드 개설하는 손님에게 적극적으로 권유해서 넘어온다 싶으면 PB룸으로 넘기시라고요. 지가요. 진짜 힘이 들걸랑요. 본부장님한테 매일 전화가 와요. 우리 지점이 해줘야 본부 순위에서 안 밀린다는 말을 매일 듣습니다. 진짜 여러분들이 힘을 내주셔야지 돼요."

서울 방언이 난무하는 지점장의 말을 듣는 동안 택진의 정신은 저 먼 곳을 여행하고 있었다. 지점장의 말이 끝나자 택진은 현실로 돌아왔고, 박 부지점장이 선창으로 외치는 구호를 따라 한 후 해산했다.

시간이 되자 청원경찰이 지점 셔터를 올린다. 예전에는 셔터를 올리자마자 들어오는 손님들이 꽤 많았다. 이제는 은행 지점을 방문할 일이 점점 줄어서 오는 손님들도 적다. 그렇다고 일이 적은 건 아니다. 출납계 쪽에서는 계수기로 돈을 세는 소리가 들려온다. '딩동' 하며 순번 대기표를 리셋하는 소리도 들린다.

  손님을 응대한다. 택진은 손님이 없을 때 대출서류를 처리하느라 분주하다. 그러던 중 한 남자가 대출금리 인하를 요구하기 위해 방문했다. 손님의 주민등록번호로 신용등급을 조회하고, 소득이 인상되었거나 채무가 감소했는지를 묻는다. 5일 이하 단기 연체 기록이 조회된다. 남자에게 어려울 것 같다는 말을 건넨다. 남자는 택진에게 언성을 높인다. 납득하기 어렵다며 나름의 주장을 펼치지만 택진에겐 아무런 권한이 없다. 손님이 은행으로부터 원하는 답을 얻지 못하면 그 말을 전하는 직원이 화풀이 대상이 되는 일은 흔히 있는 일이다. 직원의 입장에서는 무방비로 당하는 수밖에 없다. 요새 은행에서 직원이 재량으로 결정할 수 있는 것은 없다. 모든 것을 시스템이 결정한다. 직원이 하는 일이라곤 시스템이 결정하는 데 필요한 값을 입력하는 것에 불과하다. 언성을 높이는 남자 앞에서 택진은 억울한 표정을 지어 보인다. 하지만, 남자는 자신이 다른 은행도 거래하고 있는데 이럴 줄 알았다면 그 은행에서 대출 받을 걸 그랬다면서 자리를 박차고 나가버렸다. 소란이 일어난 곳에 집중되었던 시선은 남자가 나가버리자 언제 그랬냐는 듯이 흩어졌다. 택진은 덤덤한 표정으로 모니터로 고개를 돌렸다.

  손님들은 은행의 친절한 겉모습에 잘 속는다. 평생 친구가 되어주고 자기 일처럼 도와줄 것으로 착각하지만, 현실의 은행은 1원 한 푼도 고객에게 양보하지 않는다. 방금처럼 현실에서 은행의 본모습에 실망한 손님을 택진은 은행에 근무하며 셀 수 없이 많이 접해 봤다. 며칠 전 비닐봉지에 한가득 담긴 동전을 지폐로 교환하러 왔다가 분노를 참지 못한 할아버지가 바닥에 봉지 째 동전을 내던진 일도 있었다. 퍽! 하고 비닐봉지가 터지는 소리와 함께 수백 개의 동전이 객장 바닥을 뒹굴었다. 거래가 없는 분에게 동전 교환을 해주는 일은 은행 입장에서는 무료 서비스나 다름없다. 창구 직원이 이런 사정을 설명하고 입출금통장이라도 하나 개설해서 거래를 시작하시면 교환한 동전을 입금해 드리겠다고 했다. 하필 신분증도 가지고 오지 않은 탓에 어르신은 몇 분간 더 실랑이를 할 수밖에 없었고, 결국 분노가 폭발한 것이었다.

어찌 되었건 어느새 점심시간이 되었다. 지점에서 근무하는 은행원은 점심시간을 여유 있게 즐기기 어렵다. 교대로 점심을 먹어야 하기 때문이다. 1차는 11시 30분부터 12시 30분까지, 2차는 12시 30분부터 1시 30분까지로 나누어 교대로 식사한다. 하지만 명목적으로 나누어 놓은 시간대일 뿐, 보통 후배들이 1차로 가서 서둘러 밥을 먹고 자리로 복귀하면 2차로 선배들이 여유롭게 식사하는 게 실상이다. 그러다 보니 12시 30분이 되기 전에도 눈치껏 자리에 복귀해야 한다. 택진은 1차 식사 순번이다. 오늘은 근처 즉석 떡볶이 집에 가게 되었다. 출납계 직원들도 합류해서 인원이 4명이 되었다. 여성 직원들이 합류하니 도란도란 다양한 이야기들이 오간다. 넷플릭스로 보고 있는 드라마 이야기를 꺼내본다.

아직 12시 반이 되기엔 15분 정도 남았지만, 택진과 함께 1차로 식사하고 돌아온 직원들은 얼른 양치질을 마치고 자리로 돌아와 앉았다. 선배들이 식사하러 나간다.

오후엔 주택담보 대출서류를 접수해야 한다. 지점 인근 아파트 단지 주민이 신청한 대출 건이다. 고객이 작성한 대출서류를 스캔하고 시스템에 필요한 정보 값들을 입력한다. 원본 서류와 등기권리증은 행낭을 통해 모기지 센터로 발송한다. 요새는 정부의 가계부채 규제 때문에 조건이 까다로워지다 보니 은행원 입장에서도 이것저것 신경 써야 하는 것이 많아졌다. 서류도 많아졌다.

인트라넷에 올라온 알림문서를 열어보았다. 새로운 슬로건이 만들어졌다고 한다. 문서 기안자를 보니 아는 이름이다. 택진과 입행(入行, 은행 입사) 동기이다. 녀석은 본사 마케팅부에서 근무한다. 신입행원 연수를 마친 모든 동기들은 뿔뿔이 흩어져 각자의 지점으로 발령받았다. 대부분은 본사에서 근무하고 싶어 했다. 그래서 직무 이동 기회가 있으면 본사의 사무직을 지원하는 녀석들이 많았다. 그리고 실제로 본사로 전근가는 동기들이 늘어났다. 본사에서 근무하는 것은 무언가 중요하고 폼 나는 일을 하는 것처럼 느껴졌었던 것일까. 택진도 본사에서 근무하기 위해 시도해 보지 않은 것은 아니다. 사내 공모를 통해 본사 여신상품팀, 준법감시팀에 지원해 봤지만 끝내 택진에게 본사 입성의 기회는 주어지지 않았다. 실망한 택진은 사내 공모에 지원하는 것마저 포기했다.

청원경찰이 지점의 셔터를 내린다. 출납계의 계수기 소리가 요란하다. 스탬프 찍는 소리도 들린다. 시재(時在, 현금) 마감을 해야 하기 때문이다. 시재함을 금고 안에 내려놓을 때 나는 금속음이 들린다.

지점 셔터가 내려가도 업무는 계속된다. 법정 의무교육을 이수하기 위해 사이버 연수를 클릭해야 한다. 모레까지 완료해야 하는데 아직 몇 개의 회차가 남아 있다. 지겨운 클릭질을 한다. 클릭을 해놓고 시간이 흐르는 동안 접수한 대출서류들을 정리한다. 서류 보완이 필요한 고객에게 전화를 건다. 대부계에서 근무하고 있지만, 대출 말고도 펀드와 신용카드 실적을 올려야 한다. 이달 실적을 어떻게 맞출지 고민이다.

입출금 창구 쪽에서는 오 주임이 고객에게 펀드 권유하는 전화 통화 소리가 들려왔다.

"어머니, 안녕하세요. 저 오소정 주임이에요. 네네. 맞아요. 어머니 요새 은행에 안 오시는 것 같아서 연락 한 번 드렸어요. 아, 그러셨군요? 다름이 아니라……"

평소 영업점을 자주 방문하는 근처 식당 사장님에게 입출금통장에 잔액을 많이 남겨두는 것보다는 수익률이 좋은 상품에 넣어 보는 것이 어떠냐고 권하는 중이다. 입행한 지 이제 갓 2년 차가 되는 오 주임은 서강대 경영학과를 졸업한 재원이다. 다른 후배들처럼 본사 근무를 희망할 법도 한데 오 주임은 지점에서 근무하는 것이 좋다고 한다. 손님들과도 금방 친해지고 영업실적도 좋은 오 주임을 보면서 택진은 자신은 절대 저렇게 못 할 것 같다고 생각했다. 손님과 친해지는 건 왠지 사적 영역을 빼앗기는 기분이 든다.

이윽고 선배들과 지점장이 퇴근한다. 택진도 퇴근할 준비를 한다. 집으로 향하는 길에도 어김없이 OTT를 시청한다. 퇴근길 러시아워를 비켜 간 시간이라 지하철 안이 붐비지는 않았다. 40대로 보이는 남자가 선 채로 책을 펼쳐 읽고 있는 것을 힐끔 쳐다보았다. 잘난 척하는 것 같이 보였다. 잘난 척하는 놈들은 눈꼴이 시려 못 보겠다. 본점에서 일했다면 온통 그런 놈들 투성이였겠지. 그래서라도 영업점 근무가 자신에게 맞는 것 같다고 생각한다. 간혹 힘들게 하는 사람도 있지만 손님을 응대하고 도움을 준다는 것이 나쁘지 않다. 지점장이 실적으로 압박을 주는 것도 이제는 점점 익숙해지고 있는 것 같다. 혼나면 그뿐이다.

현관문을 열고 택진이 집으로 돌아왔다. TV 앞에 앉아 있던 아내가 주방으로 들어가 찌개에 불을 올리며 말한다.

"얼른 씻고 와. 잡채 해놨어."

아내 은재는 결혼 전 뮤지컬 배우로 활동했었다. 연극영화과를 졸업한 후 뮤지컬 전문 기획사에 들어가 제법 유명한 작품들에 출연한 적도 있다. 꽤 실력을 인정받았던 모양이지만 주조연급 배역을 맡지는 못했다. 택진과 소개로 만나 결혼 이야기가 오갈 때쯤 뮤지컬을 그만두었다. 뮤지컬이 싫어졌다나.

둘 사이에 자녀는 없다. 아이를 갖고 싶었지만 아내가 원치 않아 포기했다. 처음엔 서운했지만 지내고 보니 그런대로 아내와 둘만 보내는 것도 나쁘지 않다고 생각한다.

식탁에 앉는 택진의 표정이 밝아진다. 택진은 아내가 차려주는 밥이 좋다. 젓가락으로 잡채를 한 줌 집어 올린다. 한 손으로 밥그릇을 받쳐 든 채 입안에 잡채를 한가득 밀어 넣는다. 국수를 빨아들이듯 후루룩 소리를 내며 순식간에 들이킨다. 입안에서 피망과 당근, 버섯, 그리고 적절하게 간이 벤 당면이 참기름에 미끄러져 입안에서 꿀렁거린다. 코끝에 살짝 후추 향이 감돈다. 아내만의 특별

한 잡채 레시피엔 약간의 후추가 들어간다. 그 후추의 풍미가 왠지 잡채랑 잘 어울린다. 밥을 크게 한 숟가락 떠서 입에 넣는다. 다시 한 번 더 잡채를 크게 집어 입에 넣는다.

"맛있어?"

아내가 묻는다. 택진은 고개를 끄덕이면서도 연신 입을 놀리고 있다. 많은 것을 포기했다. 아침밥도, 항의하는 손님을 향한 변명도, 실적에 대한 압박도, 본사에서 근무하고 싶다는 희망도, 아이를 갖고 싶다는 생각도 포기하고 내려놓았다.

'그래도 이 정도면 괜찮지 않은가?' 생각하는 택진은 지금 이 순간이 마냥 좋기만 하다.

정택진(은행원. 한주은행 미랑동지점 근무)
30대 후반. 남. 기혼. 자녀 없음. ISFJ. 아파트담보대출 원금 1억 2천만 원 상환 중. 자전거 동호회 회원.

작가의 단상

「포기에 익숙해지다」는 저의 전 직장 경험을 되짚어보며 쓴 것입니다. 덕분에 취재한다는 핑계로 여전히 은행에 근무하고 있는 동기 몇몇에게 오랜만에 안부를 묻기도 하였습니다. 2화부터는 주인공에게 이름이 주어졌습니다. 택진의 은행 동기로 본사 마케팅부에서 근무하는 그 녀석은 바로 저의 과거입니다. 실제로 제가 근무했던 부서이거든요.

저에게 잡채의 이미지를 떠올리게 해 준 식당을 소개드리겠습니다. 서울 광장시장 골목을 굽이굽이 들어가다 보면 큼지막한 간판에 'SBS 백종원의 3대천왕 출연'이라는 간판이 눈에 들어옵니다. 그 간판 밑으로 사람들이 줄을 지어 서 있고요. '원조누드김밥'이라는 노점입니다. '원조누드치즈김밥'이라는 상호도 붙어 있어서 언뜻 어느 것이 진짜인지는 알 수 없지만, 그게 중요한 게 아니죠.

"계산은 선불, 접시는 반납, 국물은 셀프."

이 가게의 모토인 듯합니다. 잡채김밥을 주문하면 큼직한 누드 참치김밥 한 줄과 한 움큼의 잡채가 접시에 담겨 나옵니다. 김밥도 맛이 좋습니다만 잡채 맛을 설명하자면 한마디로 '이 맛이다!'라는 느낌이 옵니다. 당면과 야채에 듬뿍 배어든 참기름 맛이 도저히 고개를 저을 수 없게 만들어 버리거든요. 택진이 잡채를 먹는 장면은 이 집의 잡채 맛을 떠올리며 썼습니다. 제가 어릴 때 명절마다 먹던 잡채는 외할머니의 손맛을 느낄 수 있었습니다. '원조누드김밥'의 잡채를 입에 넣으면 옛 시절 외할머니의 손맛이 떠오릅니다.

어찌해야 할지 갈등하다

교사의 짬뽕

여덟 시 삼십 분이다. 차에서 내려 문을 닫고 잠근다. 이제 제법 쌀쌀해진 아침 공기가 볼을 스친다. 학교 건물로 들어서려는 찰나에 등 뒤에서 누군가 부르는 소리가 들린다.

"윤 선생님! 안녕하세요."

상미는 뒤를 돌아보았다. 교무부장 장 선생이 걸어오고 있다. "안녕하세요." 하고 상미도 인사를 건넨다. 장 선생이 오기를 기다렸다가 둘은 학교 건물로 들어섰다.

상미는 작년에 이 학교에 발령을 받았다. 올해로 상미가 초등학교에서 아이들을 가르친 지 17년이나 되었다. 교실로 향하며 장 선생은 인성 연구 발표대회 보고서는 잘되고 있는지 물었다. 그렇다고 대답은 했지만 며칠째 진척이 없었다. 연구 발표대회에 참가한 경험이 있는 장 선생은 궁금한 것 있으면 언제든 물어보라며 상미에게 웃어 보였다. 고맙다고 말하고 상미는 4-2 교실에 들어섰다.

  가방을 책상에 올려놓고 교실 창문을 열어 환기한다. 텀블러를 꺼내 책상 위에 올려놓고는 가방을 책상 서랍에 넣는다. 며칠째 연구 보고서 작성이 지지부진한 것은 이유가 있다. 아직도 상미는 고민하고 있었기 때문이다. 아이들을 좋아해서 선생님이 되고 싶다는 꿈을 가졌고 교대에 진학했다. 그리고 임용고시를 보고 선생님이 되었다. 신규 임용되었을 땐 아이들의 해맑은 웃음을 보며 열심히 가르쳐야겠다는 의지를 더 끌어올리기도 했었다. 하지만, 이제는 그때처럼 뜨거운 불씨는 가슴에 남아 있지 않다. 상미는 이제 아이들과 얼굴을 맞대는 시간을 점차 줄이고 싶다. 교감으로 승진하는 길을 생각하고 있다.

  교실 뒷문이 열리며 예준이가 들어왔다. "선생님, 안녕하세요?" 하고 인사하는 예준에게 상미는 웃으며 "예준이 안녕?"이라고 답해준다. 예준이는 몸집이 크고 말수가 적은 아이다. 부모님이 이혼하고, 엄마가 미용실을 하신다. 예준이가 자리에 앉은 지 몇 분 지나지 않아 아이들이 속속 교실로 들어선다. 어느새 재잘거리는 아이들 목소리가 운동장 쪽에서도 들려오고 있다. 아이들은 주위에 활기를 발산하는 샘물 같은 존재라고 상미는 생각했다. 하지만 상미는 이 아이들에게서 한 발짝 물러날 생각을 하고 있다.

"선생님, 오늘 알림장 쓰셨어요?"

전화를 받자마자 수화기 너머의 목소리는 다짜고짜 따지고 든다. 일주일 전 어느 날 밤의 일이었다.

"안녕하세요, 예준이 어머님. 무슨 일이세요?"

예준 어머니는 늘 미용실을 마감하고 저녁 늦게나 밤이 되어서야 예준이를 챙길 수밖에 없다. 아이에 대한 그런 죄책감인지, 미용실에서 손님들에게 받은 스트레스를 분출하는 것인지, 혹은 둘 다인지 알 수는 없지만, 통화할 때마다 목소리에 날이 서 있었다.

"아니, 우리 예준이는 알림장에 아무것도 없잖아요."

"아니요, 그럴 리가 없는데요."

상미는 이렇게 말하며 고개를 돌려 시계를 보았다. 시계는 밤 10시를 넘긴 시간이었다. 옆에서 남편이 믿을 수 없다는 표정을 지으며 한숨을 내쉬었다.

"그러게 왜 우리 애만 알림장에 아무것도 없냐고요. 다른 애들은 다 써 온 것 같은데."

"아니요, 어머니. 예준이는 제가 직접 프린트해서 알림장에 붙여 주기까지 했어요. 다시 한 번 잘 찾아보세요. 분명히 있을 겁니다."

"잠시만요."

휴대폰을 든 채로 부스럭부스럭 알림장을 뒤적이는 듯한 소음이 수화기를 타고 상미의 귀에 그대로 들려왔다. 몇 분인가 소음이 계속되었지만, 상미는 가만히 참고 듣고 있었다. 마침내 "여기 있네요." 하고 예준 엄마 목소리가 들려왔다. 하지만 그것이 통화의 마지막이었다. 통화 종료음이 "뚜우 뚜우" 하고 울렸다. 미안하다거나 어떤 인사도 없이 그냥 끊어버린 것이다. 어떻게 학부모라는 사람이 이렇게 무례할 수 있냐고 옆에서 남편이 역정을 냈다. 상미는 헛웃음을 지으며 전화를 내려놓았다. 하지만 이 정도 무개념은 아무 것도 아니었다.

종이 울리고 수업이 시작된다. 아이들과 함께 있으면 시간이 어떻게 가는지 모른다. 수업 시간에 똘망똘망한 눈동자를 보면 4학년이나 된 녀석들이지만 한편으론 귀엽기도 하고, 쉬는 시간에 노는 모습을 보면 과하게 장난치다 다치지는 않을까 걱정도 된다. 여자아이들은 간혹 쉬는 시간에 수업 준비를 하는 상미에게 다가와 "선생님, 선생님은 화장품 어떤 것 쓰세요?" 같은 요망스러운 질문을 하기도 한다. 하지만 상미는 그런 아이들의 관심도 귀엽게 받아준다.

"왜? 채원이는 선생님이 어떤 화장품 쓰는지가 왜 궁금하니?"

"선생님이 쓰는 화장품을 쓰면 예뻐질 것 같아요."

"그럼, 선생님이 예쁘다는 말이네?"

"네."

요 녀석 봐라. 상대방 비위 맞춰가며 묻는 솜씨가 제법이다. 단순한 호기심에서 물어온 것이겠지만 그래도 상미는 이 아이가 선생님에게 거리감을 두고 있지 않다는 것을 알고 있다. 그래서 한편으로는 기분이 좋기도 하다.

"예쁘다고 해줬으니까 채원이한테만 보여주는 거야."

가방에서 화장품 파우치를 꺼냈다. 아이의 눈이 커졌다. 꺼내는 것은 안 되고 보기만 해야 한다고 일렀지만 아이는 이미 열기 전부터 파우치 속으로 들어갈 기세였다. 그때 여자아이들 몇 명이 몰려왔다. 자기들도 보고 싶다는 뜻이다. 그 뒤를 이어 더 많은 아이가 '우와!' 하는 소리와 함께 신기한 구경거리로 몰려들었다. 장난치기 좋아하는 종현이가 "이게 뭐예요?"라며 파우치를 향해 달려드는 모습을 보았을 때 상미는 속으로 아뿔싸 싶었다. 잽싸게 파우치 속에서 무언가를 집어 꺼내고는 쏜살같이 교실 밖 복도로 달려 나갔다. 어리석었다. 애초에 아이들이 동요할 수도 있다는 생각을 해야 했다. 아이들에게 비싼 장난감 따위를 학교에 가지고 오지 못하게 하는 이유는 여러 가지가 있지만 자칫 아이들이 몰려들거나 동요할 수 있기 때문이기도 하다. 그런데 상미 자신이 그런 일을 벌이고 말았다. 종현이의 이름을 부르며 복도로 서둘러 따라 나갔다. 그랬더니 한참을 어디론가 내뺐을 줄 알았던 종현이가 복도 한복판에 서 있는 것이었다. 종현이는 누군가에게 앞을 가로막혀 있었던 것일까. 상미는 무슨 일인가 싶어 앞으로 몇 발짝 다가서고야 예준이의 얼굴을 보았다. 예준이는 종현이를 막아서서 선생님의 립스틱을 빼앗으려고 하고 있었다. 예준이와 종현이가 둘 다 립스틱을 쥐고 서로 당기고 있었다.

"선생님 물건을 왜 도둑질하는 거야?"

"도둑질 아니야. 잠깐 보려고 그런 거야."

"내놔. 얼른 선생님한테 돌려드려."

"싫어. 아직 다 못 봤어."

아이들이 나누는 이야기를 들으며 상미가 다가섰다.

"얘들아, 둘 다 그만."

그때 종현이가 립스틱을 잡은 채로 몸을 크게 돌리며 예준이의 손에서 립스틱을 빼내려 했다. 그러다 립스틱의 뚜껑이 빠지면서 종현이가 바닥으로 쿵 하고 넘어졌다. 뚜껑이 빠진 립스틱은 넘어지는 종현이의 손을 떠나 빠른 속도로 콘크리트 벽에 부딪치며 여러 조각으로 부서졌다. 넘어지면서 딱딱한 복도 바닥에 팔꿈치를 찧었는지 팔을 붙잡고 종현이는 울음을 터뜨렸고, 예준이는 립스틱 뚜껑을 손에 쥔 채 멍하니 서 있었다.

'지난 방학 때 면세점에서 사고 몇 번 안 쓴 건데…….'

망가진 립스틱이 아깝다는 생각도 잠시, 상미는 우는 종현이에게 달려가 상태를 살폈다. 살짝만 건드리거나 움직여보려고 해도 아프다며 비명을 지르는 것을 보니 심상치 않았다. 상미는 다급히 옆 반 홍 선생에게 도움을 요청했다. 홍 선생에게 반 아이들을 부탁하고 상미는 종현이를 자신의 차에 태워 병원으로 향했다. 가는 길에 종현이 엄마에게 전화해서 상황을 알리고 병원 응급실로 와달라고 했다. 병원으로 가던 중에 종현이는 울음을 그쳤다.

  엑스레이를 찍고 뼈에 금이 갔다는 의사의 말을 듣고 있을 때쯤 종현이 엄마가 병원에 도착했다. 베트남에서 온 이주여성인 종현이 엄마는 상미에게 연신 죄송하다며 고개를 숙였다. 유창한 한국어로 평소 장난이 심한 종현이의 행실을 탓했다. 결국 왼팔에 깁스를 한 아들을 데리고 병원 주차장까지 따라와 살펴 가시라며 다시 한 번 고개를 숙였다. 엄마 옆에서 가만히 선생님이 학교로 돌아가는 모습을 쳐다보는 종현이의 눈에는 평소 같은 장난기가 돌아올 기미를 보이고 있었다.

  아이들끼리 크고 작은 다툼이 일어나는 일은 종종 있다. 하지만 작년에 그 일이 일어난 이후로 상미는 아이들이 조금이라도 다투는 것 같은 분위기만 있어도 심장이 쿵쾅거렸다. 일종의 트라우마가 생긴 것이다. 작년에 담임을 맡았던 2학년 지훈이는 여러 면에서 부족한 점이 많은 아이였다. 주의가 산만하고 학습 태도도 불량했고, 무엇보다 위생 상태도 좋지 않았다. 걸핏하면 다른 아이들에게 시비를 걸어 트러블을 만들기 일쑤였다. 지훈이는 이혼한 엄마와 살고 있지만 엄마는 밤늦게 집에 들어오는 것 같았다. 문제의 그날은 지훈이가 점심시간에 다른 아이를 밀쳐 넘어뜨리는 일이 있었다. 넘어진 아이는 뜨거운 국물에 가벼운 화상을 입은 것 같았다. 상미는 넘어진 아이를 얼른 양호실에 보내고 상황을 수습했다. 이번에는 상미도 크게 화가 났다. 지훈에게 왜 그랬냐고 꾸짖었다. 지훈이가 울음을 터뜨렸다. 잠시 후 보건실에 갔던 아이가 교실로 돌아왔다. 보건선생님은 경미하고 병원에 갈 정도는 아니라서 알코올 거즈를 대어주었다고 했다. 상미는 지훈이에게 친구한테 사과하라고 하고 둘을 화해시켰다. 화해하는 두 아이를 토닥여주고 각자 자리로 돌려보냈다.

그런데 그다음 날 오후에 사달이 났다. 지훈이 엄마가 수업 중 교실 문을 박차고 들어온 것이었다. 문이 왈칵 열어젖혀지는 소리에 상미와 아이들 모두가 깜짝 놀라 몸이 굳었다. 입에 담기 힘든 육두문자를 내뱉으며 지훈 엄마는 상미에게 삿대질하며 소리를 쳤다. 상미는 당황해 뒤로 물러섰다. 왜 자기 아이를 혼냈냐는 지훈 엄마의 악다구니가 교실을 채우고 복도로 퍼져나갔다. 큰 소리에 놀라 아이들이 동요했고, 옆 반 선생님이 달려와 지훈 엄마를 상미에게서 떼어 놓았다. 상미보다 나이도 한참 어린 지훈 엄마가 무례한 행동을 일삼다 못해 이제는 수업 중에 난입해 폭언까지 하다니 믿을 수가 없었다. 아이들 앞에서 이런 모습을 보였다는 사실에 수치심이 몇 배는 더했다. 왜 이런 취급을 받으며 이 일을 해야 하는지 뼛속 깊이 회의감이 들었다. 매년 힘들게 하는 학부모들이 있었지만 작년의 그 사건으로 인해 상미는 더 이상 버틸 수 없다고 생각하기에 이르렀다. 동료 교사들이 겪은 수많은 교권 침해 사례들에 분개하면서도 언제든 자신에게도 똑같은 일이 벌어지지 말라는 법이 없다고 상미는 생각했다.

화장품으로 흥분했던 아이들을 진정시키고 5교시 수업에 들어갔다. 오후 수업을 하는 내내 상미의 마음은 갈등 중이다. 이렇게 예쁘고 천진한 아이들과 힘이 닿는 만큼 오래오래 함께 수업하고 싶다는 생각과, 이제 더 이상 작년 같은 일은 겪고 싶지 않다는 생각이 마음속에서 소용돌이를 일으키고 있다. 예준이와 눈이 마주쳤다. 순박한 눈망울은 상미에게서 눈을 떼지 않고 바라보고 있다. 선생님의 화장품을 망가뜨린 것에 대한 미안한 마음이 저 눈빛에 담겨 있는 것을 상미는 느낄 수 있었다. 하지만 예준이의 얼굴을 본 뒤에는 여준 엄마의 무례한 전화 목소리가 떠올랐다.

어느새 아이들이 집으로 돌아가고 텅 빈 교실에 상미는 혼자 남아있다. 활기찬 아이들과의 시간이 지나고 나면 언제나 기운이 소진된 느낌을 받는다. 당이 떨어진 느낌이 들어 커피믹스를 한 잔 타 마시며 한숨을 돌린다. 이제 연구대회 보고서를 작성할 시간이다. 연구대회에서 입상하면 교감으로 승진하기 위한 점수를 확보할 수 있다. 상미는 교감, 나아가서는 교장이 되려는 것이다. 그녀는 이 직업이 싫지 않고 아이들도 좋아한다. 하지만, 더는 비인격적인 일을 겪고 싶지 않기 때문에 고민 끝에 절충한 것이 바로 교감 승진 코스이다.

"선생님, 퇴근 안 하세요?"

옆 반 홍 선생이 퇴근하는 길에 얼굴을 들이밀었다. 아까 다친 아이는 어떻게 되었는지도 물어왔다. 병원에서 만난 종현이 엄마 이야기를 포함해 대략 설명해 주었다. 그러고는 아직 할 게 좀 남아서 퇴근이 늦을 것 같다는 말로 홍 선생이 가주었으면 하는 눈치를 주었다. 내일 뵙겠다는 인사를 남기고 홍 선생은 복도 끝으로 사라졌다. 발걸음 소리가 멀어져 가는 것을 느낀 상미는 다시 모니터로 눈을 돌린다. 지금까지 일에서나 공부에서나 누구에게 뒤처지며 살아온 적이 없다. 교사들 대부분이 책임감이 강하고 무엇이든 열심히 해서 이런 연구대회는 경쟁이 치열하다. 상미도 지고 싶지 않아 열심히 하지만, 그럴수록 아이들에게서 멀어진다는 생각이 자꾸 들어 집중력이 떨어진다.

시계가 7시 40분을 가리켰다. 아들에게 저녁을 챙겨 먹였노라는 남편으로부터의 문자가 왔다. 상미는 오늘은 이만 마무리를 해야겠다고 생각했다. 하지만 조금만 더 할까 그만할까 갈등하느라 PC의 전원을 끄기까지는 30분이 더 지났다. 교실 문을 잠그고 1층으로 내려왔더니 허기가 몰려왔다.

가게 안에는 식사하고 있는 손님들이 몇몇 있었다. 주인에게 손가락 하나를 펴 보이며 한 명이라고 이야기했다. 자리에 앉자마자 물과 단무지를 내려놓는 주인인 듯한 남자에게 상미는 망설임 없이 말했다.

"삼선짬뽕 하나 주세요."

점심시간에 먹는 급식은 그야말로 입으로 들어가는지 코로 들어가는지 모를 정도로 정신이 없다. 온 신경이 곤두서서 긴장하기 때문이다. 게다가 아이들 먹는 음식이기 때문에 간이 세지 않다. 엄마가 전라남도 출신이어서 상미는 늘 간이 세고 맛깔난 음식에 입맛이 길들여져 있다. 그런 상미에게 급식의 간은 성에 차지 않는다.

 이윽고 짬뽕이 상미의 앞에 놓였다. 김이 모락모락 올라오는 짬뽕을 바라보며 젓가락을 들어 홍합 껍데기를 덜어낸다. 해물들이 국물을 머금을 수 있도록 이리저리 면과 함께 휘적인다. 숟가락으로 국물의 맛을 본다. 짜고 매콤한 자극이 입안을 감돈다. 면을 집어 올려 후후 불어 입에 넣는다. 후루룩하고 빨아 당기다 입으로 면을 끊는다. 면을 씹으면서 가로세로 모양으로 칼집 낸 오징어를 한 덩어리 집어 입에 넣는다. 짠 국물의 맛이 면, 해물과 입안에서 어우러진다. 뒤이어지는 매콤한 맛이 입 안쪽에서 올라온다.

 상미의 마음은 갈팡질팡하고 있다. 이런저런 갈등이 많다. 무엇도 포기하기 싫은 것이다. 아이들과 함께 수업하는 것은 좋지만, 진상 학부모들로부터 인간의 존엄성은 지키고 싶다. 교감이 하고 싶은 건 아니지만, 교사라는 직업으로 남아 있기엔 그나마 가장 좋은 선택이다. 하지만, 짬뽕은 망설임이 없다. 가차 없이 짜고 매운맛이 입안을 헤집어 놓는다. 건강 따위는 안중에 없다. 오로지 자극적인 맛으로 앙칼지게 승부해 온다. 짬뽕은 상미처럼 갈등하지 않는다.

 전화벨이 울린다. 아들이다. 상미가 올해 담임을 맡은 반 아이들과 같은 나이, 4학년이다.

"엄마, 언제 와?"

"응, 다 끝났어. 곧 갈게."

내 아이보다 남의 집 애들 돌보느라 진이 다 빠진 상미는 문득 아들에게 미안해졌다.

윤상미(청람초등학교 4학년 2반 담임교사)
40대 초반. 여. 기혼. 자녀 있음(아들 1). ESFJ. 1년 전 자궁경부 폴립 수술을 받음. 유럽 여행 계획 중.

작가의 단상

「어찌해야 할지 갈등하다」에서는 아이들을 사랑하지만 교사라는 직업이 버거워지는 한 초등학교 선생님의 '갈등'이 그려집니다. 이 글을 브런치스토리에 올렸을 때는 사회적으로 교권 침해에 대한 이슈가 뜨거웠던 시기였던 터라 많은 분들의 관심을 받았고, 교직에 몸담고 계신 브런치 작가님들이 댓글과 응원을 주시기도 했었습니다. 선생님들의 희생과 노고에 머리 숙여 감사드립니다.

제가 잘 아는 한 초등학교 선생님은 짬뽕을 참 좋아합니다. 중국음식을 같이 먹을 때마다 단 한 치의 망설임도 없이 짜장 대신 짬뽕을 선택합니다. 이분의 대단한 짬뽕 사랑이 저의 머릿속에 남아 있었나 봅니다. 교사의 일상을 담는 글에 다른 음식이 아닌 짬뽕을 등장시키는 것이 저에게는 자연스럽고 당연하게 느껴졌으니 말입니다.

아무튼 저에게 짬뽕의 맛 영감을 준 맛집은 서울 강남 우성아파트 사거리에 위치한 '만다린'이라는 중식당입니다. 이곳은 수제비 짬뽕, 홍합짬뽕, 튀김 짬뽕 등 다양한 짬뽕 메뉴를 선보이고 있는데요, 짬뽕 메뉴만도 11가지나 됩니다. 저는 이 중에서도 알고니짬뽕을 '원픽'으로 꼽습니다. 곤이와 이리가 아낌없이 들어갑니다. 술 마신 다음 날 해장을 위해 짬뽕을 즐겨 먹던 저로서는 사랑하지 않을 수 없습니다. 일단 양이 푸짐하고요, 매콤한 짬뽕 국물에 생선 곤이와 이리가 매운탕과도 같은 맛을 더합니다. 거기에 단백질이 풍부한 곤이와 이리로 생선 내장으로 속을 든든하게 채울 수 있습니다.

성공을 쫓는 마음은 조급하다
세일즈맨의 된장찌개

조용히 침실을 빠져나와 거실의 커튼을 젖혔다. 저만치 한강이 바라다보인다. 현중은 이곳의 생활환경이 좋다. 서울에서 약간 떨어져 있다는 점이 주는 나름의 정취 같은 것이 있다. 왠지 공기도 더 상쾌한 것 같고, 나무와 풀도 더 푸른 것 같다. 남들보다 먼저 내 집을 갖고 싶었던 현중은 서울을 포기하고 남양주에 아파트를 샀다.

출근 준비를 한다. 부지런한 아내는 현중보다 먼저 일어나 아침을 준비하고 있다. 은행원이었던 아내 소정은 딸을 낳은 후 복직하지 않고 전업주부의 삶을 택했다. 현중이 벌어온 돈으로 살림하며 착실히 모은 돈으로 작년엔 카페를 운영하기 시작했다. 집에서 차로 20분 정도 거리에 있는 카페였는데, 장사가 꽤 잘 되는 것을 눈여겨봐 두었던 아내가 매물로 나오자마자 매입한 것이었다. 현중은 아내가 집에서 카페를 오가는 데 타라며 차를 한 대 더 구입했다. 그 당시 현중은 영업 실적이 꽤 괜찮았다. 실적이 좋으면 수입도 좋은 법이다. 매달 적게는 웬만한 직장인 월급의 두 배, 많게는 네 배까지도 벌었었다. 그래서 아내가 복직을 하지 않았을 때도, 카페를 인수했을 때도, 차가 한 대 더 필요해졌을 때도 크게 걱정하지 않았다. 하지만, 서서히 현중의 실적도 내리막을 걸었다. 요새는 허탕치는 날이 눈에 띄게 많아지면서 고민이 커졌다.

아내가 운영하는 작은 카페에선 각종 베이커리들도 취급한다. 덕분에 가족들의 아침 식사 메뉴로 빵과 커피가 올라오는 경우가 많아졌다. 현중은 개인적으로 아침에 밥과 국을 먹고 싶었지만, 아내에게 그런 말은 하지 않았다. 아침마다 맡는 은은한 커피 향기는 좋았기 때문이다.

오늘은 현중의 지점에서 오전 조회가 있는 날이라 일찍 출근해야 한다. 그래서 딸을 학교에 데려다주는 일은 아내가 대신해 주어야 한다. "다녀올게."라는 말을 남기고 딸 유림이의 볼에 뽀뽀하고 현관문을 나선다. 서울로 향하는 길은 아침에 서둘러 출발하지 않으면 극심한 교통체증이 시작된다. 현중은 동기부여 강좌를 들으며 액셀에 올린 발에 힘을 준다. 서울 강남 한복판에 있는 지점 사무실 인근에 도착하자 차들이 많아졌다. 심장이 빨리 뛰기 시작했다. 앞으로 가로막고 들어오는 차를 향해 신경질적으로 경적을 울려댄다. 교차로 신호대기 때문에 차가 멈춰서자 초조한 듯 탁탁탁 하고 손가락으로 핸들을 두드린다.

　보험대리점의 월요일 아침 지점 미팅은 살풍경하다. 양옆 길이가 아주 좁은 책상이 다닥다닥 붙어 있는 사이로 정장을 입은 남녀가 뒤섞여 앉아 있다. 이들은 사무실 한쪽 벽면을 향해 의자를 돌려 앉아 있고, 시선은 벽면의 큰 스크린을 향해 있다. 스크린 옆에는 지점장이 마이크를 들고 포디움 뒤에 서 있다. 보험 세일즈의 세계는 매일, 매주, 매달, 매년이 치열한 레이스이다. 지난주에 가장 많은 보험 계약 건수를 체결한 동료 설계사의 이름이 호명되었다. 호명된 젊은 여성이 동료들의 박수를 받으며 앞으로 나가 지점장과 악수한다. 그러고는 마이크 앞에 서서 지난주 자신의 영업 사례를 발표했다. 그렇게 가장 큰 금액의 보험료 성과를 올린 사람과 3건 이상의 계약을 체결한 사람들이 한 명씩 순서대로 호명되고 각자의 사례를 발표했다. 현중의 이름은 없다.

　현중은 이 일을 시작한 지 5년이 지났다. 보험 영업을 하기 전에는 대형 유통회사의 정직원으로 일했었다. 대형마트의 부점장으로 승진했을 때 그의 나이가 30대 중반이었다. 하지만, 열심히 일한 것에 대한 보상은 없었다. 지방의 신도시에 신규 매장 오픈을 준비하느라 며칠을 밤새워가며 일해도 월급은 똑같았다. 현중은 열심히 일해서 승진하면 경제적으로 더 여유로워질 줄 알았다. 그런데 현실은 그렇지 않다는 사실을 알게 되자 열심히 일하고 싶은 마음이 사라져 버렸다. 그렇게 의욕 없이 살던 어느 날 몇 년간 연락이 닿지 않던 대학 선배에게서 연락이 왔다. 현중의 회사 근처에서 점심을 함께 먹은 그는 현재 보험 세일즈를 하고 있다고 했다. 일해서 성과를 올리는 만큼 벌기 때문에 일반 직장인보다 많이 번다고 했다. 현중도 그처럼 빨리 돈을 많이 벌고 싶었다.

지점 미팅이 끝나고 나서 이번 일주일 동안의 활동 계획을 작성하여 팀장에게 제출했다. 어느 날 몇 시에 어디서 누구를 만나서 무엇을 할 것인지를 제출한다. 당연히 만날 계획이 빼곡히 잡혀 있는 설계사일수록 높은 성과를 낼 수 있기에 팀원들이 제출한 계획표를 한 장씩 넘길 때마다 팀장의 표정은 달라졌다. 현중의 이번 주 일정은 그리 많지도 적지도 않은 편이다. 다만, 새로운 고객을 만나 가입 권유를 할 수 있는 영업 목적의 만남은 그리 많지 않다. 이미 고객이 된 사람들을 만나 그들의 보험금을 청구하는 일이나, 계약과 관련된 부수적인 일들을 처리해 주는 서비스 성격의 일정들이 반 이상이나 된다. 현중은 이 일을 시작하면서 영업 실적에 혈안 되어 고객 관리를 소홀히 하지는 않겠다고 스스로에게 다짐했었다. 하지만 다른 한편으로는 더 많은 고객을 만나 더 많은 계약을 하고 싶다는 생각도 자리 잡고 있었다.

오늘 일정은 사무실에서 각종 서류 정리와 자료 작성을 마친 후 오전 11시에 판교에서 고객을 만나 수익자 변경과 보험금 청구 서류를 접수하고, 저녁 7시에 김포에서 가망 고객을 만나는 것으로 마무리된다. 가망 고객이란 아직 계약을 체결해서 고객이 되지는 않은 상태를 말하며, 영업 목적으로 만나서 고객으로 만들어야 할 사람을 뜻한다. 시계를 보며 사무실을 나선 현중은 차에 올라 내비게이션의 도착지를 설정했다. 만나기로 한 고객에게 지금 출발하니 앞으로 약 1시간 정도 후에 도착할 예정이라고 미리 메시지를 보낸다. 주차장에서 빠져나오자 도심의 교통체증 속으로 빠져들었다. 또다시 현중은 핸들을 손가락으로 톡톡 두드린다.

판교에서 만난 고객과는 이미 친분이 쌓여 있다. 아내와 초등학생 자녀를 둔 30대 IT 회사원 고객이었다. 판교의 이름 있는 회사의 1층 접객실에서 만났다. 처음 그에게 계약을 받아냈을 때를 떠올렸다. 현중이 제안한 보험상품 설계안을 놓고 며칠이고 고민했으나 현중은 그를 채근하지 않았다. 결국 그는 현중의 고객이 되어주었고, 지금까지 관계를 이어오면서 점차 친분도 쌓여갔다. 그가 최근 건강검진을 받으면서 대장의 용종을 제거하는 내시경 수술을 받은지라 보험금 청구 서류를 건네받았다. 이걸로 만난 목적은 완료되었다. 나머지 시간은 서로의 근황에 대한 이야기로 채운다. 결국 일찌감치 목적이 완료된 스몰 토크는 억지로 오래 끌지 못하고 30분 만에 끝난다. 다음에 또 필요한 일이 있으면 불러달라는 말을 남기고 현중은 다시 차에 몸을 실었다.

돌아오는 길에 고속도로 휴게소에서 간단하게 점심을 때웠다. 혼자 점심을 먹으면서도 이렇게 실속 없어서는 안 되겠다는 생각이 들어 기존 고객들에게 안부 문자를 돌렸다. 그러나 그마저도 별다른 성과를 보지 못한 채 사무실로 돌아왔다. 저녁 상담까지는 아직 시간이 많이 남아서 이번 주 상담할 고객들의 설계안을 만들었다. 요즘 대부분의 보험설계사들은 자신이 직접 고객의 보험 플랜을 설계하지 않는다. 보험사에 소속된 설계 매니저를 이용한다. 고객의 이름, 생년월일, 원하는 보험상품, 월 보험료를 불러주면 설계 매니저가 알아서 설계를 해준다. 고객의 자금 사정이 어떠한지, 가족 관계는 어떠한지, 건강 상태는 어떠한지, 앞으로 어떤 계획을 가지고 있는지에 따라 설계가 달라져야 한다고 현중은 생각했다. 그래서 고객을 만나 상세한 사정을 들어본 후 꼭 필요한 보험을 직접 설계했다. 그렇게 미련스럽게 시간을 쓰는 현중을 지점장은 바보 같다고 생각하고 있었다.

설계를 마치고 상담 약속을 잡기 위해 전화(TA)를 했다. 얼마 전부터 현중도 사비를 들여 상담 DB를 구입하기 시작했다. 이른바 보험 상담을 받기 희망하는 사람들의 연락처 정보를 DB라고 부른다. 인터넷 광고나 콜센터 등을 통해 가망 고객이 보험 상담을 받겠다는 의사를 밝히면 그것이 DB가 되는 것이다. 이렇게 만들어진 DB는 보험설계사들에게 돈을 받고 판매된다. DB를 넘겨받은 보험설계사는 상담을 희망하는 가망 고객에게 연락해서 원하는 것을 해주면 되는 것이다. 과거에는 가족과 지인을 대상으로 했었기 때문에 폐해가 많았다. 그러다 점점 영업할 대상이 없어지자 광고를 통해서 DB를 만들어 설계사에게 판매하는 업자들이 많이 생겨난 것이다. 그나마 그렇게 만들어진 DB조차도 이제는 타율이 떨어진다. DB 10건을 구매하면 그중에 실제 계약까지 체결하는 사람은 1~2명 정도뿐이다. 이렇게 타율이 떨어지는 DB라도 불티나게 잘 팔린다. 그러다 보니 나날이 DB 가격이 오른다.

현중은 진실성 있게 잘하면 고객을 소개받을 수 있다고 믿었다. 현중보다 먼저 보험 세일즈를 시작했던 선배들은 그런 식의 소개를 통해 영업 성과를 꽤 많이 올렸다고 했다. 하지만, 이제 그런 소개는 잘 나오지 않는다. 보험 시장도 포화 상태이기 때문이다. 보험을 판매하려는 사람은 많은데, 이미 보험에 가입한 사람이 너무 많다. 고객들의 구매 트렌드가 바뀐 것도 전과 같은 성과를 올리기 힘들어진 데에 큰 몫을 했다. 예전처럼 끈질기게 권유해서 가입시키는 영업 방식은 반감을 살 뿐이다. 전화 통화조차 꺼리고, 만나는 것은 더 꺼린다. 점점 영업하기 힘든 환경이 되어가고 있다는 사실을 떠올릴 때마다 현중은 조바심이 났다. 하루빨리 더 많이 벌어서 이 일을 그만두고 싶었다.

현중의 벤츠 GLE는 어느덧 뉘엿뉘엿 해가 지는 올림픽대로 위를 달리고 있었다. 올림픽대로의 서쪽 끝을 지나 김포한강로로 접어들자 시가지가 주변에 들어왔다. 내비게이션의 안내가 남은 목적지까지 1km 남았다고 알려올 때쯤 갑작스레 급정거를 했다. 앞서 가던 흰색 경차 한 대가 드라이브스루 매장으로 들어가기 위해 갑자기 속도를 줄였던 것이었다. 현중은 신경질적으로 경적을 여러 번 울려 댄 후에야 가던 길을 다시 가기 시작했다.

오늘 만나기로 한 가망 고객은 얼마 전 현중이 돈을 내고 구매한 DB로 연락하게 된 사람이다. 처음 통화했을 때는 상냥한 느낌이었고, 딱히 경계하는 분위기도 없었다. 며칠 전 첫 미팅에서는 보험 가입 현황을 분석해서 불필요한 것들을 정리하는 쪽으로 상담 방향을 잡았다. 오늘은 부족한 보험을 보완하는 방법으로 현중이 설계한 상품을 제안하려는 것이다. 미리 여러 개의 설계안을 준비해서 태블릿 PC에 저장해 두었다. 목적지에 도착했음을 알리는 내비게이션의 안내와 함께 현중은 자동차의 시동을 껐다. 자동차 룸미러로 얼굴과 셔츠 매무새를 비추어보았다. 차 문을 닫고 만나기로 한 사람에게 전화했다. 전화를 받지 않았다. 불안한 기분을 느끼며 지난번 미팅 때 만났던 카페로 향했다. 다시 전화를 걸었다. 응답이 없다. 카페에 들어가 주문하려고 하는데 메시지 알림음이 울렸다.

'죄송해요. 남편이 지금 있는 보험에서 더 늘리지 말라고 반대를 해서요. 오늘 미팅은 하지 않는 것이 좋겠습니다.'

주문을 받기 위해 현중을 멀뚱멀뚱 바라보고 있던 카페 직원에게 "죄송합니다. 다음에 올게요."라고 말하며 나왔다. 한숨이 나온다. 돌아가는 차 안에서 전화벨이 울린다. 저녁은 집에 와서 같이 할 수 있냐고 묻는 아내의 전화다. 허기를 느낀 현중은 밖에서 먹고 들어갈 것 같다고 답한 후 전화를 끊었다. 최근 들어 영업 성과가 점점 떨어지고 있음을 느낀다. 보험 영업을 처음 시작했을 땐 직장 생활 월급보다 훨씬 큰 수당을 받으며 만족했었는데, 이제는 점점 그 격차의 만족이 줄어들고 있는 느낌이다. 충실하게 고객관리를 해서 지금까지 왔지만, 앞으로는 이렇게만 고집해서는 되지 않겠다고 판단했다. 그래서 현중은 사비를 들여 DB를 써보기로 했다. 이번 달에도 DB를 사용한 보람은 없었다. 계약한 건 단돈 3만 원 손해보험 상품 1건이 전부였다. 보험료가 크거나 수당을 많이 받는 상품을 판매해야 하는데 매번 마음처럼 쉽지는 않다.

예전에 상담 차 김포를 다녀가면서 봐두었던 길가 기사식당 간판이 눈에 들어왔다. 현중은 차를 세우고 들어갔다. 식당 안에는 드문드문 사람들이 있었다. 화물차 기사로 보이는 사람 몇 명이 각자 밥을 먹고 있었다. 테이블에 물병을 가져다주는 아주머니에게 된장찌개를 주문했다. 식당 안에 틀어 놓은 TV 뉴스에서는 올해 경제성장률과 소비자 물가에 대한 보도가 나오고 있었다. 고개를 돌린다. 좋은 일이 일어날 리 없다. 현중은 무선 이어폰을 꺼내 귀를 막고 휴대폰으로 유튜브를 켰다.

된장찌개가 나왔다. 뚝배기에 담긴 채 부글부글 끓고 있다. 끓어 오르는 기포가 터질 때마다 두부가 푸르르 몸을 떨었다. 찌개에서 피어오르는 후끈한 김이 얼굴을 스친다. 숟가락을 들어 국물을 뜬다. 입가에 가져와 "후우, 후우" 두 번 불고 숟가락을 깨물듯이 국물과 함께 입에 넣는다. 된장의 구수함과 짠맛이 입속에 첫맛을 남긴다. 목구멍을 넘길 즈음 혀와 입안에 남는 칼칼한 기운이 좋다. 마지막에 올라오는 바지락조개의 감칠맛까지 일품이다. 삼킨 후 날숨과 함께 가벼운 탄성이 흘러나온다. 다시 한 번 국물을 뜨고 불어 입에 넣는 동작을 몇 번 반복했다. 그러고 나서야 공깃밥 뚜껑을 열고 입에 흰쌀밥을 집어넣는다.

언제부터인가 현중은 조바심이 났다. 남들보다 빨리 앞서가야 한다는 욕심이 솟아났다. 운전할 때도, 집을 살 때도, 돈을 벌 때도 말이다. 빨리, 먼저, 그리고 많이 하고 싶었다. 소개를 많이 받는 것이 예전엔 가장 안정적이고 좋은 영업 방식이어서 현중도 택했지만, 이제는 그 방식을 버려야 할 때가 온 것이라고 현중은 생각했다. 어쩌면 이제는 보험 세일즈를 그만두어야 할 때가 온 것인지도 모른다. 왜냐하면 더 이상 이 직업으로 남들보다 더 많이 그리고 더 빨리 돈을 모을 수는 없겠다고 생각되었기 때문이다.

현중은 학창 시절부터 어머니가 끓여주는 된장찌개를 먹고 등교를 했다. 늘 아침밥을 든든히 먹고 다녀야 한다고 말씀하시던 어머니는 현중이 좋아하는 된장찌개를 참 맛있게 끓여주시곤 했었다.

그때의 맛을 떠올리며 현중은 된장찌개를 숟가락으로 떠서 밥에 비볐다. 두부와 애호박이 숟가락의 놀림에 따라 으깨진다. 고춧가루의 붉은색이 밥과 어우러져 울긋불긋해진다. 한 손으로 스테인리스 공깃밥을 들어 올려 쓰윽 쓰윽 된장찌개로 비벼낸 밥을 한 숟갈 가득 입에 넣는다. 그렇게 오늘의 허기를 잠재운다. 일단은.

배현중(보험설계사)
30대 후반. 남. 기혼. 자녀 있음(딸 1). ENFP. 고급 수입차를 장기렌트로 이용 중. 부모님과 사이가 안 좋음.

작가의 단상

거절당할 수도 있다는 두려움. 세일즈맨들은 항상 이것을 극복해야만 합니다. 현중은 스스로를 채찍질하며 남들보다 앞서가기 위해 안간힘을 씁니다. 그 일념으로 거절에 대한 두려움에도 맞서왔습니다. 스트레스로 스트레스를 이겨내는 것 같은 느낌입니다.

현중처럼 고객을 만나러 이곳저곳을 다니는 세일즈맨들은 전국 각지의 맛집도 아마 잘 알겠지요. 제겐 된장찌개 하면 떠오르는 집이 한 곳 있습니다. 남대문 시장 골목 한 귀퉁이에 자리 잡은 식당입니다. '남대문 생숯불갈비'라는 노포입니다. 날씨가 풀리면 가게 앞에 의자와 테이블을 놓고 손님을 받습니다. 요즘 말로 '야장'이지요. 가게 이름처럼 저녁엔 숯불갈비를 팔지만, 점심엔 해물 된장라면을 팝니다. 점심엔 이 해물 된장라면을 맛보려는 근처 직장인들이 줄을 설 정도입니다.

그냥 단순히 된장찌개에 라면을 넣은 것에 불과하다고 생각한다면 오산입니다. 이 집 된장찌개 국물은 일단 약간 심심한 편입니다. 그런데 그게 다 이유가 있습니다. 면을 건져 먹은 후 된장찌개와 밥을 비벼 먹을 수 있도록 밥은 사발에 담아 나오는데요. 밥 위에 콩나물, 미역 줄기, 열무김치, 어묵채를 넣고 초장을 살짝 뿌리고 국자로 된장찌개 국물과 건더기를 밥 위에 얹어 쓱쓱 비벼 먹는 것입니다. 심심한 된장찌개 맛이 비빔밥과 어우러지면서 그 맛이 기가 막힙니다.

기대와 다른 현실이 실망스럽다
변호사의 샌드위치

　주현은 서울 소재 대학에서 경제학을 전공했다. 졸업 후 대기업에 취업했다. 본사 구매팀에서 일했다. 바쁜 나날을 보냈지만, 자신이 생각했던 사회생활과 다름을 많이 느꼈다. 그렇게 회사 다니면서 나이 들었을 때 자신 앞에 펼쳐질 삶이 뻔하다고 생각했다. 실망스러웠다. 그래서, 1년도 채 되지 않아 퇴사를 결심했다.

　로스쿨에 입학하기로 마음먹고 LEET(법학적성시험) 공부를 시작했다. 10개월여의 사투 끝에 시험을 치렀다. 학부 성적(GPA)은 4점대였기 때문에 LEET 성적이 중요했다. 다행히 서울 유명 여자대학교의 법학전문대학원에 합격했다.

　주현에게 로스쿨에서의 3년은 지옥 같았다. 법학 비전공자였기 때문에 공부해야 할 것이 기본적으로 많았다. 빡빡한 학사일정을 따라가기도 벅찼다. 아침부터 저녁 늦은 시간까지 수업과 실습이 이어졌다. 집에 돌아와서도 공부의 산더미에 파묻혀 지내는 날의 연속이었다. 3학년이 되었을 땐 변호사자격시험 준비도 함께해야 했다. 그렇게 법조인이 되는 관문은 높고도 좁았다. 하지만, 주현은 그 관문을 보란 듯이 통과했다.

로스쿨 선배가 대표 변호사로 있는 서초동의 한 법무법인에서 6개월간 실무수습을 했다. 연수가 끝나고 정식 채용되는 조건이었다. 법무법인의 소속 변호사가 되었다는 것은 어느 정도의 안정감을 기대해도 괜찮다는 의미일 수도 있다. 하지만, 그것은 전적으로 법무법인의 규모와 수준이 뒷받침된다는 전제에서만 그러하다. 주현이 변호사로 몸담은 첫 법무법인은 규모가 작은 편에 속한다. 변호사 수도 5명뿐이다. 그러다 보니 폼 나는 기업 소송이나 유명 연예인 사건 같은 것은 꿈도 꿀 수 없다. 말이 법무법인이지 규모상 법률사무소와 별 차이가 없다. 사건을 의뢰하려는 사람들에게 더 신뢰감을 주는 이미지라는 이유에서 대표 변호사는 법무법인을 고집했다. 시시콜콜한 개인 사건들이 넘쳐났다. 주현은 실망했다.

주현은 바쁜 걸음으로 법원에 들어섰다. 10시 재판에 출석하기 위해서다. 사무실을 들르지 않고 바로 법원으로 출근하는 날이 간혹 있다. 309호 법정에 들어서서 참관석에 앉아 개정하길 기다렸다. 듬성듬성 사람들이 앉아 있다. 주현이 참관석에서 소송 기록을 살펴보고 있는 동안에도 사람들이 종종 법정으로 들어왔다. 잠시 후 법정에 재판관이 들어왔다. "모두 일어서 주십시오."라는 법정 경위의 목소리에 방청석의 모든 사람이 자리에서 일어났다. 3명의 재판관이 자리에 앉고 나서 "자리에 앉아 주십시오."라는 목소리가 들려왔다.

"2023나1414 원고 손윤정 피고 의료법인 참 이쁜 성형외과 사건 관계자분 앞으로 나오세요."

드디어 주현이 맡은 사건이다. 피고석에 앉았다. 원고석에는 정장을 입은 남자가 앉았다. 재판관의 진행에 따라 각자의 신분을 밝혔다.

"원고 손윤정 소송대리인 문태권 변호사입니다."

"피고 의료법인 참 이쁜 성형외과 소송대리인 법무법인 HS의 민주현 변호사입니다."

성형수술을 받은 원고가 성형외과의 의료 과실을 주장하며 피해 보상과 재수술 비용 등을 요구하는 내용이었다. 재판관은 쟁점이 되는 사항에 대한 양측의 입장을 들어보고 '속행'을 선언했다. 다음 변론기일까지 양측의 증거와 서면 공방이 이어짐을 의미한다. 10분 만에 끝났다. 영화나 드라마에서 나오는 침 튀는 설전 따위는 없다. 변론기일이 생각보다 허무하게 끝난다는 사실을 처음 알았을 땐 실망스러웠다. 하지만, 이제는 무감각하다.

11시에 형사재판에 참석한 후 법원 청사 내 구내식당에서 점심을 먹었다. 오늘은 오후 4시에 재판이 하나 더 있다. 이렇게 중간에 시간이 뜰 때는 사무실로 복귀할 수밖에 없다. 다람쥐 쳇바퀴 도는 것 같은 생활의 연속이다. 법무법인에서 수임한 모든 사건을 변호사가 속속들이 다 알 수는 없다. 사건 내용을 제대로 알지도 못한 상태에서 변론에 들어가는 일도 벌어진다.

 낮 시간을 법원에서 쓰고 나면 변호사에게 있어 서면을 쓰고 소송을 준비할 시간은 턱 없이 부족하기 때문이다. 그러다 보니 정작 사건 내용을 제대로 알지도 못하고 변론기일에 참석해서 앵무새처럼 서면 내용을 읽고 나오는 일이 다반사다. 변호사가 일과 시간 중에 법원이 아닌 사무실에 있는 것은 영화나 드라마에서나 나오는 장면일 뿐이다. 변호사는 그날 법원에서 볼 일이 다 끝나야 사무실로 출근할 수 있다.

 사무실에 도착하자 직원들과 인사를 나눈다. 변호사마다 각자의 집무실이 따로 있다. 선배들에게 찾아가 깍듯이 인사를 한다. 이 바닥에서 크기 위해서는 인적 네트워크가 생명이다. 주현은 자신의 방에 들어와 가방을 테이블에 던지고 의자에 쓰러지듯 주저앉았다. 대기업에서 일하던 시절이 문득 떠올랐다. 회사원이었다면 임원이 되지 않는 한 이런 독립 업무공간이 주어지지 않았을 터였다. 아무리 신입이라고 해도 변호사가 된 덕에 이런 방도 내어주는 것으로 생각하면 괜찮은 것인가, 주현은 생각해 본다. 방을 둘러보니 소송서류들이 빼곡하게 꽂힌 책장과 테이블 위에 쌓인 소송서류들이 눈에 들어왔다. 실망 섞인 한숨이 나온다.

4시 재판은 부동산 전세금 반환 청구 소송이었다. 민사와 형사 사건을 가리지 않고 맡겨진다. 지금은 신입이기 때문에 다양한 경험이 중요하다는 대표 변호사의 말이 떠올랐다. 역시나 이번 변론도 10분여 만에 끝났다. 변론 종결하고 선고기일에 판결하겠다는 재판장의 말을 듣고 법정을 나왔다. 주현의 발걸음은 사무실로 향하다가 샌드위치 가게 앞에서 멈췄다.

"이탈리안 비엘티. 플랫 브래드 15센티로 주세요."

"치즈는 슈레드. 야채는 양파를 빼주시고 올리브 많이 주세요."

"드레싱은 랜치와 후추요."

이렇게 주현의 말에 따라 만들어진 샌드위치는 알록달록한 유산지에 돌돌 말려 포장되었다. 주현은 샌드위치를 가방에 넣었다.

사무실에 돌아온 주현은 팔을 걷어 올렸다. 고무끈을 입에 물고 머리카락을 손으로 모아 포니테일로 묶었다. 주현이 직접 수임한 사건의 상대측 답변서가 제출된 것이다. 대여금 사건이다. 원고는 피고에게 돈을 빌려주었는데 갚지 않는다고 주장하고, 피고는 원고가 준 돈은 투자금이었기 때문에 갚을 의무가 없다는 것이었다. 미경은 원고 측 소송대리인으로 위임받았다. 피고 측에서도 소송대리인으로 유명 로펌을 선임했다.

입증자료 확보한 것으로만 보면 원고가 유리했다. 하지만, 이번에 피고 측에서 제출한 준비서면에는 방향을 틀어 상사채권 소멸시효의 완성을 주장하고 나왔다. 상인 간의 거래에서 발생한 채권은 5년간 행사하지 않으면 소멸한다는 것이 상법상의 소멸시효이기 때문이다. 일반적으로 채권의 소멸시효는 10년이지만, 일반인들보다 셈법에 빠른 상인 간에 이루어진 상행위로 발생한 채권은 5년이 지났다면 받을 생각을 하지 말라는 취지이다.

'쌍방에게 모두 상행위가 되는 행위로 인한 채권뿐만 아니라 일방에 대하여만 상행위에 해당하는 행위로 인한 채권도 상법 제64조 소정의 5년 소멸시효기간이 적용되는 상사채권에 해당하는 것이고, 그 상행위에는 상법 제46조 각호에 해당하는 기본적 상행위뿐만 아니라, 상인이 영업을 위하여 하는 보조적 상행위도 포함된다(대법원 2006.4.27. 선고 2006다1381 판결).'

주현은 피고 측 답변서에서 인용한 대법원 판례를 주의 깊게 읽었다. 피고가 대법원 판례를 인용하면서 펼치고 있는 주장은 원고가 빌려준 돈으로 피고가 식당을 개업했고, 이것은 상행위로 인한 채권에 해당한다는 것이다. 논리적으로 타당해 보이는 주장이다. 이대로 상사 소멸시효가 인정되면 원고는 소송에서 패하고 돈을 한 푼도 돌려받지 못하게 된다. 그렇게 되지 않으려면 주현은 피고의 주장을 깨뜨려야 한다. 원고와 피고는 전 직장 동료 사이였다는 사실에 착안했다. 피고가 회사 자금을 횡령한 사실이 밝혀지게 되면서 해고를 당하게 되었고, 재취업이 어렵게 된 피고가 식당 개업을 한 것이었다. 피고 본인의 퇴직금과 더불어 원고에게 빌린 4천만 원을 식당의 개업 자금에 충당했다. 따라서, 피고가 원고로부터 돈을 빌린 시점은 피고가 식당을 개업하기 위해 사업자등록을 한 시점보다 앞선다. 본격적인 상행위가 이루어지기 전에 발생한 금전 채권이라는 점을 들어 상사 소멸시효 주장을 무력화시키는 쪽으로 방향을 잡았다. 주현은 원고가 피고에게 4천만 원을 이체한 명세인 갑 제1호증과 피고와 원고 사이에 카카오톡 메신저로 나눈 대화 내용 캡처 자료 갑 제3호증을 재인용하여 준비서면을 써 내려갔다.

원고는 직장 생활 동안 피고와 친분 관계를 유지해 왔는데, 해고당한 피고의 처지가 딱하여 차용증도 없이 돈을 빌려준 것이다. 그렇게 5년이 흐르는 동안 마음 약한 원고는 모질게 상환을 요구하지 못했다. 가게를 몇 번 찾아가 부탁을 한 적은 있었지만, 내용증명 우편이나, 증거가 남는 메일 또는 카톡으로 상환을 독촉하지는 않은 것이 화근이 되었다. 피고는 뻔뻔하게도 말을 바꾸어 애초에 돈을 빌린 것이 아니라 투자를 한 것이고, 식당 경영이 좋지 않아 이익을 배당할 여력이 없다고 버텼다. 순진한 원고를 만만하게 본 것이다. 돈을 빌려줄 때는 반드시 차용증을 작성하고, 가능하다면 공증사무소를 찾아 집행인낙을 받아 놓는 것이 좋다고 처음 원고가 주현의 사무실을 방문한 날 조언해 주었었다.

시간은 어느덧 8시가 다 되어가고 있었다. 직원들은 다들 퇴근한 시간이다. 허기가 몰려온 주현은 테이블에 던져두었던 가방에서 샌드위치를 꺼냈다. 일어난 김에 커피머신에 캡슐을 하나 끼워 넣었다. 커피가 내려지는 동안 주현은 휴대폰을 들어 블루투스 스피커와 페어링시켰다. The who의 'Eminence Front'라는 곡이 흘러나온다.

커피를 들고 자리로 돌아와 샌드위치에 감긴 종이옷을 벗겨낸다. 햄과 살라미가 풍기는 외국스러운 향이 벌써부터 입맛을 다시게 만든다. 베어 물 곳을 눈으로 미리 정확하게 조준하고 그리로 입을 벌려 돌진한다. 야채 씹히는 소리가 턱뼈를 타고 들려온다. 후추 향이 코끝을 자극한다. 씹을수록 입안에서 버무려지는 야채와 햄, 살라미, 마요네즈가 너무 맛있어 주현은 절로 눈을 감았다. 부지런히 입을 놀리며 샌드위치를 잡지 않은 손을 뻗어 머그잔을 집어 올렸다. 따뜻한 커피를 한 모금 입에 머금는다. 다시 한 번 베어 물은 샌드위치. 이번엔 입안에 올리브와 할라페뇨가 느껴진다. 둘 다 주현이 좋아하는 맛이다. 모두 퇴근한 사무실에서 혼자 좋아하는 것을 먹고 있다는 것이 마치 죄를 짓는 것 같은 느낌마저 들게 했다.

주현은 크고 작은 실망을 했었다. 졸업 후 첫 직장은 실망스러웠다. 자신의 삶은 좀 더 흥미롭고 찬란하길 바랐다. 전문직 직업을 가지면 나을 것 같았다. 분명 나은 점도 있다. 하지만 생각보다 큰 변화는 없다는 것에 주현은 다시 한 번 실망했다. 재판이 돌아가는 모양도 생각보다 재미가 없다. 배심원들을 앞에 두고 열변을 토하는 변호사의 모습은 찾아볼 수 없다. 마주 보며 말로 싸우는 것이 아니라 서면을 주고받으며 글로 싸우는 것은 하나도 박진감이 없다. 또 한 가지 주현이 실망스러웠던 것은 로스쿨 출신 변호사들이 은근히 무시당하는 분위기였다. 과거 사법고시 제도 때 법조인이 된 선배들은 주현 같은 로스쿨 출신들은 웬만해서는 인정해 주지 않는다. 심지어 법률 사무원들조차도 로스쿨 출신 변호사를 얕잡아본다. 사시 출신 변호사들보다 실력이 떨어진다는 것이 그 이유이다. 의뢰인 중에서도 노골적으로 사시 출신 변호사에게 사건을 맡기고 싶다고 하는 사람까지 있을 정도이다.

주현은 샌드위치를 싸고 있던 포장용 유산지를 둥근 공처럼 손으로 구겼다. 휴지통을 향해 던졌다. 휴지통 안으로 들어가지 못하고 튕겨 나왔다. 몸을 일으켜 떨어진 종이를 집어 휴지통에 넣었다. 몸을 움직인 참에 커피를 한 잔 더 마시려고 머그컵을 들고 방을 나왔다. 사무실 직원들은 전부 퇴근한 모양이었다. 유리문으로 되어 있는 선배 변호사들 방도 전부 불이 꺼져 있었다. 선배 변호사들은 어떤 사건을 맡고 있는지 갑자기 궁금해졌다. 무언가 지금의 자신보다 더 흥미로운 사건을 맡고 있지는 않을까 생각하며 선배 진순호 변호사의 옆 방 유리문을 슬쩍 밀어보았다. 각종 소송자료에는 의뢰인들의 개인정보 같은 것들이 포함되어 있기 때문에 변호사들은 사무실 방문을 잠그고 다니기도 하는데, 허술한 성격의 진변은 역시나 습관이 되어 있지 않은 모양이었다.

진변의 책상 위, 책장, 바닥에 어지럽게 누런 종이봉투들이 쌓여 있다. 백여 개는 족히 되어 보였다. 빨간색 라벨이 붙은 것은 의뢰인이 원고인 사건, 파란색 라벨이 붙은 것은 의뢰인이 피고인 사건을 말한다. 사건 기록과 서면, 서증을 철해놓은 종이 뭉치가 누런 종이 봉투에 담겨 있는 것이다. 봉투 겉면에는 사건번호와 사건 당사자의 이름이 적혀 있다. 주현은 진변의 책상에 쌓여 있는 서류 더미 사이에서 파란색 라벨이 붙은 종이봉투 하나를 집어 들었다.

'2025고합989999······.'

고합사건이라. 사건번호에 '고합'이 들어간 건 형사 합의부 사건을 말한다. 한 명의 판사가 심리하는 것이 아니라 세 명의 판사가 합의하여 심리한다. 죄질이 중한 범죄에 대한 경우 합의부 재판이 이루어진다. 주현은 입맛을 다시며 사건자료를 살펴보았다. 의뢰인이 살인 혐의로 기소된 사건이었다. 장례지도사가 염을 하면서 발견한 살해 증거를 토대로 부검을 결정하게 되었고, 그 결과 만상주가 모친을 살해한 혐의로 기소된 것이었다. 결과가 뻔해 보였다. 유죄는 피할 수 없고 형량을 줄이는 것만이 할 수 있는 상황으로 보였다. 재미없는 말꼬리 잡기가 예상되었다. 봉투 안에 사건 기록을 도로 집어넣고 원래 자리에 놓으며 다른 봉투를 집어 들어 읽었다. 남편의 독력을 견디다 못한 외국인 이주여성 아내가 이혼소송을 제기한 건이었다. 남편이 행해온 폭력의 실상이 상세히 묘사된 소장을 읽던 주현은 눈살을 찌푸렸다. 차마 다 읽지 못하고 사건 기록을 덮어버렸다.

자신의 방으로 돌아와 모니터 안 준비서면을 들여다본다.

'재미없다고 실망만 하면 뭐 하겠어. 이 정도면 괜찮은 직업이잖아. 그걸로 만족하자.'

주현이 손가락을 움직일 때마다 키보드에서 탁탁 소리가 흘러나왔다. 플레이리스트에 수록된 Beatles의 'Hey Jude'가 흘러나오고 있었다.

"Hey Jude, don't make it bad. Take a sad song and make it better. Remember to let her into your heart. Then you can start to make it better."

(헤이 주드, 너무 나쁘게 받아들이지 마. 슬픈 노래를 좋은 노래로 만들어봐. 그녀를 네 마음에 받아들여야 한다는 것을 기억해. 그럼 더 좋아지기 시작할 거야.)

민주현(변시 13회. 법무법인 HS 소속 변호사)
30대 초반. 여. 미혼. 1남 1녀 중 막내. INTJ. 개인 PT 받는 중. 결혼정보회사에 회원 등록 중.

작가의 단상

 변호사 주현은 이 세상이 재미 있고 신나는 것들로만 가득하리라 기대했던 모양입니다. 밖에서 볼 때는 근사해 보이지만, 막상 안에 들어가 보면 별거 아니구나 하는 느낌을 받을 때가 있습니다. "남의 떡이 커 보인다."라는 말은 만족할 줄 모르는 끝없는 욕심을 지적하는 것이지만, 남과 비교하여 내가 가진 것은 하찮고 남이 가진 것은 그럴싸하게 보는 심리도 드러내는 것 같습니다. 그러한 심리로 사람은 욕망을 갖게 되고, 그 욕망을 실현하기 위해 열심히 노력합니다. 그 욕망이 실현되었을 때 그것을 누리는 자신의 모습을 기대하면서 말입니다. 주현이 느끼는 실망감은 목표를 이루기 위해 자신에게 주입했던 동기부여가 현실과 괴리를 일으키며 발생하는 것이겠지요. 그만큼 주현은 목표를 위해 열심을 다했을 것입니다.

 샌드위치라는 음식은 제대로 된 식사라는 느낌보다는 간편하게 한 끼를 때우는 것으로 생각됩니다. 바쁜 주현이 조금이라도 시간을 절약하려고 일하던 책상에서 샌드위치로 식사를 해결합니다. 차갑게 식어버린 샌드위치를 베어 물면서 스스로 처량하다고 생각할 법도 합니다.

 재료에 신경을 많이 쓰는 착한 샌드위치 가게를 하나 소개해드릴까 합니다. 지하철 2호선 시청역 10번 출구를 나서면 주황색과 노란색으로 쓰인 영어 간판을 찾을 수 있습니다. '더샌드위치샵'은 1층 건물 한 귀퉁이에 있는데, 안으로 들어가 보면 복층 구조로 되어 있습니다. 저의 추천 메뉴는 단연 '치킨 사워크림 샌드위치'입니다. 닭가슴살 슬라이스에 사워크림이 듬뿍, 아삭한 양상추가 가득. 단호박 주스까지 곁들이면 신선한 재료들이 주는 건강한 맛을 느낄 수 있습니다.

변화가 두렵다
군인의 삼겹살

 문을 열고 들어가자 사방이 뿌연 수증기로 가득 차 있었다. 샤워기에서 물이 쏟아져 나와 바닥에 부딪쳐 흩어지고 있었다. 그렇게 바닥 위에 만들어진 물의 흐름에 붉은 피가 섞여 들어가는 것이 보였다. 바닥으로 흘러나오고 있는 피 줄기를 보자 심장이 고동쳤다. 샤워기가 물을 뿜어내는 쪽을 향해 눈을 돌리자 그곳엔 조 일병이 벽에 등을 기댄 채 쓰러져 있었다. 고개를 한쪽으로 돌린 채 바닥에 늘어뜨린 손목에서는 붉은 피가 흘러나와 물과 함께 뒤섞이고 있었다.

 몸서리를 치며 꿈에서 깬 재환은 머리맡의 휴대폰을 들어 시간을 보았다. 4시 23분. 출근 준비를 위해 맞춰 놓은 알람이 울리려면 한참이나 남았다. 눈을 감고 뒤척일 뿐 다시 잠을 들 수가 없었다. 매년 이맘때쯤이면 반복되는 이 꿈은 아마도 평생 뇌리에서 사라지지 않을 것 같다. 침대에서 내려와 바닥에 엎드렸다. 팔굽혀펴기를 했다. 몇 개나 했는지 모르겠지만 팔과 가슴이 뻐근해지고 땀이 났다.

조 일병은 재환이 소대장으로 처음 부임했을 당시 소대원 중 한 명이었다. 늘 말수가 적고 눈에 잘 띄지 않는 편이었다. 선임 병사들이 조 일병을 괴롭히는 것은 아닌지 재환은 한때 걱정하기도 했지만, 곧 안심했다. 그저 조 일병은 잘 웃지 않는 얼굴이었다. 그에겐 입대 전 교제하던 여자 친구가 있었다고 했다. 안 그래도 잘 웃지 않던 조 일병의 표정이 더 어두워졌던 것은 사건이 있기 일주일 전쯤이었던 것 같다. 사건이 있던 날은 하필 재환이 당직사관 근무를 하고 있었다. 한여름밤 당직사관실의 열린 창문으로 때아닌 물소리가 들려왔다. 소나기가 오는 줄 알고 밖을 내다보았던 재환은 건너편 생활관 건물 2층 샤워실 환풍구를 통해 들려오는 소리라는 것을 알아챘다. 새벽 1시가 다 되어가는 시간에 누가 샤워를 한단 말인가. 불안한 마음을 안고 재환은 생활관 2층으로 향했다. 그리고 그곳에서 손목을 긋고 쓰러져있는 조 일병을 발견했다. 급히 의무대로 그를 옮겼지만, 근처 대학병원까지 옮겨야 했다. 겨우 생명은 잃지 않았지만 이미 너무 많은 피를 흘린 상태라 뇌가 손상을 입고 말았다. 식물인간이 된 것이다. 조 일병은 그렇게 군복무를 더 이상 할 수 없어 의병제대를 하였다. 그리고 두 달 전 병상에서 사망했다는 소식이 들려왔다.

 출근 준비를 마친 재환은 자동차의 시동을 걸었다. 재환이 근무하는 부대는 후방의 보병사단이다. 독신 장교들을 위해 마련된 숙소(BOQ)는 부대 밖('영외'라고 한다)에 있어서 출근을 위해선 다시 부대 안('영내'라고 한다)으로 들어가야 한다. 부대 정문 위병소를 통과하며 초병을 향해 가벼운 손짓으로 경례를 받아준다. 운전석 창문 밖으로 힐끔 보니 위병소 근무 중인 병사의 계급도 일병이다. 또다시 밤새 꾼 꿈의 단편이 되살아난다.

 재환은 대학을 졸업하고 학사장교로 육군에 입대했다. 임관 후 지금의 보병사단에 배치되었고, 소대장 임무를 맡게 되었다. 병사들과 지내는 것은 크게 어렵지 않았다. 조 일병 사건이 일어나기 전까지는 말이다. 그 사건이 일어난 후 헌병대와 법무관실에서 여러 차례 재환과 소대원들을 조사했다. 병상에 누워있는 조 일병에게 문병해야 했다. 부대를 대표해서 조 일병의 부모님께도 인사를 드려야 했다. 그의 부모님을 마주하는 것이 재환은 두려웠다. 조 일병의 어머니는 재환을 보자마자 몸을 일으켜 가슴팍을 때리며 외쳤다.

 "네놈들이 내 아들 이렇게 만들었어! 어떡할 거야? 엉? 책임지라고!"

 조 일병 어머니의 악다구니를 정면으로 받아내는 재환은 울고 싶었다. 하지만 눈물이 좀처럼 나오질 않았다. 조 일병의 아버지가 그녀를 떼어내고, 재환을 병실 밖으로 이끌고 나왔다. 아들의 평소 소대 생활에 대한 이야기와 자살 시도 경위를 전해 들은 조 일병의 아버지는 말없이 고개를 끄덕였다.

벌써 4년 전의 이야기이다. 이제는 더 이상 소대장이 아니다. 어느덧 재환의 어깨에는 대위 계급장이 달려 있다. 장기 복무 신청을 했다. 올해부터 연대본부의 작전장교로 근무하고 있다. 군단급 야외기동훈련(FTX)이 한 달 앞으로 다가온 터라 눈코 뜰 새 없이 바쁜 나날이 계속되고 있었다. 작전과장 박 소령은 야심이 많고 눈치가 빠른 인물이다. 게다가 꼼꼼하기까지 해서 대부분 그의 지시에 따라 잘 보좌하기만 해도 기획 업무는 잘 진행되었다. 그러다 보니 자연히 재환은 상급 부대와 예하 부대의 소통과 조율에 더 신경을 쓸 수 있다.

11시 30분. 오전 업무를 마치는 나팔 소리가 방송되자 재환을 포함한 작전과 근무자들은 영내 식당으로 향했다. 몇 년 전 병영 문화를 개선한다는 명목으로 간부 식당을 폐쇄했기 때문에 모든 간부들(장교, 부사관)도 병사들과 함께 식사한다. 된장국과 야채튀김, 배추김치, 콩나물무침, 조미김이 나왔다. 식사를 마치고 오후 일과가 시작되는 1시까지는 약간의 시간이 있다. 연대본부 건물 뒤편에서는 본부중대 병사들 몇 명이 족구를 하기 시작했다. 지난주까지만 해도 재환은 이 시간을 이용해 윤정과 전화 통화를 하곤 했다. 그렇지만 이제는 더 이상 전화를 하지 않는다.

재환이 장기 복무를 신청한 것은 이제껏 겨우 적응한 군대를 벗어나는 것에 대한 거부감, 그리고 새로운 곳에서 처음부터 다시 시작해야 하는 두려움 때문이었다. 초등학교 시절 전학을 갔던 첫날, 상급 학교로 진학해서 급우들과 처음 만나는 순간은 재환에게 있어 설렘이 아니라 두려움이었다.

사회인으로 살아갈 자신이 없었다. 취업문을 뚫어야 한다는 것이 두려웠다. 재환은 대학에서 원예학을 전공했다. 특정 분야가 아니면 일반기업에 취업하기 쉽지 않은 전공이다. 문제는 재환이 그쪽 분야에서 일하고 싶지 않다는 것이었다. 안정적인 것을 선호하는 성향에 어찌 보면 자연스러운 귀결이었을지 모르지만, 재환은 흘러가는 분위기대로 군 장기 복무를 신청했다. 반면, 교제하던 여자 친구 윤정은 재환과 달리 무모하리만치 도전적이고 활발한 성격이었다. 같은 대학 연극영화과 신입생이던 그녀를 스키 동아리에서 만나 사귀게 되었다. 재환보다 두 살 아래인 윤정이 졸업 후 전공을 살려 연기자의 길을 가는 대신 헤드헌터가 되겠다고 말했을 때 재환은 놀라지 않을 수 없었다. 헤드헌터는 고정급여가 거의 없고 오로지 성과급이 전부라고 해도 될 만큼 치열한 영업이 필요하기 때문이었다. 호주로 어학연수를 다녀와서는 결국 졸업 후 유명 외국계 서치펌에 인턴십으로 들어갔다. 그러더니 얼마 지나지 않아 'Associate Consultant'가 되었다고 한다. 재환은 'Associate Consultant'라는 말에서부터 이미 이질감을 느꼈다. 그 이후로 윤정은 재환과 함께 있을 때도 종종 업무 전화를 받는 것 같았다. 외국계 기업답게 영어로 통화를 나누는 경우도 종종 있었다. 윤정이 유창한 영어로 통화하는 모습을 보면 재환은 멋있게 보이기도 했지만, 한편으로는 주눅이 드는 것 같은 느낌을 받았다.

직업군인의 길을 택한 재환은 프로포즈했지만, 윤정은 거절했다. 군인과 결혼하고 싶지 않다는 이유였다. 재환도 윤정의 이유를 인정할 수밖에 없었다. 근무지도 자주 옮겨야 하고, 군인 가족으로서의 관사 생활이나 위계 같은 것을 윤정이 버텨줄 것 같지 않았다.

오후 일과가 시작되었다. 야외기동훈련에서 대대별 병력 운용과 보급에 관한 사항을 다시 점검했다. 빼곡히 숫자가 가득한 엑셀 시트를 열어 병과 유형별 병력 인원을 분석했다. 함께 훈련에 참여하는 기갑사단과의 합동 기동이 원활하게 이루어지기 위해 사전 교육훈련도 계획했다. 워게임 시나리오상 적군이 상륙작전을 시도해오는 상황을 상정하여 작전 계획을 수립한다. 포병, 기갑, 항공 부대와 연합으로 대응해서 상륙 후 집결한 적군을 섬멸하는 작전이다. 다양한 병과가 참여하는 훈련이기 때문에 병력과 장비, 보급, 통신 등 고려해야 할 사항들이 많았다. 바쁜 덕에 윤정 생각을 잠시 접어둘 수 있었다.

오후 일과가 끝나고 애국가가 울려 퍼졌지만, 재환은 아직 사무실에서 떠나지 못하고 있었다. 사무실에 앉아 휴대폰을 만지작거리고 있었다. 직업군인의 길을 포기한다면 윤정은 프로포즈를 받아줌까. 그러려면 취업 관문을 뚫어야 한다. 두렵다. 하지만 그녀를 잃는 것도 두렵다. 프러포즈 거절 이후 어색해져 버린 둘 사이는 묘한 신경전이 오갔다. 으르렁거리며 싸우진 않았지만, 숨 막히는 분위기가 이어졌다. 그럴 때면 전화기를 들고 아무 말도 하지 않은 채 시간이 흘러갔다. 그런 일이 잦아지자 그녀는 서로 생각할 시간을 갖자는 말을 해왔다. 그런 얘기가 오간 지 일주일이 지났다.

'퇴근했냐?'

친구 준범이 메시지를 보내왔다. 재환은 사무실을 나와 시내 번화가로 차를 몰았다. 40분을 가서 준범을 만나기로 한 고깃집 앞에 차를 세웠다. 전투복 차림의 손님이 가게로 들어서자 "어서 오세요."라며 맞이하던 주인의 눈빛이 잠시 멈칫했다. "일행이 있어요."라고 말하고 안으로 들어섰다. 가게 안은 사람들로 가득했지만, 재환은 준범을 쉽게 찾아냈다. 준범은 맞은편 자리에 앉는 재환에게 눈도 마주치지 않고 계속 고기를 구우며 말했다.

"왔냐?"

"응."

"얼른 앉아. 배고프다."

"너 연락받고 바로 온 거야."

"알았어. 누가 뭐랬냐?"

노릇노릇 익어가는 삼겹살을 보며 재환은 호출 벨을 '딩동' 눌렀다.

"소주 한 병 주세요."

재환이 소주를 주문하자, 그제야 준범은 고개를 들고 재환을 쳐다보았다.

"이 새끼, 군복이라도 좀 갈아입고 오지."

"뭐 어때."

소주 한 병과 잔 두 개가 테이블 위에 놓였다. 왁자지껄 떠드는 사람들의 소리와 함께 눈앞에서 삼겹살 익는 소리가 '치이익' 하고 들려온다. 가게에서 틀어놓은 90년대 가요도 어렴풋이 들려온다. 재환은 소주를 들어 병뚜껑을 돌려 따고 두 개의 잔에 채웠다. 둘은 말없이 소주잔을 들어 가볍게 부딪치고 입으로 가져갔다. 재환은 고개를 뒤로 젖혀 술잔을 한 번에 비웠다. 그러고는 노릇노릇 익

은 삼겹살을 집어 쌈장을 찍어 입에 집어넣었다. 뜨거운 살점이 입안에서 식도록 입을 벌리고 바람을 내쉬느라 '허걱' 하는 소리가 났다. 씹을 때마다 육즙과 기름이 입안으로 터져 나왔다. 노릇하게 익은 부위는 바삭한 식감이 감돌았다. 씹는 것을 반복할수록 돼지고기의 향이 올라온다. 입안에 남아있던 소주의 쓴맛이 이내 사라진다. 젓가락을 내려놓고 소주를 다시 한 잔씩 채운다.

"천천히 마셔."

윤정과 있었던 일을 알고 있는 준범은 재환의 표정을 살피며 말했다.

"어, 알았어."

재환은 건성으로 대답했다. 같은 고등학교를 다닌 재환과 준범은 여러 가지로 닮은 점이 많은 친구다. 둘 다 말수가 적고 컴퓨터와 스키, 애니메이션을 좋아했다. 하지만 고등학교 이후 둘은 서로 판이하게 다른 선택을 하며 살아왔다. 재환은 인서울 대학에 들어가기 위해 수능 점수에 맞는 학교와 학과를 선택했다. 반면, 준범은 자신이 좋아하는 컴퓨터 공부를 하고 싶다며 인서울 대신 유명 대학 수도권 캠퍼스의 소프트웨어공학과에 진학했다. 재환은 대학 생활 중간에 군대에 다녀오는 것이 싫어 4년을 내리 다닌 후 학사 장교로 입대했다. 준범은 일찌감치 군에 다녀와 졸업 후에는 성남에 있는 IT회사에 프로그래머로 취업했다. 재환은 대학 시절부터 사귀었던 여자 친구와 결혼까지 하고 싶었지만, 뜻대로 되지 않았다. 준범은 그간 몇 번의 짧은 연애가 있었지만, 지금은 싱글이다. 얼마 전 혼자 일본 여행을 다녀올 만큼 자유롭게 산다. 조만간 대학병원 간호사를 소개받는다며 자랑해 왔었다. 이렇게 다른 길 다른 삶을 살면서도 둘은 끈끈한 우정을 유지해 왔다. 준범은 재환의 심정을 잘 안다는 듯 술잔을 또다시 입으로 가져가는 재환을 말리지 않는다.

재환은 난생처음 두 눈으로 보았던 피가 낭자한 그 같은 일이 또 벌어질까 내내 두려웠다. 소대장 보직을 벗어났을 때 비로소 두려움에서 잠시 벗어난 듯했다. 하지만, 매년 여름이 돌아오면 꿈속에서 그 장면이 떠오르곤 했다. 그럴 때마다 잠들기가 두려웠다. 애매한 전공으로 사회에 진출했다간 실패의 쓴맛만 맛볼 것 같았다. 실패와 거절이 두려웠던 것이다. 결국 여자 친구에게도 거절을 당했다. 이제는 그녀를 잃을까 두렵다.

"난 겁쟁이인가 봐."

연거푸 몇 잔의 소주를 들이켠 재환이 힘이 빠진 눈을 하고 입을 열었다.

"그걸 이제 알았냐, 인마?"

"응. 이제 알았어."

"………"

준범은 잠시 멈칫하고 재환의 얼굴을 쳐다보았다. 그 시선을 느꼈는지 재환은 준범을 마주 보지 않는다. 재환은 속 시원하게 털어

놓지도 않지만, 준범은 꼬치꼬치 캐묻지도 않는다. 그저 말이 끊기면 끊긴 대로 아무 말 없이 한 사람은 고기를 뒤집고 한 사람은 연거푸 소주잔을 기울인다.

 소주잔을 내려놓고 삼겹살을 집어 입에 넣었다. 돼지는 얼마나 두려웠을까. 사람들이 자신의 살을 도려내 불판 위에 올려놓는 순간 두렵지 않았을까. 두려웠겠지. 왜 겁이 안 났겠어. 그런데 막상 이렇게 삼겹살이 되고 보니 별것 아니지. 뭐든 시작하기 전이 가장 두려운 법이다. 막상 시작하고 보면 별것 아닌 일이 많다. 재환은 이런 생각을 하며 씩씩하게 고기를 씹어본다. 구수한 돼지고기의 향이 올라온다. 측은한 눈으로 재환을 바라보는 친구의 얼굴이 앞에 있다. 재환은 친구를 보며 씩 웃어 보인다.

방재환(육군 군수사령부 제73보급단 화력기동장비정비중대 중대장. 대위)
30대 초반. 남. 미혼. 2남 중 장남. ISFJ. 유당불내증. 갑각류 알레르기 있음. 손글씨 못씀.

작가의 단상

「변화가 두렵다」에서는 직업 군인의 옷을 입고 있지만 피 흘리는 사람을 목격한 충격에서 헤어 나오지 못하는 재환의 이야기가 나옵니다. 재환은 그 '두려움'을 이겨내지 못해 연인까지 떠나보냅니다. 군대와 연관된 것이라면 역시 실연을 빼놓을 수가 없겠지요. 대한민국의 많은 군필 남성들은 상대적으로 복무기간이 짧은 병사로 복무하면서도 심심치 않게 실연을 경험합니다. 하지만, 병사들에 비해 복무기간은 길지만 비교적 외출이 자유로운 장교의 삶에도 피할 수 없는 실연의 그늘이 드리웠습니다. 결국 계급이 다르더라도 똑같은 사람이고, 실연당하면 가슴 아프다는 것을 이야기하고 싶었습니다.

실연당했을 때, "야, 나 차였다."라며 친구에게 전화를 걸어 불러냈던 기억이 한 번씩들 있지 않나요? 이때 빠지면 안 되는 게 삼겹살에 소주입니다. 실연당했으니까 맛있는 고기를 먹어줘야겠죠. 대통령상을 받은 한돈 돼지고기를 사용하는 '온유월식당'은 서울 지하철 9호선 고속버스터미널역 근처에 있습니다. 오래된 상가건물의 지하에 있어서 처음 찾아가는 사람이라면 노포 느낌의 식당인가 생각하실 수도 있지만, 막상 식당 안으로 들어가 보면 깔끔합니다. 이 가게는 고기와 같이 구워 먹을 수 있도록 꽈리고추를 함께 주는데요, 삼겹살과 제법 잘 어울립니다. 삼겹살도 삼겹살이지만 이 식당에서는 꼭 목살을 드셔보시길 추천합니다. 저는 처음 먹었을 때 깜짝 놀랄 정도였거든요. 목살의 살점이 어쩌면 카스텔라처럼 폭신폭신하고 부드러울 수가 있을까 감탄이 나옵니다. 고기로 힐링되는 느낌을 받으실 수 있습니다.

참을 수 없는 분노가 치민다
경찰의 곰탕

　어젯밤부터 이어진 비상사태로 유진을 포함한 강력팀 형사 전원은 초긴장 상태였다. 스토킹 피의자 남성이 헤어진 전 여자 친구를 납치해서 잠적한 것이었다. 초기 스토킹 단계에서는 여성청소년과에서 담당했지만 이후 상황은 급변했다. 사건의 성격이 납치로 달라진 이후부터는 강력팀이 투입되었다. 피의자는 자살을 암시하는 메시지를 지인들에게 남겼다고 했다. 시간과의 싸움이었다. AVNI(차량 번호 자동 판독) 시스템에 조회를 했보았지만, 하필이면 차량 방범용 CCTV가 없는 경로로 이동한 것 같았다. 일단 급한대로 피의자가 차량을 이용해 피해자를 납치한 장소를 파악하여 주변 CCTV를 확보했다. 어디로 이동했을지 예상해 볼 수 있는 단서가 전무했다. 피의자, 피해자 모두 휴대폰 전원이 꺼진 상태였다. 피의자는 고속도로가 아닌 국도를 이용해 이동했다. 갈림길이 나올 때마다 CCTV는 끊겼다. 피의 차량이 화면을 벗어나 사라지면 다른 위치에서 촬영된 CCTV 영상을 가져다가 다시 돌려보며 피의 차량을 찾아내어 이동한 방향을 확인한다. 이 지루한 작업을 여러 번 반복해 가며 피의자의 동선을 파악하느라 밤새 씨름을 했다. 피의자는 서울에서 용인, 용인에서 평택, 다시 평택에서 춘천으로 이동하는 식으로 여러 차례 목적지를 바꾸어가며 옮겨 다녔다. 피해자가 어떤 위해를 당했을 가능성도 있었기 때문에 한시라도 빨리 신병을 확보하는 것이 급선무였다.

이규진은 팀장 신 경위에게 지도를 보면서 말했다.

"지금 강릉 방향으로 갔다가 다시 서울 쪽으로 돌아오는 것으로 확인되었어요. CCTV랑 30분 차이니까 우리가 지금쯤 출발해야 시간을 줄일 수 있지 않을까요?"

"그래. 그게 좋겠어. 오 형사, 최 형사는 차 한 대로 따로 따라오고, 이 형사는 나랑 같이 출발하자고."

신 팀장은 정 형사에게 CCTV로 위치 확인되는 대로 바로 연락해 달라는 말을 했다. 그렇게 규진은 신 팀장과 함께 사무실을 나섰다.

오전 10시가 조금 넘어서야 피의자는 피해자의 집으로부터 100km 정도 떨어진 춘천의 어느 등산로 초입에서 발견되었다. 검거 당시 피의자는 피해자와 함께 차 안에 있는 상태였다. 차 안에서 발견된 피해자의 상태는 처참했다. 의식이 희미한 상태로 구급차에 실려 병원으로 향했다. 얼굴과 몸 여러 곳에 폭행의 흔적이 있었고, 옷과 속옷이 찢긴 상태였다. 피의자는 차를 세워 놓고 술을 많이 마신 듯 운전대 쪽으로 고개를 박고 잠이 들었던 것 같다. 피의자는 체포될 당시 한 손에 들고 있던 흉기를 내려놓고 순순히 투항했다. 규진은 피의자에게 겨누고 있던 테이저건을 거두고 다가가 수갑을 채웠다. 등 뒤로 수갑이 채워진 피의자에게서 술 냄새가 진동했다. 피의자를 경찰서로 이송하는 차 안에서 휴대폰이 울렸다. 조수석에 앉아 있던 신 팀장이 전화를 받았다.

"응. 그래. 오 형사, 피해자 상태는 좀 어때?"

규진은 전화를 받는 신 팀장을 힐끔 쳐다보았다.

"응. 알았어. 그러면 진술을 받을 수 있는 상태가 아니겠구먼? 그렇지? 그럼 오 형사도 복귀하도록 해. 그래. 알았어."

규진은 신 팀장의 통화가 끝나자 피의자의 얼굴을 노려보았다. 밤새 도망 다녔고 술까지 취한 피의자는 고개를 숙이고 꾸벅꾸벅 졸고 있다. 이따금 웅얼거리듯 잠꼬대까지 했다. 규진은 화가 치밀어 올랐다.

"어이쿠!"

외치며, 규진은 팔꿈치로 졸고 있는 피의자 놈의 목덜미를 세게 내리찍었다.

"컥!"

잠에서 깬 피의자가 고통스러운 비명을 내질렀다. 규진은 "아이고, 괜찮아요?" 하고 능청스럽게 그를 걱정하는 듯하다가 이내 운전석 쪽으로 고개를 돌려 소리쳤다.

"야, 최 형사! 너 운전을 왜 이렇게 험하게 하는 거야?"

"네? 제가요?"

운전대를 잡은 최 형사는 느닷없이 날아든 선배 형사의 책망에 어이없는 표정으로 룸미러를 들여다보았다. 그때 조수석의 신 팀장이 최 형사의 어깨를 토닥였다. 최 형사가 다시 시선을 정면으로 가져가자, 신 팀장은 뒷좌석의 규진을 돌아보며 눈짓했다. '그만해.'라고 말하는 것 같았다. 오랫동안 함께 일해온 신 팀장은 이미 규진의 마음을 알고 있었다. 규진이 팔꿈치로 내리찍은 저 부위는 멍이 들지 않는다는 것도 말이다.

규진에겐 올해 중학생이 된 딸이 하나 있다. 태어날 때부터 너무 예뻐 눈에 넣어도 아프지 않다는 표현이 하나도 틀리지 않은 딸이다. 예쁘게 커가는 딸을 보면서 규진은 이 아이를 지켜주기 위해 아빠로서 무엇이든 하겠다고 다짐했다. 일찍이 아버지를 여읜 규진은 아빠로서의 사랑 표현법을 배운 적이 없었다. 공군 파일럿이었던 아버지는 규진이 돌을 갓 지났을 무렵 비행 중 추락 사고로 돌아가셨기 때문이다. 기억조차 남아 있지 않은 아버지는 국가유공자 자녀 취업 가점으로 아들의 경찰공무원 시험에 보탬이 되어 주셨다. 그렇게 갖게 된 경찰이라는 직업 때문에 딸과 좀 더 많은 시간을 같이 보내지 못했지만, 열심히 직업적 본분을 다해서 범죄가 줄어들면 딸에게 깨끗한 세상을 선물하는 것이라 생각했다.

하루는 유치원에서 찍은 사진이라며 아내가 딸아이의 사진을 보여주었을 때 그는 불안한 감정을 느꼈다. 유치원 같은 반 친구로 보이는 남자아이의 손을 딸아이가 꼬옥 잡고 있었던 것이다. '언젠가 내 딸도 사내 녀석을 만나 내 품을 떠날 날이 오겠구나.'라고 생각하니 벌써부터 불안감이 엄습해 왔다. 규진은 알고 있었기 때문이다. 여자를 지켜주지는 못할망정 괴롭히는 사내놈들이 너무나도 많다는 것을 말이다. 그때부터였던 것 같다. 성범죄와 연관된 용의자를 검거할 때면 규진은 유독 거칠고 가혹하게 굴었다. 그런 규진의 변화를 눈치채고 여러 번 주의를 줬지만, 신 팀장도 규진의 심정을 잘 알기에 더는 집요하게 지적하지 않았다.

경찰서로 돌아온 건 오후 1시가 다 되어서였다. 피의자 신문조서를 작성하기 위해 진술녹화실로 들어갔다. 진술녹화실 밖에서 규진은 여성청소년과에서 인계받은 그간의 피의자의 스토킹 기록을 출력했다. 피의자 차량 트렁크에서 수거한 여성 핸드백을 과학수사대(CIS)에 지문 현출을 요청했다. 얼마 후 핸드백에 찍혀 있던 지문 현출 결과를 받아 AFIS(지문자동검색시스템)로 조회했다. 5년 전 실종 된 여성이었다.

진술녹화실 문을 열고 들어간 규진은 피의자를 신문하고 있던 최 형사에게 서류 더미를 내밀었다. 잠시 눈을 돌려 피의자를 쳐다보았더니 슬리퍼를 신은 다리를 신나게 떨고 있다. 서류를 받아 든 최 형사가 몇 장을 넘기며 살펴보는 동안 지금까지 최 형사가 작성해 놓은 조서를 읽어보았다. 피해자를 진심으로 사랑했다는 말을 여러 번 반복한 것이 눈에 들어온다. 규진은 한숨을 내쉬었다. 화가 올라오고 있다는 것을 스스로도 느낀 것이다. 피의자의 얼굴은 눈물로 범벅이었다. 반성하는 것처럼 연기를 하고 있는 것이다. 최 형사는 살펴보던 서류를 내려놓고 피의자를 향해 물어봤다.

"박수진 씨 아시죠? 5년 전에 실종된 박수진 씨 핸드백이 왜 당신 차에 있던 거죠?"

"아, 수진이요? 수진이를 알긴 아는데, 핸드백이 왜 트렁크에 있는지는 저도 잘 모르겠는데요."

이렇게 시치미를 떼며 뻔한 거짓말을 하는 피의자를 규진은 악마라고 생각했다. 태어날 때부터 잘못된 악마. 저 피의자 놈은 처자식이 있는 유부남이었다. 곧 이혼할 예정이라며 접근해서 직장 후배였던 피해자와 교제를 시작했다. 피의자가 이혼할 기미가 보이지 않자, 피해자는 이별을 통보하고 회사도 퇴사했다. 그러나 피의자는 집요하게 쫓아다니며 교제를 이어갈 것을 요구했다. 그러다 이번 사건이 벌어진 것이다. 하지만, 피의자 차량 트렁크에서 발견된 5년 전 실종된 여성의 핸드백은 또 다른 사건을 암시하고 있었다. 저 뻔뻔한 얼굴에 발차기 한 방 먹여주고 싶은 충동이 끓어올랐다. 발차기를 맞고 바닥에 나동그라지면 그 얼굴을 짓밟아주고 싶다고까지 규진은 생각했다.

규진은 진술실 문을 닫고 나왔다. 화를 참는 것이 점점 힘들어짐을 느꼈다. 형사과 동기 장원을 불러내 같이 담배라도 피우려고 했다. 그런데 동기 공장원 형사는 동남아 이주여성으로 보이는 피해자를 앞에 두고 한창 조서를 쓰는 중이었다. 베트남어인지 태국어인지 알아들을 수 없는 말을 피해자와 주고받은 여성이 공 형사에게 유창한 한국말로 이야기하고 있었다. 아마도 한국어가 서툰 동포 이주민을 대신해 통역을 해주고 있는 것일 테지.

'저기는 저기대로 또 저런 고충이 있겠구나. 말도 잘 안 통하는 사람들도 상대해야 하고……'

규진은 생각하며 혼자 나와 담배를 입에 물었다. 장원은 형사팀이고, 규진이 일하는 강력팀과는 다른 종류의 사건을 담당한다. 강력팀은 살인·강도·마약 등과 같은 강력 사건을 주로 맡고, 형사팀은 폭행·상해·재물손괴·도박같이 다소 덜 강력한 사건들을 맡는다. 영화나 드라마에서는 주로 강력팀 형사들의 이야기가 다뤄지기 때문에 대중들에게는 강력팀이 마치 형사라는 직업을 대표하는 것처럼 인식되고 있다. 하지만 사건이 일어나는 빈도는 형사팀 쪽이 훨씬 많다.

모래로 절반쯤 차 있는 항아리 재떨이에 담배꽁초를 던져 넣고 이내 자리로 돌아왔다. 하지만 얼마 지나지 않아 입이 찢어질 정도로 하품하며 기지개를 켰다. 키보드에서 손을 떼고 의자에서 일어섰다. 어젯밤 한숨도 자지 못한 것을 누구나 알아챌 수 있을 정도의 형편없는 몰골이었다. 얼굴은 기름이 번들번들하고 꾸덕꾸덕한 머리카락에는 비듬이 가득하다. 종이컵에 믹스커피를 한 잔 탔다. 한 손에 종이컵을 들고 다시 모니터 앞에 앉았다. 책상 아래 휴지통 안에는 벌써 여러 개의 빈 종이컵이 뒹굴고 있다.

저녁 8시가 되어서야 신 팀장은 최 형사가 작성한 피의자 신문조서를 검토했다. 혐의는 납치, 폭행, 강간이다. 피의자는 강간에 대해서는 혐의를 부인했다. 합의하에 성관계를 가진 것이라고 주장했다. 내일은 5년 전 실종된 여성에 관한 피의자의 여죄를 추가로 신문할 예정이라는 말을 하며 신 팀장은 퇴근 채비를 했다. 팀장이 사무실을 나간 뒤 규진도 이어 퇴근하려고 일어섰다. 그런데 하필이면 오늘 당직인 오 형사가 책상 앞에 한 남자를 앉혀 놓고 얘기를 나누고 있었다. 무슨 얘기일지 궁금했던 규진은 다가가 오 형사 어깨에 손을 얹으며 물었다.

"무슨 건이야?"

"아, 예…… 아니, 이분이 장의사이신데……."

"저…… 장례지도사라고 해주세요."

책상 앞에 앉아 있던 남자가 오 형사의 말에 끼어들며 자신의 직업을 정정했다. 오 형사는 남자를 한 번 힐끔 쳐다본 뒤 말을 이었다. 얼마 전 장례를 치르면서 심상치 않은 것을 발견했는데, 아무래도 살인 사건 같다는 것이다. 규진은 주머니에 손을 넣은 채로 오 형사의 말을 듣다가 주머니에서 손을 빼며 라이터를 바닥에 떨어뜨렸다. 라이터를 줍는 척 몸을 숙이고 책상 밑으로 장례지도사의 신발과 다리를 살펴보았다. 단정하게 모아 앉은 무릎과 오래되어 주름이 갈라진 구두가 눈에 들어왔다. 형사의 습관 같은 것이다. 간혹 진술을 할 때 책상 밑에서 자신도 모르게 다리를 떨거나 하는 사람들이 있다. 그런 사람들은 의심이 간다. 그리고 간혹 신발 밑창에 심상치 않은 것이 묻어 있는 경우도 있다. 이 장의사, 아니 장례지도사라는 남자는 그런 두 부류의 의심은 하지 않아도 될 듯하다. 라이터를 집어 올리며 다시 오 형사의 어깨를 툭 치며 자리를 떴다. 조언의 말 한마디도 잊지 않았다.

"일단 저분 무슨 얘기하는지 잘 들어드려. 내일 팀장님 출근하시면 보고 올리고. 여하튼 수고하고. 들어간다."

차에 올라타서 담배에 불을 붙였다. 개인 소유의 차량이지만 출퇴근할 때뿐만 아니라 업무용으로도 이곳저곳 타고 다니는 차다. 어쩌다 아내와 딸을 차에 태울 때면 담배 냄새 때문에 머리가 띵하다며 잔소리를 심하게 하곤 했다. 그래도 규진은 아랑곳하지 않고 운전하며 담배를 피워댔다.

아까 잡아넣은 스토킹 납치 강간범의 상판대기가 떠올랐다. 그놈이 한 짓을 생각만 하면 자꾸 화가 났다. 어차피 저런 놈들은 잡아서 기소하고 재판정에 세워봤자 몇 년 안 살고 또 금방 기어 나올 것이 뻔하다. 요새 범인들은 어처구니없을 정도로 약한 형벌을 받는다. 그렇게 약한 형을 받는 것으로도 모자라 형을 살면서 감형받을 기회도 많다. 우리나라는 평생 복역해야 하는 종신형이라는 게 없고, 형기 상한 없는 무기징역형을 받아도 20년 정도 있으면 출소하는 것이 일반적이다. 그만큼 범죄자들에게 후하고 너그러운 나라가 바로 대한민국이다. 그러니 범죄를 저지르는 놈들은 사회가 우스워 보이고, 법도 우습게 안다. 규진은 그 원인이 판사들의 안이함에 있다고 생각한다. 매일 범죄자들을 접하며 살아온 형사들의 눈에는 출소 후 재범할 것이 뻔한 범죄자들조차도 언제나 뉘우치고 있으니 교화 가능성이 있다는 이유로 어이없이 가벼운 형을 받는다. 그래 놓고 저놈들은 지은 죄에 비해 형이 무겁다며 항소한다. 그러면 1심에 비해 형을 할인받는 것은 이미 공식처럼 알려진 사실이다. 그다음 감형, 가석방으로 또 한 번 자신의 죗값을 줄인다. 그렇게 빨리 사회로 되돌아온 악마들은 여지없이 또 범죄를 저지른다. 전보다 수법도 진화하고 대담해진다. 늘 이런 패턴의 반복이다.

오랜만에 들어가는 집 근처에서 규진은 발걸음을 멈췄다. 국밥집 문을 열고 들어갔다. 곰탕 한 그릇을 주문했다. 집에 들어가서 편하게 늦은 저녁을 먹고 싶은 생각도 있었지만, 이미 치운 식탁을 아내에게 다시 차리게 하기가 미안했다.

파가 듬뿍 들어간 곰탕이 뜨거운 김을 내뿜으며 규진 앞에 놓였다. 곰탕에 밥을 말은 채로 나오는 장국밥이다. '후-우!' 하고 피어오르는 김을 불어내면서 숟가락으로 밥과 고기, 파, 국물을 뒤섞는다.

숟가락으로 국물만 떠서 한 입 먹어본다. 기름지면서도 구수한 고깃국물이 진하다. 옆에 있는 후추통을 들어 적당히 후추를 뿌려 넣었다. 그러고는 다시 한 번 밥, 탕, 고기를 뒤섞는다. 이윽고 한 숟갈 크게 떠올렸더니 밥과 고기 한 덩어리가 담겨 올라왔다. '후우!' 몇 번 숟가락을 향해 바람을 불어낸 후 입으로 가져간다. 적당히 국물에 불은 밥알이 입안에 들어와 흐물대며 씹혔다. 입안 가득히 고기의 향을 머금는다. 뒤이어 후추 향이 입에서 비강으로 타고 올라와 자극한다. 양짓살은 바스러지듯 씹혔다. '아사삭' 하며 씹힐 때마다 파의 향이 입안에 퍼졌다. 바쁘게 입이 움직이는 사이 깍두기 하나를 집어 입에 넣었다. 은은한 고깃국물의 맛을 자극적인 깍두기가 제압해 버릴 때쯤 두 번째 숟가락의 밥과 탕이 입으로 들어와 깍두기 맛을 다시 밀어낸다.

규진은 화가 났다. 약자를 괴롭히고도 반성하지 않는 범죄자들에게 화가 났다. 아무리 잡아넣어도 금방 나와서 또 죄를 저지르게 만드는 이 나라의 실효성 없는 사법 시스템에 화가 났다. 딸을 가진 아버지로서 여성을 상대로 한 성범죄자들에게 더 적대적인 감정을 갖게 되었다. 성범죄 사례들을 접할수록, 그리고 딸이 커갈수록 규진은 성범죄자들에게 점점 더 감정적으로 대했다. 감정을 억누르고 직업적 본분에 충실해지자고 다짐해 봐도 소용없었다. 규진은 피해를 당한 여성들에게 과도하게 감정을 이입하고 있었다. 규진은 아직도 딸이 남자 친구를 사귀는 것을 용납할 수가 없었다.

배를 채우고 집 현관문 앞에 도착했을 때는 9시가 넘은 시간이었다. 현관문을 열기 전 멈춰서 어젯밤부터 오늘까지 있었던 일을 떠올리지 말자는 주문을 자신에게 걸고 있다. 가족들과 있는 동안만큼은 분노를 유발하는 사건 생각을 오버랩시키고 싶지 않기 때문이다. 그렇게 머릿속으로 주입하며 도어락 비밀번호를 누르며 입꼬리를 올려보았다. 그리고 현관문을 열었다.

"채원아! 아빠 왔다!"

이규진(청람지방경찰청 강력팀 경사)
40대 초반. 남. 기혼. 자녀 있음(딸 1). INFP. 고혈압, 콜레스테롤 수치 높음. 여성 먹방 유튜버 채널 구독 중.

작가의 단상

　규진은 정의감에 불타는 열혈 경찰입니다. 집에 있는 딸을 생각하면 자신이 더 많은 범죄를 해결하지 못하는 것이 안타까울 따름입니다. 어떤 일을 더 잘하고 싶어지게 만드는 동기가 때로는 과도한 의욕과 불필요한 감정을 불러오는 경우가 있습니다. 독자 여러분도 이런 적 있지 않으신가요? 저도 비슷한 경험이 있었던 것 같습니다.
　이렇게 격렬한 감정이 끓어오를 때는 뜨끈한 곰탕 한 그릇이 분명 속을 달래줄 수 있을 것 같습니다. 저는 개인적으로 설렁탕의 뽀얀 사골 국물보다 고기를 푹 고아 끓인 맑은 곰탕을 참 좋아합니다. 파와 후추를 듬뿍 넣고 깍두기와 곁들여 먹으면 그야말로 환상의 맛입니다.
　곰탕 맛집이라면 전통의 곰탕집 '하동관'도 있고, 특이한 돼지 곰탕을 선보이는 '옥동식'도 있지만, 저는 '능동미나리'를 원픽으로 꼽겠습니다. '능동미나리'는 서울 지하철 4호선 신용산역 1번 출구 근처에 있습니다. 성수동과 여의도에도 분점이 있습니다. 상호에서 느낄 수 있듯 곰탕 전문점이라기보다는 미나리 전문점이라고 할 수 있겠습니다. 하지만, 미나리곰탕은 단언코 엄지척 들어 올릴 만큼 신박합니다. 진한 육수의 풍미와 미나리의 향긋한 향이 멋진 앙상블을 이룹니다. 부드럽게 익은 소고기와 미나리의 아삭한 식감도 기가 막히게 잘 어울립니다. 미쉐린가이드에 선정될 만큼 그 맛을 인정받고 있습니다. 그러고 보니, 앞서 언급한 두 식당도 미쉐린가이드에 선정된 곳이네요. 미쉐린가이드의 평가원들은 저처럼 곰탕을 유독 좋아하나 봅니다.

짜증으로 예민해지다
간호사의 마라탕

정윤은 크게 기지개를 켰다. 시계를 보니 아침 6시를 가리키고 있다. 곧 있으면 퇴근이다. 남들은 이 시간쯤 일어나 출근 준비를 하겠지. 병동에서는 아침잠이 없는 몇몇 환자와 보호자들의 기척이 진작부터 들려오고 있었다. 뜬눈으로 밤새 스테이션을 지킨 정윤은 정신이 약간 멍멍하다. 의식 체계가 좀 뻑뻑해진 느낌이라고 해야 할까. 고개를 이리저리 돌려 목을 풀어준 후 교대 전 라운딩을 돌기 위해 일어섰다.

근무조에 따라 교대 전, 후 그리고 주기적으로 라운딩을 돈다. 산부인과 병동엔 당연히 여성 환자들뿐이다. 예민한 환자들도 많다. 환자 보호자 중엔 간혹 남편이나 아들이 있는 경우도 있지만, 그리 많지는 않다. 정윤은 병실 쪽 복도를 걸어가다 휴게실 의자에서 졸고 있는 한 남자를 발견하고 지난밤 일을 떠올렸다.

근무 인계를 받고 첫 라운딩을 마친 지 얼마 지나지 않았을 때쯤이었다. 다인 병실에서 너무 시끄럽게 코를 골아 주변 환자와 보호자들이 잠을 잘 수 없다며 한 환자가 스테이션으로 와서 불편을 호소했다. 자궁적출 수술을 받은 환자의 남편이 병상 옆에 놓인 보조 침대에서 자고 있었다. 과연 그가 숨을 내쉴 때마다 벌어진 입에서 우렁찬 굉음이 뿜어져 나오고 있었다. 정윤은 살살 몸을 흔들어 깨우며 말했다.

"보호자분, 코를 심하게 고셔서 다른 분들이 자는 데 방해를 받고 있어요."

"네, 미안합니다."

잠시 깨어 몸을 들썩이던 보호자는 옆으로 누워 자려는 듯 몸을 돌렸다. 정윤은 그 모습을 보며 병실을 나섰다. 정윤에게 찾아왔던 환자도 링거 스탠드를 한 손으로 밀며 자신의 병상으로 돌아갔다. 그런데 얼마 지나지 않아 그 병실에서 큰 소리로 말다툼하는 소리가 들려왔다. 정윤이 다녀간 후 불과 십여 분 만에 그 남편은 다시 맹렬히 코를 골기 시작했고, 같은 병실을 쓰는 환자들과 보호자들이 너나 할 것 없이 한마디씩 하며 코골이범을 깨운 것이다. 그러자 코골이범은 "내가 코를 골고 싶어서 고는 것도 아닌데, 대체 어쩌란 말이냐?"며 "당신들이 못 자면 나도 못 자야 되는 거냐?"라고 역성을 낸 것이다. 새벽 1시가 다 된 시간에 환자와 보호자 몇 명이 병실을 바꿔 달라는 요구를 하기에 이르렀다. 정윤은 골치가 아팠다. 하지만 최대한 환자나 보호자에게 자신의 감정을 드러내지 않고 침착하게 대했다. 결국 정윤의 설득으로 코골이범은 휴게실 의자에서 눈을 붙이는 것으로 마무리되었다. 회복이 필요한 다른 환자들을 위한 조치였다.

나이트 듀티일 때는 일이 분주하게 돌아가지는 않는다. 하지만 해야 할 일이 적지는 않다. 라운딩 때 수술 후 환자들의 배액관 체크나 링거를 교체하고, V/S(체온·호흡·맥박·혈압을 측정한 활력 징후)를 확인한다. 그 외에 정규처방을 받아 환자별로 수액과 주사약의 라벨을 준비하고, CSR(중앙공급실) 물품을 소독한다. EMR(전자의무기록) 기록도 파악해 두어야 한다. 한밤을 눈뜬 채 보내면 배고픔이 찾아온다. 간호사들은 야식으로 이 시간을 넘긴다. 정윤도 동료 간호사들과 함께 하는 그 야식 시간을 무척이나 즐겼지만, 어젯밤은 그러지 않았다. 새벽 4시쯤 정윤은 간단히 쿠키만 하나 먹었다. 동료 간호사들을 야식 먹으러 보내놓고 혼자 스테이션에 남아 있었다. 동료들의 발소리가 멀어지자 병동엔 적막함이 감돌았다. 한동안 멍하게 앉아 있다가 느릿한 손동작으로 휴대폰을 꺼내 갤러리를 뒤적였다. 연인처럼 다정한 포즈를 취한 정윤과 한 남자의 사진에 손이 멈췄다. 작년 여름에 부여 롯데 리조트에서 찍은 사진이었다.

"자기랑 꼭 해외로 여름휴가를 가고 싶었는데……."

남자 친구 준범은 좀 더 길게 함께 있고 싶다는 마음을 그렇게 에둘러 표현했다. 아직 선배들 눈치가 보인다는 핑계로 그를 달래 충남 부여로 휴가를 다녀온 것이 작년의 일이었다. 손가락으로 화면을 쓸어낼 때마다 리조트에서 보냈던 시간이 사진과 함께 눈앞에 새록새록 떠올랐다. 눈물이 흘러내렸다. 티슈로 손을 뻗기 위해 의자에서 일어나 몸을 돌렸다. 궁상맞게 혼자서 울어버린 것이 창피하고 짜증스러웠다. 얼른 아무 일 없었다는 듯 얼굴 닦은 티슈를 휴지통에 넣었다. 고개를 돌리다가 주사약 라벨링이 잘못되어 있는 것이 눈에 들어오고야 말았다.

　　"승희 쌤, 잠시 이리 좀 와봐."

　　야식 먹고 돌아오는 후배 간호사를 불렀다.

　　후배 간호사는 정윤의 표정을 살피며 다가왔다.

　　"이거 승희 쌤이 아까 라벨링하는 거 봤는데, 잘못한 거 같거든. 잘 봐봐."

　　"아……."

　　후배 간호사는 처방 내용과 라벨링을 찬찬히 들여다보았다.

　　"IV Mix(정맥용 수액에 약물을 혼합한 것)가 아니라 IV(정맥주사)라고 되어 있잖아. 안 보여? 이런 기초적인 걸 헷갈릴 수가 있는 거야? 이딴 식으로 해놓고 야식을 먹으러 갈 정신은 있니? 이런 거 실수해서 의료사고 나는 거라고 몇 번이나 말해줘야 알아 처먹을 거야?"

정윤은 후배가 답할 기회도 주지 않고 모진 말로 몰아세웠다. 금방 얼굴이 파래진 후배는 고개를 숙이고 "죄송합니다."를 연발했다. 보다 못한 선배 간호사가 와서 정윤을 진정시켰다. 혼자서 눈물 훌쩍였던 자신에 대한 짜증이 후배에게로 화살이 돌아간 것이었다. 그런 사실을 자각했지만, 멈추거나 되돌리지 않고 후배에게 감정을 쏟아냈다.

"승희 쌤! 멍하게 서 있지 말고 지금 가서 I/O(환자의 섭취량과 배설량 측정) 끊어!"

기어코 날이 선 말을 한마디 더 보태고야 말았다. 후배 간호사는 "네." 하고 대답하며 병실을 향해 잰걸음으로 사라졌다.

환자들이 조식을 먹고 있을 때쯤 정윤은 퇴근했다. 지하철 안은 출근하는 사람들로 발 디딜 틈 하나 없이 꽉 차 있다. 한시라도 빨리 집에 가서 피곤한 몸을 눕히고 싶은 생각이 간절했던 정윤은 열차 문이 열리자 있는 힘껏 안으로 비집고 들어섰다. 정차하는 역마다 파도처럼 쓸려오고 쓸려나가는 인파와 힘겨운 몸싸움을 벌였다. 정윤 옆에 서 있던 한 남자 승객이 휴대전화 들여다보는 데에 정신이 팔려 있다가 뒤늦게서야 허겁지겁 내리려고 몸을 움직였다. 그 남자는 정윤을 강하게 치고 지나갔다. 외마디 비명과 함께 정윤은 남자가 치고 지나간 한쪽 어깨를 부여잡았다. 이미 열차를 내리고 있는 남자를 향해 고개를 돌려 눈을 흘겼다. 하지만 그는 제 갈 길 가기에 바빴다. 열차 출입문은 닫혔다.

현관문을 열고 들어서자 정윤에게 적막함과 함께 외로움이 몰려왔다. 가방을 던져놓고 옷을 갈아입었다. 화장을 지우고 세수를 하고 발을 씻었다. 냉장고를 열어 샐러드를 꺼내어 맥주 한 캔과 함께 먹었다. 근무 중에는 아무것도 먹고 싶지 않았는데, 집에 들어오고 나니 무서울 정도로 허기가 몰려왔다. 다 먹은 그릇은 싱크대에 던져두고 빈 맥주캔은 분리수거용 바구니를 향해 던졌다. '캥!' 하는 소리가 났다. 침실로 들어와 커튼을 치고 침대에 누워 잠을 청했다.

그의 얼굴이 눈앞에 아른거렸다. 정윤은 아직 준범을 마음속에서 지우지 못한 것 같다. '바보같이!' 하며 자신도 모르게 그를 떠올린 스스로를 책망했다. '이제 그는 없어. 돌아오지 않는다고.'라며 속으로 생각했다. 처음 준범을 만난 건 3년 전이었다. 운명적 만남 같은 것을 기대했던 것이었는지 정윤은 왠지 그를 소개받는 자리가 내키지 않았다. 결국 마주하게 된 자리에서 만난 남자는 큰 키에 얼굴이 하얗고 평범한 이목구비였다. 정윤의 마음을 끌 만한 외모는 아니었다. IT회사에 다니는 프로그래머라고 했다. 도무지 정윤과 공감대가 생길 것 같지 않은 직업이었다. 그런데도 두 사람은 일본 여행 경험이 있다는 공통점을 금방 찾아냈고, 한동안 일본 이야기로 열을 올렸다. 대화하면서 음식 취향이 비슷하다는 것도 알게 되었다. 둘 다 애니메이션 영화를 좋아한다는 것도 신기했다. 첫 만남 이후 그는 함께 영화를 보러 가자고 요청해 왔고, 몇 번인가 식사도 하고 술자리도 가졌다. 그렇게 점점 준범이 좋아지기 시작했다.

　준범은 정돈된 것을 좋아하는 사람이었다. 정윤의 집에서 시간을 보내는 동안에도 그는 집안 물건들을 정리하고 청소하기도 했다. 퇴근하면 피로가 한 번에 밀려와 쓰러지듯 눕고 보는 정윤은 집안일은 미뤄두었다가 한 번에 몰아서 하는 편이었다. 점점 익숙해지자 방 청소도 하지 않은 집으로 그를 오라고 하게 되었다. 아무렇게나 벗어 던져놓은 옷가지와 쌓인 설거지를 본 그는 자못 놀라는 눈치였지만 아무 말도 하지 않았다. 몇 번이고 그런 모습을 보여줘도 아무 말이 없기에 정윤은 그가 어느새 익숙해졌나보다 생각했다. 준범은 규칙적인 것을 좋아하는 사람이었다. 밤에 잠들기 전에 목소리를 듣고 싶어 했다. 하지만, 정윤이 이브닝이나 나이트 듀티일 땐 메시지로 대신하기로 했다. 그는 좀처럼 화를 내지 않는 사람이었다. 긴장을 늦출 수 없는 근무 분위기와 환자·보호자들에게 시달리는 스트레스는 어느덧 그를 향해 터져 나오고 있었다. 언제부터인가 정윤 대신 청소하고 설거지하는 준범의 모습이 거슬려 짜증을 냈다. 정윤이 데이 근무 중일 때 걸려 온 그의 전화에 대고 짜증을 냈다. 정윤의 짜증을 말없이 받아주는 그가 한없이 미련스러워 보여 견딜 수 없었다. 그럴수록 더 신경질적으로 그를 대했다.

　"나는 언제까지 너의 짜증을 받아주기만 해야 할까?"

　준범이 말했다. 그날도 이유 모를 짜증으로 몰아세우고 있던 정윤은 그의 말을 듣고 잠시 멈칫했다. 하지만 정윤은 멈추지 않았다.

자신이 잘못한 것 같은 느낌이 드는 게 싫었던 것이다. 그때 알아챘어야 했다. 며칠 후 정윤은 화장대 위에 놓인 준범의 편지를 발견했다. 정윤의 고단함을 알기에 받아주려고 애썼다는 그의 사연이 적혀있었다. 읽어 내려가는 정윤의 눈에 눈물이 흘러내렸다. 결국 그도 사람이었기에 정윤이 던진 말이 그를 할퀴었던 것이다. 그렇게 생긴 상처가 쌓이고 쌓여 많이 고통스러웠노라고 그는 편지 속에서 말했다. 문자메시지나 전화도 아니고, 직접 만나 이별을 통보받은 것도 아니었다. 손으로 한 자 한 자 써 내려간 편지 속 '그만하고 싶어.'라는 말은 그의 진심이라는 것을 알 수 있었다. 그렇기에 정윤은 준범에게 연락할 생각을 접었다.

　알람 소리에 잠이 깬 정윤은 부스스한 눈과 찌뿌둥한 몸으로 침대에서 몸을 일으켰다. 적적함이 싫어 TV를 켰다. 오늘도 나이트 듀티다. 하지만 내일부터 3일의 오프가 있다는 생각으로 위안을 삼아 본다. 샤워하고 머리를 감았다. 화장대 앞에 앉아 거울을 바라보며 멍하니 앉아 있었다. 그러다 아차 하고 정신이 돌아와 출근 준비를 계속한다. 시계는 오후 5시를 가리키고 있었다. 출근하는 길에 저녁 식사를 해결하기로 한다.

　지하철역 근처 마라탕 식당으로 들어섰다. 가방을 던져놓는 것으로 자리를 잡고, 익숙한 손놀림으로 보울과 집게를 집어 들고 재료를 담는다. 청경채, 숙주, 팽이버섯, 목이버섯을 담는다. 푸주, 건두부, 죽순, 그리고 연근을 담는다. 고수, 분모자, 옥수수면도 담아

준다. 이렇게 가득해진 보울을 직원에게 건넨다. 받아 든 식당 직원이 보울을 저울에 올리며 포스기를 누른다. 중국 억양이 섞인 말투로 질문한다.

"마라탕니세요?"

"네."

"매운 탄갠는요?"

"2단계요."

"고기 추가하신나요?"

"네, 양고기요."

익숙하게 카드를 리더기에 꽂고 계산을 하니 직원이 전표를 건네준다.

잠시 휴대폰을 만지작거리고 있었더니 주문한 마라탕이 정윤 앞에 놓였다. 젓가락으로 재료를 이리저리 뒤섞어본다. 탕츠(국물을 떠먹기에 적합하게 움푹 파인 둥근 형태의 숟가락)를 들어 국물 맛을 본다. 마라 향이 입과 코를 자극한다. 알싸하고 찌릿한 느낌이 혀끝에 맴돈다. 입 안이 얼얼하고 맵다. 조금 더 매웠으면 좋겠다는 생각이 들어 양념장을 두 스푼 더 넣고 탕을 휘저었다. 다시 국물을 한 번 맛보니 이제 적당하다. 작은 그릇에 건더기들을 덜어 후후 불었다. 젓가락으로 건두부를 적당한 크기로 쪼개어 청경채와 함께 입에 집어넣는다. 흐물흐물해진 청경채는 아삭함은 사라졌지만, 건두부가 씹힐 때마다 스펀지처럼 머금었던 국물을 뿜어냈다. 마라의 향, 알싸하고 얼얼한 느낌, 매운맛이 아우러져 묘한 쾌감을 느끼게 한다. 먹으면 먹을수록 코끝과 이마에 땀이 송골송골 맺힌다.

정윤은 자신이 한없이 어리석게 느껴졌다. 일하며 대하는 환자들이나 보호자들에게는 감정을 드러내지 않았다. 그들이 아무리 성가시게 하고, 어처구니없는 요구를 하더라도 단 한 번도 짜증을 낸 적은 없다. 하지만 정작 사랑하는 그에게는 일하며 쌓인 피로와 스트레스를 모두 짜증으로 쏟아내고 말았다. 그리고 그것 때문에 그를 떠나보냈다. 불공평하다고도 생각했고, 스스로가 멍청하게 느껴지기도 했다. 이젠 이런 결과를 만든 자신에게마저 짜증이 올라왔다. 그는 매운 것을 못 먹었다. 하지만, 정윤이 원하는 마라탕을 가끔 함께 먹어주기도 했다. 얼굴이 빨개져서 땀을 뻘뻘 흘리

며 한 입 먹고 물 한 컵을 비우는 그의 모습이 귀엽다고 생각하기도 했었다. 그런 생각을 하니 자신도 모르게 우울해졌다. 그런 생각을 지우려고 속으로 계속 되뇌었다.

 '맛있다. 맛있다. 맛있다……'

이정윤 (서운대학부속병원 산부인과병동 간호사)
30대 초반. 여. 미혼. 2녀 중 장녀. ESFP. 지브리 스튜디오 애니메이션을 좋아함. 수면 부족으로 고생 중.

작가의 단상

　간호사 정윤은 3교대 근무로 수면 패턴이 흐트러져 있습니다. 전날도 나이트 근무를 하고 이른 아침 출근 인파를 뚫고 퇴근합니다. 이런 근무 패턴의 직업을 가진 분들은 사람들과 관계 맺는 것도, 유지하는 것도 남들보다 배로 어렵겠다는 생각을 해봅니다. 더욱이 몸의 피로와 업무 스트레스가 짜증으로 발현되어 가까운 사람에게 향한다면 관계는 더욱 힘들어질 것 같습니다.

　정윤은 마라탕처럼 알싸한 매운맛을 좋아할 것 같다는 상상을 해보았습니다. 저도 나이에 맞지 않게 마라탕을 좋아합니다. 마라탕 맛을 묘사하기 위해 머릿속에 제가 경험했던 맛을 떠올려야 했습니다. 저의 경험 속에 남아 있는 마라탕의 '원픽'은 신논현역 인근에 있는 '천진영감'의 마라전골입니다. 마라탕은 많이 들어봤어도 마라전골은 처음인 분들도 있을지 모르겠습니다. 말 그대로 끓이면서 먹는 마라탕이라고 생각하시면 됩니다. 그런데 맛은 생각만큼 평범하지 않습니다. 일반적인 마라탕집보다 덜 자극적이면서 고급진 맛이 감동을 선사합니다. 자극적인 맛을 원하시면 주문할 때 맵기를 조절하실 수도 있습니다. 꽤 많은 마라탕 러버들에게 알려진 곳이라 웨이팅을 감수하셔야 할 수도 있습니다. 하지만 드셔보시면 기다릴 만했다고 생각하게 되실 것입니다.

　아, 하마터면 빼먹을 뻔했습니다. 천진마라전골을 드신 후에는 반드시 땅콩빙수로 미식을 완성하시기 바랍니다.

희망이 샘솟는다
통역사의 김치전

"Không chỉ lần này đâu. Tôi đã đánh bạn nhiều lần. Người đó phải bị trừng phạt(이번 한 번이 아니잖아. 이미 여러 번 너를 때렸어. 그 남자를 처벌해야 해)."

"Nếu chồng tôi vào tù, tôi có thể không được nhập quốc tịch Hàn Quốc. Thế là phải chịu đựng(남편이 감옥 가버리면 나는 한국 국적을 취득할 수 없게 될지도 몰라. 그러니까 참아야 해)."

"Không phải vậy. Nếu chồng bạn đánh đập bạn và bạn ly hôn thì việc nhập quốc tịch Hàn Quốc sẽ không có vấn đề gì. Bạn có thể nuôi con trai mà không cần chồng(그렇지 않아. 남편이 널 때려서 이혼하면 한국 국적 취득하는 데 아무런 문제가 없어. 아들도 키울 수 있어)."

손을 붙잡고 말하자, 흐엉은 숙이고 있었던 고개를 들어 올려 희연의 얼굴을 바라보았다. 눈물로 범벅이 되어 있는 얼굴은 이곳저곳이 터지고 부어올랐다. 흐엉의 눈에서 눈물이 한줄기 흘러내리는가 싶더니 갑자기 희연을 끌어안고 목 놓아 울기 시작했다. 남편에게 맞아 왼쪽 눈을 제대로 뜰 수조차 없을 정도로 부어오른 눈두덩이 밑에서 뜨거운 눈물이 샘처럼 솟아나 얼굴을 타고 흘러내렸다.

25세의 흐엉은 지난해 한국으로 결혼이민을 온 베트남 여성이다. 충북 청원군에서 방울토마토 농장을 운영하는 한국인 남편과 결혼한 지 만 10개월이 되었다. 흐엉은 한국에서의 행복한 결혼생활을 꿈꿨지만, 결혼한 지 한 달이 되어갈 때쯤부터 남편의 폭행이 시작되었다. 처음 남편이 손찌검한 이유는 한국어가 서툰 흐엉이 말귀를 잘 못 알아듣는다는 이유였다. 남편은 때린 후에 자신이 잘못했다며 사과했지만, 얼마 지나면서부터는 사과도 없고 폭행의 강도만 더 심해져 갔다. 그가 술이라도 마시는 날이면 여지없이 주먹질을 당했다. 흐엉은 주변에 도움을 요청하고 싶었지만, 아는 사람 한 명 없는 타국 땅에서 선뜻 도움을 줄 사람이 나타날 것 같지 않아 절망 속에서 살아가고 있었다.

한국에 거주하는 베트남 동포들이 교류하는 페이스북 그룹에 올라온 정보를 보고 이주여성상담센터라는 곳을 알게 되었다. 용기를 내 상담 전화를 걸었다. 그렇게 흐엉은 처음으로 자신의 참담

한 사정을 들어주는 사람, 송희연을 알게 되었다. 흐엉이 모국어로 속 깊은 이야기를 털어놓을 수 있도록 마음을 편하게 해주는 희연의 목소리가 좋았다. 얼굴을 마주한 적은 없었지만, 곧바로 그녀들은 친근한 사이가 되었다. 하지만 이번 사건이 터질 때까지 흐엉은 자신이 남편의 폭행에 시달리고 있다는 사실을 숨겨왔다.

흐엉이 임신했다는 사실을 알고서도 남편의 폭행은 그칠 줄 몰랐다. 남편에게 폭행당한 흐엉이 정신을 잃으면서 119구급대에 의해 인근 병원 응급실에 가게 되는 일이 벌어졌다. 어젯밤의 일이었다. 흐엉의 몸에서 여러 폭행의 흔적을 발견한 의사는 경찰에 신고했다. 치료를 마치고 피해자 진술조서 작성을 위해 경찰서로 가게 된 흐엉이 희연에게 도움을 요청해 왔고, 집에서 아침 식사를 준비하고 있던 희연은 연락을 받자마자 경찰서로 달려왔다. 그렇게 두 사람의 첫 대면이 이루어졌다.

"관계가 어떻게 되죠?"

"저는 친한 언니예요. 이주여성상담센터에서 통역사로 일하고 있어요."

잠시 조서 작성을 멈추고 기다려주었던 경찰이 인내심에 한계가 달했는지 입을 떼었다. 끌어안고 울던 두 사람은 서로에게서 몸을 떼었다. 오늘 처음 흐엉의 얼굴을 보았지만, 희연은 왠지 그녀를 직업적 관계로 설명하고 싶지 않았다.

"아, 어쩐지 한국말을 잘하시네요."

외국인 같은 희연의 입에서 유창한 한국말이 나오는 것을 처음 본 한국인들은 예외 없이 똑같은 반응을 보였다. 이 경찰관도 마찬가지였다. 희연은 그동안 남편이 행해왔던 폭행의 실상을 설명하는 흐엉의 말을 경찰에게 상세하게 전했다. 때때로 경찰관은 흐엉에게 직접 질문을 했지만, 희연이 통역해 주는 대답을 듣고서야 조서에 옮겨 적을 수 있었다. 경찰은 흐엉을 보호시설로 인도하여 남편으로부터 분리할 수 있다는 점을 흐엉에게 설명해달라고 했다.

"Họ nói rằng nếu muốn, bạn có thể sống trong một nơi tạm trú mà không có chồng trong một thời gian. Khi lưu trú tại cơ sở, bạn có thể chính thức nộp đơn ly hôn với chồng và yên tâm. Bạn có muốn làm điều đó không? Bạn chỉ có thể làm được điều đó nếu bạn hy vọng (네가 원하면 남편이 없는 보호시설에서 당분간 생활할 수 있대. 그 시설에서 머무는 동안 정식으로 남편에게 이혼을 청구하고 심신의 안정을 취할 수 있어. 그렇게 하길 원해? 네가 희망해야만 그렇게 할 수 있어)."

희연의 설명을 들은 흐엉은 잠시 고개를 숙이고 있다가 고개를 끄덕였다. 그러곤 경찰관을 향해 얼굴을 돌려 울먹이며 말했다.

"남편. 나빠. 이혼. 배 속에 아기. 때려. 아파."

질문하던 경찰관은 흐엉에게 조용히 티슈를 건네주었다. 경찰은 남편을 폭행 혐의로 정식 조사하기로 했고, 흐엉은 이주여성 쉼터에 입소할 수 있게 되었다.

희연이 이주여성상담센터에서 통역사로 일하기 시작한 것은 3년 전이다. 희연 자신도 베트남 출신으로 십여 년 전 한국에 왔다. Ngan Khánh Quỳnh(응안 칸 꾸잉)이 희연의 베트남 이름이다. 응안은 성씨이고 칸 꾸잉은 이름이다. 칸은 즐거움을, 꾸잉은 밤에 피는 세레우스 꽃(선인장꽃)을 뜻한다. 남편과 결혼 후 꾸잉은 아버지가 지어주신 예쁜 베트남 이름 대신 한국 이름 송희연으로 살아가기로 했다. 귀화 시험을 치르고 한국 국적을 취득한 것이었다. 그사이 남편과의 사이에서 한 살 터울로 아들 둘을 낳았다. 이 지역에서 태어나고 자라온 남편은 어머니와 함께 애호박과 오이 농사를 짓고 있었다. 남편은 희연을 여러모로 아껴주었고, 어머니도 정이 많은 분이었다. 낯선 한국 문화에 적응하기 위해 희연도 팔방으로 노력했다. 농사일도 집안일도 열심히 했지만, 무엇보다도 빨리 한국어를 배우기 위해 틈틈이 공부했다. 그런 희연의 노력이 점점 쌓이자 남편과도 세세하고 깊은 대화를 나누는 것이 가능해졌다. 시어머니와도 농담을 주고받을 수 있을 만큼 가까워질 수 있었다.

농촌이 고령화됨에 따라 점점 일손이 달리게 되자 한국 정부는 2015년부터 외국인 계절근로자 프로그램을 도입했다. 연중 상시 근로를 해야 하는 일반 기업체 근로자와 달리 연중 일정 기간 내에 집중적으로 일손이 필요한 것이 농촌이다. 이러한 농촌에서 일손이 필요한 몇 개월 동안 외국인 근로자가 일을 도울 수 있도록 하는 제도로서, 외국인 근로자는 최소 90일에서 최대 8개월까지 한국에 체류하면서 일을 할 수 있다. 남편의 애호박, 오이 농장도 이 계절근로자를 신청하게 되었다. 얼마 후 2명의 외국인 근로자가 남편의 농장에서 일할 수 있게 되었다. 안투안과 만코이 두 명 모두 베트남에서 온 청년들이라 희연은 반가운 마음이 들었다. 농사일을 알려주는 것뿐만 아니라 두 청년의 숙소와 먹을 것도 챙겨주고, 한국에서의 생활 이모저모를 알려주었다. 자연스럽게 이들 두 청년과 남편, 시어머니 간 통역을 희연이 맡게 되면서 그녀는 새로운 재미에 눈을 뜨게 되었다. 언어로 사람과 사람을 연결해 주는 것은 의미 있고 보람된 일이라고 느껴졌다. 남편이 이장에게 적극적으로 얘기해준 덕에 때마다 외국인 계절 근로자들이 마을에 올 때면 희연은 마을회관에서 베트남인들에게 기초적인 한국어 수업을 하게 되었다. 이웃 어른들과도 친분이 생기면서 간단한 베트남어를 알려드리기도 했다. 농사일을 도우러 온 계절 근로자들에게 "냔렌(Nhanh lên, 빨리해)"이라고 말하는 박씨 어르신을 보고 희연은 웃음 짓기도 했다. 희연은 자신이 잘할 수 있는 일을 발견한 것 같았다.

 어느 날 이주여성상담센터에서 베트남 통역 상담사를 채용한다는 소식을 접하게 되었다. 희연은 남편에게 통역사로 일해보고 싶다는 뜻을 밝혔다. 희연이 센터에 나가 일하게 되면 그녀가 해오던 농사일과 집안일은 시어머니 몫이 되는 것이었다. 그러기에 남편은 처음엔 고민했지만, 결국엔 자신이 나서 어머니를 설득해 주었다. 그렇게 희연은 이주여성상담센터의 통역 상담사로 지원했고, 계절

근로자들 대상 한국어 수업을 하는 등의 경력을 인정받아 당당히 합격할 수 있었다.

이주여성상담센터는 여성가족부의 위탁 사업 기관이다. 정부로부터의 예산 지원과 기부금으로 운영되는 민간업체인 것이다. 센터의 외국어 상담사들은 전문 통역사들은 아니고, 주로 생활 통역을 하는 결혼 이주여성들, 이른바 실습 활동가들로 구성되어 있다. 주 5일 오전 9시부터 오후 6시까지 근무하고 전화상담과 동행 통역을 주 업무로 했다. 희연은 센터에서 근무하는 나날이 더없이 즐거웠다. 도움이 필요한 베트남 동포들을 도울 수 있다는 사실에 보람을 느꼈다.

한국에 거주하는 베트남인은 5만 4천 명. 중국인에 이어 두 번째로 많다. 동포를 돕겠다는 의욕을 가지고 시작한 일이었지만 희연은 어두운 일면들도 마주해야 했다. 베트남에서 한국으로 결혼이민을 온 여성들이 한국인 남편과 가족들로부터 당하는 폭행과 학대 사례들을 자주 접하게 되었다. 가슴이 아팠다. 행복한 삶을 꿈꾸며 한국에 왔을 그녀들의 꿈이 끔찍하게 짓밟힌 현실을 마주할 때마다 희연은 분노를 느꼈다. 그러면서도 한편으로는 희연의 남편이 자신을 끔찍하게 위해주고 있다는 사실에 안도하기도 했다. 반대로 베트남 이주여성이 한국에서 문제를 일으키는 경우도 있었다. 한국 국적만을 목적으로 결혼한 베트남 여성이 국적을 취득한 후 잠적해 버리는 것이었다. 한번은 베트남 아내가 낳은 아기를 품에 안고 찾아와 아내를 찾아달라고 호소하는 한국인 남편을 달래야 했던 때도 있었다. 아빠의 품에 안겨 있는 아기가 너무나 딱해서 눈물이 날 뻔했었다. 계절근로자로 한국에 와서 타국에서 온 다른 계절근로자 남성에게 성폭행을 당한 베트남 여성의 사연도 있었다. 피해 여성이 경찰서에 진술할 수 있도록 희연이 도왔다. 또 한번은 계절근로자로 한국 땅을 밟은 베트남 근로자가 이탈해서 잠적하는 사례도 있었다. 희연은 잠적한 근로자의 베트남 동료들을 탐문하는 것을 도왔다.

송희연이라는 이름을 갖기 전 응안 칸 꾸잉으로 불렸던 시절. 머나먼 베트남 땅 라오까이성 반리엔이라는 시골에서 나고 자란 꾸잉은 계단식 논 농사를 짓던 부모님 슬하의 둘째 딸이었다. 베트남의 소수민족 중 하나인 따이족 마을에서 오빠와 동생 셋과 함께 자라났다. 늘 가난했던 생활이 싫었던 오빠는 성인이 되자 고향을 떠나 하노이에서 북쪽으로 80km 떨어진 타이응우옌이라는 도시로 떠났다. 그녀의 부모님은 맏아들이 떠나자 실망했지만, 남은 자식들을 묵묵히 다독이며 키우려 노력했다. 꾸잉은 먼 길을 통학하며 고등학교를 다녀야 했지만 공부하는 것이 즐거웠다. 그래도 부모님의 형편상 자신이 대학에 진학할 수 있을 거라는 생각은 일찌감치 접었다.

한국에 와서 단란한 가족을 꾸리고 행복하게 사는 것. 그것만큼은 지금 누리고 있었지만, 못다 한 공부에 대한 욕심이 눈을 뜨기 시작했다. 한국 땅에서 베트남 동포들을 돕는 경험을 하면서 많은 생각을 했다. 자신이 좀 더 많은 동포들을 도울 수 있는 자리에 있었으면 좋겠다고 생각했다. 그래서 그녀는 정식 통역사가 되기 위한 공부를 시작했다. 매일 퇴근 후 인터넷 강의를 통해 한국어능력시험(TOPIK II) 시험을 준비했다. 한국 국적을 위해 치렀던 TOPIK I은 초급 수준의 등급(1급, 2급)을 평가하는 것이지만, 이번에는 훨씬 더 높은 수준의 시험을 치러야 했다. 목표가 생기니 공부가 더 즐거웠고, 일상생활과 업무를 하면서도 계속 한국어를 사용하면서 언어 구사 능력이 날로 향상되었다. 그렇게 성실하게 쌓아 올린 노력이 결실을 거두어 희연은 한국어능력시험 3급 자격을 획득할 수 있었다.

이제는 통번역 자격을 위한 시험이 남아 있었다. 한국외국어대학교에서 실시하는 통번역사 전문성 평가 시험을 목표로 그녀의 공부는 이어졌다. 일도 하고 공부도 해야 하는 생활. 가정도 돌보고 시어머니와 남편, 아들들도 챙겨야 하는 희연은 몸이 열 개라도 모자랄 정도였지만 가족들의 응원과 지지로 힘을 얻었다. 어쩌다 한 번씩 고국에 계신 부모님께 전화할 때면 한국에서의 행복한 생활과 꿈을 이야기했다. 희연의 들뜬 목소리를 들은 어머니는 수화기 너머에서 훌쩍거리곤 했다. 친정의 부모님도 그녀를 대견하게 생각했다.

"엄마 왔다!"

어두워진 저녁 시간 희연이 현관문을 열자 막내아들 종현이가 뛰어나왔다. 종현은 깁스하고 있는 왼팔을 펴지 못하고 남은 한 팔로 희연을 꼭 껴안았다. 이틀 전 학교에서 친구와 말썽을 피우다 넘어져 팔에 금이 갔다. 한시도 가만히 있지를 못하는 개구쟁이에 장난꾸러기 녀석이지만 예뻐하지 않을 수 없다.

"다녀오셨어요."

현관에서 나는 소리를 듣고 자기 방에서 나온 큰아들 종언이가 인사하며 다가와 엄마 볼에 입을 맞춘다. 작은 애보다 차분하고 조용한 성격인 종언이는 축구를 좋아한다.

거실에서 TV를 보고 있던 남편이 고개를 돌려 눈으로 희연을 맞이했다. 그녀는 남편에게 "다녀왔어요."라고 말한 후 시어머니가 계신 방으로 향했다.

"어머니, 저 다녀왔어요."

"응. 이제 왔니. 고생했다. 저녁은?"

"아직 안 먹었어요. 씻고 나서 제가 차려 먹을게요."

"정선이네서 부침 반죽을 갖다 줬더라. 아범하고는 좀 전에 저녁 먹으면서 부쳐 먹었는데, 너 먹을 것 남겨서 냉장고에 넣어놨으니까 먹어봐라. 맛있더라."

시어머니는 무뚝뚝한 표정으로 말씀하시지만, 속으로는 희연과 손주들을 엄청나게 아끼신다. 그것을 잘 알고 있는 희연은 항상 시어머니의 그 마음씨가 고맙다. 희연이 공부를 할 수 있는 시간을 만들어주는 것도 알고 보면 전부 시어머니가 집안일과 아이들 입히고 먹이는 일을 맡아주시기 때문이다. 감사하다는 말로 인사를 마무리하고, 시어머니의 방문을 닫고 돌아서자 남편이 부엌에서 저녁 식탁을 차리고 있었다. 희연은 얼른 자신이 하겠다며 남편을 만류하려 했다.

"아냐. 얼른 옷 갈아입고 손 씻고 와."

희연과 11살 차이 나는 남편은 외국인 아내를 무시하거나 때리는 여느 남편들과는 다른 사람이다. 너그럽고 느긋한 성격이라 좀처럼 흥분하는 것을 본 적이 없다. 그러면서도 묵묵히 자신이 할 일을 하는 책임감 강한 남편이다. 큰아들이 아마도 남편의 성격을 닮은 모양이다. 옷을 갈아입고 간단히 씻고 돌아오자, 남편은 식탁에 반찬을 차려놓고 국을 데우는 중이었다. 큰아들 녀석이 소리 없이 나와 전기밥솥에서 밥을 퍼 엄마가 앉을 자리에 올려놓았다. 그러고는 숟가락과 젓가락을 그 옆에 가지런히 놓았다. 그 사이에 막내 놈은 식탁과 거실 사이 바닥에 배를 깔고 누워 색연필로 그림을 그리고 있었다. 한시도 가만히 있질 못하는 성격답게 입으로는 아이돌 노래를 흥얼거리며 양발은 물장구를 치듯 엎드려 발을 구르고 있다. 희연은 웃음을 지으며 자리에 앉았다.

"고마워요."

"오늘 평소보다 조금 늦었네?"

남편의 말을 듣고 고개를 돌려 시계를 보니 8시가 조금 넘었다.

"응. 오늘 증평까지 동행 상담이 있었는데, 센터에 돌아오니까 6시가 넘었더라고요. 학원에 늦을까 봐 엄청나게 서둘러서 갔는데, 하필 오늘이 테스트하는 날이었어요. 다른 날 같으면 일찍 다 풀고 나왔을 텐데, 오늘은 시작부터 정신이 없어서 문제가 생각이 안 났어요. 맨 마지막에 끝났어요. 오는 길에 버스도 한 대 놓치고요."

남편은 별다른 대답 없이 다 데워진 국을 그릇에 떠서 희연 앞에 내려놓고는 마주 앉았다.

"정선 아줌마가 김치전 가져오셨는데 먹어볼래?"

"응. 내가 할게요. 내가 당신보다 더 잘해요."

희연은 먹던 밥숟가락을 내려놓고 냉장고를 열어 부침 반죽으로 보이는 비닐봉지를 꺼냈다. 능숙하게 가스레인지 앞에 서서 프라이팬을 올리고 불을 지폈다. 식용유를 두르고 프라이팬이 데워지자 반죽을 부어 얇고 넓적하게 폈다. 한쪽 면이 노릇하게 구워질 때쯤 프라이팬을 들고 뒤집개를 써서 김치전을 뒤집었다.

"언이 현이 김치전 먹을래?"

방에 있는 큰아들까지 들리도록 큰 소리로 물었다.

"응!"

"나도 먹을래!"

희연은 남은 반죽을 전부 부어 김치전을 구웠다. 접시에 담으니 세 판이나 되었다. 김치전을 식탁에 놓고 아까 먹던 밥그릇 앞에 앉아 식사를 이어갔다. 큰아들은 젓가락을 막내아들은 포크를 들고 합세했다.

"당신 막걸리 한 잔 안 하세요? 김치전이랑 같이 먹으면 맛있잖아요."

"그럴까? 엄마도 나오시라고 해야겠다."

그렇게 온 식구가 식탁에 앉아 김치전을 찢었다. 다친 팔에 깁스를 한 막내는 형에게 질세라 열심히 김치전을 찢어 입에 넣는다. 김치가 알알이 박혀있는 기름진 김치전은 고소하면서도 새콤한 냄새를 풍겼다. 식구들의 젓가락질에 이리저리 작은 조각으로 찢어졌다. 희연도 김치전을 한 조각 집어 입에 넣었다. 기름에 구워진 전의 고소하고 바삭한 표면이 입안에 닿는가 싶더니 입을 놀려 씹자 김치의 아삭함과 상큼함이 올라왔다. 김치 자체의 간이 적절히 배어 있어 짭조름한 맛이 입맛을 자극했다. 한국에 처음 와서 전을 먹을 때 희연은 베트남의 반쎄오가 떠오르곤 했지만, 지금은 아니다.

희연은 행복감을 느꼈다. 베트남에 있을 때도 마음껏 해보지 못했던 공부를 한국에 와서 할 수 있게 된 현실에 감사했다. 푸근하고 든든한 남편과 축구선수가 되고 싶다는 큰아들, 재치 만점인 막내아들, 그리고 깊은 속정으로 온 가족을 품어주시는 시어머니까지. 가족이라는 존재들이야말로 희연에게 주어진 가장 큰 축복이라는 생각을 했다. 이렇게 목표를 가질 수 있는 것도 안정적인 가족들 덕분이라고 생각했다. 정식 통번역사로 일하면서 보다 많은 사람들에게 도움이 되고 싶다는 희연의 꿈은 그렇게 가족들과 함께 보내는 시간 속에서 한층 더 무르익어 가고 있었다.

송희연(이주여성센터 상담사. 통역사 준비 중)
30대 후반. 여. 기혼. 자녀 있음(아들 2). INTP. 어린이 후원 단체 정기 기부. 아들의 초등학교 학부모 운영위원.

작가의 단상

꽤 오래되었지만 베트남 이주여성이 다문화센터 통역사가 되었다는 뉴스 기사를 접한 적이 있습니다. 그때만 해도 그렇게 크게 저의 주의를 끌었던 소식은 아니었습니다만, 이 글을 쓰면서 그때의 뉴스 기사가 떠올라 다시 찾아보았습니다. 여러 가지 조사를 하면서 한국으로 이주해 온 외국인들이 어떤 삶을 살고 있는지 어렴풋이 알 수 있었고, 그럴수록 이주여성의 신분으로 정식 통역사로 채용된다는 것이 얼마나 힘든 일인지 알게 되었습니다.

희연은 바쁘고 힘든 하루하루를 보내면서도 꿈을 키워갑니다. 아내로 엄마로 며느리로 살아가는 멀티태스킹만으로도 힘들 텐데 자신의 직업을 갖고 또 그것을 발전시켜 가려는 노력을 기울입니다. 이렇듯 직업은 경제적 문제를 해결하는 수단이면서도 자신의 자아를 실현하는 방법인 것도 분명한 것 같습니다. 단순히 생계라는 생각만으로 직업에 임했을 때는 고되고 힘들기만 했을 일들도 꿈을 이루는 과정으로 생각하면 견딜 수 있다는 것을 생각하게 됩니다.

이번에 소개해 드리고 싶은 음식점은 전집입니다. 수인분당선 압구정로데오역 5번 출구로 나와 두 번째 골목으로 돌아 들어가면 레트로한 느낌의 간판 '압구전'을 발견하실 수 있습니다 상호에서만 보더라도 전을 전문으로 하는 집이라는 것을 물씬 느낄 수 있겠지요? 안으로 들어서면 외관과는 다른 현대적인 실내 분위기가 전집답지 않은 세련된 느낌마저 줍니다. 음식 이야기를 하기도 전에 분위기를 말하는 이유는, 맛집은 단순히 음식 맛 하나로만 인정받는 것이 아니라는 점을 강조하기 위해서입니다. '압구전'의 가게 분위기와 어우러진 시그니처 메뉴 '고추장마요 김치전'은 먹자마자 사람을 감탄하게 만듭니다. 두툼하고 커다란 김치전에 파무침을 얹고 특제 고추장마요 소스를 찍어 먹는 방식입니다. 엄청 맛있습니다. 그렇다면 막걸리 한 잔 안 할 수 없겠죠?

눈물 흘리다
수의사의 똠양꿍

대한민국에서 수의사라는 직업을 갖기 위해서는 우선 학업 성적이 우수해야 한다. 치열한 경쟁 속에서 고교 시절을 우수한 성적으로 마쳐야만 수의사가 되는 첫걸음인 수의대에 진학할 수 있기 때문이다. 수의학과를 개설한 대학은 전국에 10곳. 2024년 모집 정원은 175명이고, 평균 경쟁률은 9.5:1이었다. 최근 반려동물에 대한 관심이 높아지면서 수의학과의 인기가 가파르게 상승했다. 당연히 1등급 점수가 아니면 꿈도 꾸기 힘들다. 의대 공화국이라 불리는 대한민국 입시는 이른바 '의치약한수'라는 메디컬 학과들이 군림한다. 과거 서울대의 위상마저 '의치약한수' 앞에서는 빛이 바랜다. 즉, 대학을 불문하고 의대, 치대, 약대, 한의대, 수의대를 진학하는 것이 서울대 일반 학과를 진학하는 것보다 더 어렵다는 뜻이다. 수의대는 의대 공화국 라인업의 어엿한 한 축이다. 2024학년도 대입 정시 전형에서 건국대 수의학과 합격자 상위 70% 커트라인 백분위 점수는 95.75로 서울대 건축학과 91.75보다 높았다.

전국의 10개 수의대 중 유일한 사립대학인 건국대학교는 등록금이 한 학기 평균 500만 원에 달한다. 서울대를 비롯한 다른 수의대가 평균 260만 원인 수준을 감안하면 두 배나 비싸다.

수의대는 의대와 마찬가지로 예과 2년, 본과 4년을 거쳐야 한다. 총 6년의 과정을 이수하고 수의사 국가면허시험에 합격해야 정식으로 수의사의 자격이 주어진다.

이렇게 치열한 경쟁 속에서 뛰어난 성적을 거둔 후에도 남들보다 더 긴 시간을 공부해야만 수의사가 될 수 있다. 그렇게 수의사가 되고 나서도 힘든 업무 강도를 매일 버텨내야 한다. 특히 마주해야 하는 동물이 자신보다 크다면 더욱 그렇다.

정민아는 치열하게 공부했다. 고등학교 시절 오로지 공부에만 몰두했다. 친구들과의 교류도 최소한으로만 유지했다. 같은 반 친구들 사이에 학폭이 일어나고, 자해 소동이 일어났을 때도 동요하지 않고 곧 책으로 눈을 돌렸었다. 허구한 날 학원 수업에 늦는 옆 학교 남학생이 민아와 같은 아파트 아래층에 살았다. 같은 수업이 끝나면 같은 길로 걸어와 같은 엘리베이터를 타고 집으로 돌아오는 동안 말 한마디 나눈 적 없고, 눈 한 번 마주친 적도 없다. 학교, 학원을 오가는 길에서조차 커다란 헤드폰을 끼고 아이패드로 강의를 들으면서 다녔을 정도로 독하게 공부했던 것이다.

　결국 민아는 수의사가 되었고, 지금은 한국마사회 말보건처 진료부 소속 수의사로 일한 지 갓 2년이 되었다. 왜 대형동물, 그것도 말을 전문으로 다루는 수의사가 되려고 하느냐는 질문을 지금까지 수도 없이 받았다. 스스로에게도 그렇게 질문했었다. 특별히 말이 좋아서도 아니었다. 남들보다 더 열심히 더 오래 공부하고 나면 편하게 돈을 버는 쪽으로 생각이 가는 것이 일반적이다. 대학 동기들도 대부분 반려동물 수의사가 되는 길을 선택했다. 물론 그쪽이라고 절대로 편하게 돈 버는 것은 아니지만, 대형동물을 상대하는 것만큼 목숨이 위태로울 일은 비교적 없다. 말은 아프면 예민해져서 간혹 수의사를 걷어차는 등 공격하기도 한다. 실제로 큰 부상을 당하는 경우가 드물지 않다. 여자의 몸으로 사람보다 몇 배나 큰 말을 진료한다는 것은 체력적으로도 큰 부담이어서 민아 스스로도 자신을 설득할 명분이 필요했다. 그녀는 아직 그 답을 찾지 못했지만, 일은 일로서 하고 있다. 그저 지난 5년간 그럭저럭 큰 문제 없이 주어진 일을 잘 처리해 왔다.

　정민아는 진료부에서 주로 경주마를 진료했다. 경마장에 등록된 약 1,500마리의 경주마 중에 치료가 필요한 말은 예약을 통해 진료한다. 개인 동물병원 수의사들이 마방에 방문하여 진료하곤 하지만, 집중적인 치료나 정밀 검사, 수술 처치 등이 필요할 때는 민아가 근무하는 경마장 동물병원에 예약하는 것이다. 경마장 동물병원 내에는 각종 전문 진료 장비들이 갖추어져 있다. 엑스레이, 초음파 같은 장비는 물론이고 수술을 할 수 있는 여건이 완비되어 있다. 경주마들은 특성상 근골격계 부상이나 호흡기 질환이 자주 발생하지만, 수술하는 경우는 그리 흔치는 않았다.

"선생님! 선생님! 여기 빨리요!"

다급한 목소리와 함께 병원으로 들어온 조교사 김준식이 민아에게 손짓했다. 달려가 보니 마필관리사와 기수가 경주마 한 마리를 진정시키고 있었다. 말은 다행히도 마필 수송차의 트레일러 안에 있었지만, 흥분한 상태로 뛰쳐나왔다가는 큰일이기 때문이었다. 민아가 트레일러 옆쪽에 난 조그만 창문을 통해 들여다보니 뒷다리 발굽에 긴 막대기가 박힌 채로 이리저리 몸부림치고 있었다. 말은 아주 흥분해 있는 상태로 보였다. 서러브레드 품종은 경주마로 개량되었기 때문에 단거리 스피드 외에는 많은 것이 비정상이다. 난폭한 성격도 그렇지만 뼈가 부러진다거나 하면 회복하지 못하고 죽을 정도로 몸이 약하기도 하다.

"진정해. 워워, 퀸크림슨."

기수 복장을 한 남자가 올해 3살이 된 암말을 타일러보았지만, 말은 가쁜 숨을 내뿜으며 몸을 이리 저리로 돌렸다. 말발굽 교체 작업을 하던 도중 갑자기 말이 놀라며 발길질했다는 것이다. 다행히 발길질을 정통으로 맞진 않았지만, 장제사는 허벅지를 부여잡고 바닥을 뒹굴었다고 한다. 말이 몸부림치며 미처 발굽에서 빠지지 않은 굽칼이 그대로 말의 발에 밟히면서 발바닥에 박혀버린 것이었다. 빨리 치료를 받지 않으면 경주마로서의 커리어가 끝날 수도 있다. 다리 부상은 경주마에게 치명적이기 때문이다. 뒷다리 한쪽은 바닥을 제대로 딛지 못하고 절뚝거리는 상태였고, 피가 계속 흘러나오고 있었다.

"선생님, 어떻게든 좀 해주세요."

"일단 진정제부터 투여해야겠어요."

아무리 트레일러 안이라고 해도 말이 흥분해서 몸부림을 치기 시작하면 사람은 쉽사리 가까이 다가갈 수 없다. 살인적인 발길질에 차이지 않더라도 사람 체중의 다섯 배나 되는 몸뚱이에 부딪치기라도 하는 날에는 저만치 날아가 꼬꾸라질 정도이니 말이다. 민아는 데토미딘 근육주사를 준비했다. 지금 퀸크림슨은 다리에 부상 통증이 심할 것이므로 진정과 동시에 진통이 필요하다. 80cm 길이의 긴 팔 주사기를 준비해서 트레일러로 갔다. 트레일러 옆면에 사다리를 세우고 유리창을 조심스럽게 열었다. 그리고 긴 팔 주사기로 말의 목에 주사를 놓으려고 했다. 그 순간 말이 몸을 크게 틀면서 창틀 안에 들어가 있던 민아의 손목을 세게 눌렀다. 손목이 안쪽으로 꺾이며 찾아온 통증에 민아는 외마디 비명을 질렀다. 주사기를 놓고 창틀과 말의 몸뚱이 사이에 낀 손목을 빼냈다. 찌릿찌릿한 통증이 올라와 인상을 찌푸린 민아를 걱정스러운 눈으로 조교사 김준식이 쳐다보았다. 사다리 아래로 떨어뜨린 주사기를 다시 집어 들어 몸부림치고 있는 퀸크림슨의 목 근육을 향해 찔러 넣었다.

민아는 왼 손목에 분사형 소염진통제를 뿌리고 압박붕대를 감아 고정했다. 잠시 뒤 날뛰던 퀸크림슨은 발에 박힌 굽칼을 제거하고 상처 부위를 치료받기 위해 전신 마취 상태로 수술대에 옆으로 뉘여졌다. 다리뼈 손상이 있을지 모르기 때문에 엑스레이 촬영도 진행했다. 말의 다리를 촬영할 때는 커다란 방송 카메라처럼 생긴 엑스레이기를 가져가 촬영한다. 촬영하려는 부위 뒤에 필름을 위치시키고 커다란 카메라를 조준하고 촬영한다. 퀸크림슨의 제3지골에 뼛조각이 떨어져 있는 것이 엑스레이에 찍혔다. 골편 골절이다. 제거하지 않으면 상처 부위가 아물더라도 다리를 절게 될 수도 있다. 그렇게 되면 주로에 서는 것은 단념해야 한다. 수술로 뼛조각을 꺼내야 했다.

골편 적출술을 성공적으로 받은 퀸크림슨은 회복실에서 3시간가량을 보낸 후 트레일러에 올랐다. 여전히 불편한 듯 오른쪽 뒷다리를 절뚝였다. 말은 다른 네발 동물과 달리 한쪽 다리를 다치면 무릎을 구부리거나 해서 땅을 딛지 않고 서 있을 수 없다. 신체 구조상 체중을 지탱하기 위해서는 다친 다리도 어쩔 수 없이 땅을 딛을 수밖에 없다. 그렇게 마방으로 돌아간 퀸크림슨은 마사회의 요양 프로그램에 따라 회복 전용 목장으로 옮겨져 6개월간 회복에만 전념하게 될 것이다. 한동안 정민아를 만날 일이 없을 것이다.

다시 퀸크림슨의 소식을 접한 것은 해가 바뀐 늦겨울이었다. 2월 스포츠서울배 레이스에서 2위에 오른 퀸크림슨의 이름을 본 것이었다. 민아는 다시 한 번 경주마 프로필을 확인했다. 간혹 부마, 모마의 이름을 물려받아 사용하는 경우가 있기 때문이다. 하지만 2위에 이름을 올린 말은 작년에 민아에게 수술을 받았던 그 퀸크림슨이 맞았다. 민아는 반가움과 기쁨이 밀려와 자신도 모르게 눈시울이 뜨거워졌다.

'이렇게나 멋지게 회복해 주었구나. 고마워, 퀸크림슨.'

수많은 경주마를 대하는 말 전문 수의사로서 자신이 치료한 말이 건강하게 회복한 것을 보는 일이 드물지 않다. 그런데도 왠지 모르게 퀸크림슨에게는 심적 연결고리라도 생긴 것처럼 애착이 생겼다. 어찌 보면 퀸크림슨이 회복 후 경기에 다시 나갈 수 있게 된 것만 해도 기적에 가까운 일이나 다름없었다. 멋지게 복귀한 것뿐만 아니라 레이스에서 상위권 성적을 거두고 있는 퀸크림슨이 민아는 더없이 대견스러웠다. 이후로 종종 레이스 결과를 보고, 퀸크림슨의 이름을 랭킹 리스트에서도 찾아보게 되었다.

퀸크림슨은 부상 이력이 무색할 만큼 잘 달렸다. 3월, 5월, 8월에 출전해서 모두 3위 안에 들었고, 9월에는 제주도지사배 대회에서 우승하는 쾌거를 이루기도 했다. 경주 거리도 2,000미터까지 다양하게 소화했다. 평가 등급도 2등급(국내 경주마 레이팅은 1등급부터 6등급까지 있음)까지 상향되었다. 퀸크림슨의 조교사인 김준식은 이

대로라면 곧 1등급으로 승급하는 것도 문제없다고 했다. 내년엔 대통령배에서 우승하는 것을 목표로 삼아볼 수도 있다고 했다.

그러는 사이에도 민아는 수많은 말들을 만지고 돌보고 치료했다. 왜 말을 치료하는 수의사가 되고 싶었는지 답을 찾지 못했던 질문은 어느새 잊혀지고 있었다. 다음 해 9월이 되었을 때 민아는 퀸크림슨을 다시 마주하게 되었고, 다시 그 질문에 대한 답을 생각하게 되었다.

"선생님, 안 될 것 같습니다."

대통령배 경주에서 결승선을 약 200미터 앞둔 지점에서 진로 변경을 하던 다른 말과 충돌이 있었다. 전속력으로 달리는 경주마의 속도는 무려 시속 70km 정도나 된다. 이런 속도에서 앞으로 고꾸라져 머리가 땅에 처박혔다. 사고 후 퀸크림슨은 일어나지 못하고 겨우 트럭에 실려서 경기장을 빠져나왔다. 곧바로 민아가 있는 경마장 동물병원으로 들어온 퀸크림슨의 상태는 처참했다. 뇌진탕이 심했다. 코에서 피를 흘리고 있었고, 동공에 초점이 없고 불안정한 움직임이 계속되는 안구진탕 증상까지 보였다. 그 외에도 견관절 연골 골절, 좌측 완관절 연골 골절, 우측 외근위종자골 골절 등 총 6곳의 다발성 골절이 있었다. 이런 정도의 심각한 상태라면 수의사로서 할 수 있는 조치는 단 하나밖에 없다. 자신을 바라보며 포기를 선언하는 김준식을 향해 민아는 고개를 끄덕일 수밖에 없었다. 펜타닐을 주사했다. 모르핀보다 100배 강력한 마약성 진통제를 투여한 것만으로도 매우 심각한 상황이라는 것을 말해주고 있었다. 그리고 민아는 마주사(말을 소유하고 있는 회사)에 전화로 퀸크림슨의 상태를 알리고 최후의 조치에 동의를 얻었다. 돌아온 민아는 퀸크림슨의 얼굴을 쓰다듬으며 눈을 바라보았다. 초점 없이 허공을 바라보고 있는 짙은 갈색 눈동자에 민아의 얼굴이 볼록거울에 비친 것처럼 반사되어 보였다. 병원으로 처음 실려 왔을 때 가쁘게 내쉬던 호흡은 조금 가라앉았다. 진정제 덕분이리라. 가끔 한숨을 쉬듯 큰 호흡을 한 번씩 내뱉던 퀸크림슨의 목을 더듬어 경정맥을 찾았다. 정맥주사로 펜토바르비탈(안락사에 사용되는 진정제)을 주사했다. 말의 숨이 천천히 깊게 가라앉기 시작했다. 잠시 후 퀸크림슨은 눈을 감지 않은 채 숨을 멈췄다. 눈에는 아직 덜 흘러내린 눈물이 고여 있었고, 채 식지 않은 몸에서는 김이 피어오르고 있었다.

민아의 눈에서 끊임없이 눈물이 쏟아져 내렸다. 자기 손으로 동물을 안락사시키는 것이 처음도 아니었다. 하지만 퀸크림슨은 단순한 동물 한 마리가 아니었다. 첫 만남에서 민아의 손목을 무참하게 꺾어버렸던 아이. 뒷발에 입은 상처가 아파서 몸부림쳤던 아이. 깊은 상처를 이겨내고 기적처럼 돌아온 아이. 멋지게 모래 먼지 일으키며 결승선을 통과하던 아이. 어느새 민아의 마음속에 감정의 싹을 뿌렸던 퀸크림슨의 생명을 자신의 손으로 빼앗는다.

눈물을 전부 뽑아낸 후 민아는 책상에 앉아 감정을 추슬렀다.

"언니, 오늘 저녁에 뭐 해? 간만에 한잔 어때?"

아무 일 없는 것 같은 목소리로 방윤희에게 전화했다. 방윤희는 민아의 수의대 1년 선배로 과천에서 반려동물 전문 동물병원 원장으로 있다. 몇 마디의 밀당이 오고 간 뒤에야 번개가 겨우 성립되었다. 통화를 마친 정민아는 양손으로 얼굴을 감싼 채 한동안 책상 앞에 앉아 있었다.

"똠양꿍이랑 소주 한 병 주세요."

식당에 들어선 민아는 자리에 앉기도 전에 익숙하게 주문했다. 잠시 후 먼저 테이블에 올려진 소주 뚜껑을 따고 잔에 부어 한 잔을 들이켰다. 세 번째 잔을 따르고 있을 때쯤 방윤희가 식당으로 들어섰다.

"야! 너 뭐 하는 거야? 왜 혼자 벌써 소주를 안주도 없이 마시고 있어? 무슨 일 있어?"

"흐흐흐, 언니 왔어?"

방윤희를 올려다보며 민아가 능글맞게 웃었다.

"주문은 내 마음대로 했어."

"뭐로 했는데?"

"똠양꿍."

"잘했네. 근데 정말로 무슨 일이 있긴 있구나. 너 작심하고 술 많이 마시는 날은 매번 똠양꿍이랑 먹었잖아. 맞지?"

"오올, 언니 눈치 많이 늘었네. 흐흐."

"이것이 하늘 같은 선배를 대하는 태도가 오늘 유독 불손하다."

방윤희가 웃으며 엄포를 놓자 민아가 그녀의 손을 붙잡고 사과하는 시늉을 했다. 그때 주문한 똠양꿍이 등장했다. 커다란 도자기 팟에 시큼한 향을 풍기는 오렌지색 국물이 담겨 나왔다. 이미 끓여서 나온 국물의 온도를 유지해 줄 티라이트 캔들에 불을 붙여주고 점원은 자리를 떠났다. 민아는 국자로 똠양꿍의 국물과 각종 해물 건더기를 떠올려 작은 국그릇에 적당히 담았다. 첫 번째 국그릇을 채워 방윤희에게 건넸다. 건네받자마자 방윤희는 호출벨을 눌러 닭봉 튀김 5피스와 맥주를 주문했다. 톡 쏘고 시큼한 맛을 좋아하는 민아와 달리 방윤희는 기름진 것과 맥주를 좋아한다.

　"언니, 언니는 왜 수의사가 되었어?"

　"나 참, 오늘 시작부터 센치하게 나오시네. 왜긴 왜야, 돈 잘 번다니까 한 거지. 고등학교 다닐 때 공부 그렇게 해서 그 성적 받아놓고 회사원들이랑 똑같은 월급 받는 건 억울했다고나 할까?"

　"그러면 돈 더 잘 버는 성형외과 의사 같은 거 하지, 왜 수의사를 해?"

　"그 정도 성적은 안 됐으니까 그렇지. 어디 나만 그러냐? 너는 안 그래?"

　대답하지 않고 민아는 똠양꿍 국물을 스푼으로 떠먹었다. 코끝을 자극하는 레몬그라스, 라임의 시큼한 향이 휘몰아치고 간 자리를 코코넛밀크의 담백하고 달콤한 맛이 잠시 고개를 드는가 싶다가 매콤한 혀끝 통증이 뒷문을 열어놓은 채로 나간다. 한 번에 느낄 수 있는 다채로운 맛에 감탄하며 민아는 연거푸 스푼을 움직였다.

"언니, 나도 언니랑 비슷한 생각이었던 것 같아. 그런데 졸업할 때가 되니까 알량한 자존심 같은 게 생기는 거야. 남들이 하지 않는 것을 한다면 내가 다르게 보일 줄 알았어. 그래서 말 전문 수의사가 된 건데……."

"막상 해보니까 힘들기만 하지?"

"응. 그랬어. 괜히 이쪽으로 왔나, 생각도 했어. 그런데 오늘 생각이 조금 달라졌어."

"어떻게?"

"말이랑 친구가 되기로 했어."

"그래. 그래."

윤희는 실없는 소리를 들었다는 식으로 성의 없이 답하며 맥주잔을 들어 민아에게 내밀었다. 마침 비어 있던 잔을 급하게 채우고 맥주잔에 가볍게 부딪친 후 입안에 소주를 부었다. 인생에는 여러 가지 맛이 있다. 쓴맛과 단맛이 느껴지는 소주처럼, 새콤달콤 매콤한 맛을 동시에 느낄 수 있는 똠얌꿍처럼 말이다. 숱하게 대하는 말들은 그저 일이었다. 하지만 퀸크림슨과 싹튼 애착은 '인연'이라는 관계를 만들었다. 그동안 왜 단 한 번도 동물과 감정을 나눌 수 있다는 생각조차 안 했는지 이해할 수 없었다. 처음부터 민아에게 수의사는 그저 직업일 뿐이었고, 일로서 만나는 동물들은 그저 치료의 대상일 뿐이었다. 퀸크림슨으로 인해 관점이 변한 민아는 지난날 사무적이고 기계적으로만 치료해 왔던 말들에게 미안해졌다. 그리고 앞으로 만날 말들에게 감정을 너무 많이 쏟을까 봐 겁이 나기 시작했다.

마주 앉아 맥주에 닭봉 튀김을 먹고 있는 방윤희를 보며 혼자 생각에 빠졌다.

'나도 차라리 저렇게 아무 생각이 없는 편이 나으려나?'

정민아 (한국마사회 렛츠런파크 진료부. 말 전문 수의사)
30대 초반. 여. 미혼. 3녀 중 장녀. ESTJ. 산티아고 순례길 완주함. 매년 스타벅스 프리퀀시 획득.

작가의 단상

어렵게 수의사가 된 민아는 퀸크림슨과의 인연 덕분에 그저 일로서만 대해오던 동물과 감정적 교감하는 법을 알게 되었습니다. 어찌 보면 일반인들보다 동물을 더 자주 가까이 접하는 수의사라 아이러니하게도 동물에게 감정을 잘 느끼지 못할 수도 있지 않을까 생각해 봅니다. 더욱이 치열한 경쟁 끝에 경제적 보상을 기대하며 선택한 직업이기 때문에 감정을 허용할 여유가 더 없었을 수도 있지 않을까요. 같은 직업이라도 즐기며 사랑하며 일하는 사람과 단지 경제적 수단으로서의 일로만 접근하는 사람은 차이가 많을 것 같습니다.

'반피차이'는 논현시장 안에 있는 태국 음식점입니다. 태국 현지의 맛을 꽤 그럴듯하게 재연하고 있으며 음식 맛이 정말 좋습니다. 무엇보다도 태국음식점치고는 흔치 않은 장점을 가지고 있어 저의 맛집 리스트에 이름을 올렸습니다. 그건 바로 소주를 판다는 것입니다. 태국음식점 중에는 소주를 팔지 않는 곳이 많거든요. 그렇다고 '반피차이'의 장점이 그것만은 아닙니다. 태국 현지의 맛을 옮겨 놓은 듯한 뿌님팟뽕커리, 카우팟, 쏨땀 등의 요리 맛은 절로 고개를 끄덕이게 만듭니다. 요리 이름들이 조금 어렵긴 하지만 아무거나 골라도 다 맛있다는 사실. 제가 보증합니다.

아픔을 딛고 일어서다
헤어디자이너의 김밥

PM 06:13

"참치김밥 한 줄 포장이요."

주문을 받은 김밥집 이모님이 김밥을 마는 동안에도 몇 번이나 핸드폰의 시계를 들여다보았다. 오줌 마려운 유치원생처럼 안절부절못하는 몸짓이 적잖이 신경이 쓰였는지 김밥을 포장하는 이모님의 손동작이 빨라졌다. 다급한 기색이 역력한 얼굴로 핸드폰을 카드단말기에 가져다 댄다. 여러 번 카드 인식이 되지 않아 위치를 바꿔가며 접촉하자, 이모님이 "이리 줘봐요. 내가 할게." 하고 스마트폰을 건네받았고, 결국 휴대전화 페이로 결제에 성공했다. 비닐봉지에 담아 내미는 김밥을 이모님의 손에서 낚아채듯 들고 가게 문을 나서 뛰기 시작했다.

PM 06:15

'15분 남았어.'

남은 시간 동안 도착할 수 있을지 오로지 그 생각뿐이었다. 그때 뒤에서 누군가 소리쳐 부르는 것 같았다.

"아가씨! 핸드폰 가져가야지!"

돌아보니 손에 낯익은 스마트폰을 쥐고 자신을 향해 소리치고 있는 이모님을 보았다. 급한 마음에 계산 후 김밥 봉지만 들고 냅다 뛴 것이었다. 다시 가게로 내달려 이모님에게 스마트폰을 건네받았다.

"감사합니다!"

다시 뛰기 시작했다. 숨이 턱까지 차올랐다. 마음은 급했다.

한주영. 스물세 살. 미용실 스태프 3년 차. 예비 헤어디자이너.

학생 시절만 해도 그녀는 헤어디자이너가 되려는 진로는 생각조차 하지 않았다. 평범하게 중학교 졸업 후 인문계 여고에 진학했다. 회사원 아버지와 전업주부인 어머니, 두 살 위 언니 소영, 그리고 주영 이렇게 단란한 네 식구가 평범한 아파트에서 오손도손 살아가던 나날이었다. 중소 제조기업 영업부장으로 근무하고 있던 아버지는 성실함 하나만큼은 모두가 인정하는 사람이었다. 종종 야근이나 접대로 늦게 귀가하는 날은 있었지만, 술을 즐겨하지 않았다. 아내와 딸들과 웃고 수다 떠는 것이 취미라고 스스로 밝힐 만큼 가정적인 아버지였다. 아버지가 농담할 때면 초승달 눈을 하고 목젖이 보일 만큼 크게 웃었던 엄마. 두 딸의 교육과 생활을 꼼꼼하게 챙겨주고 기꺼이 상담 상대가 되어주던 엄마였다. 치즈김치볶음밥은 두 딸이 가장 좋아하던 엄마표 소울푸드였다. 고3이 되었지만 단 한 번도 예민하게 군 적 없는 마음씨 좋은 언니. 전교 상위권 성적에 얼굴도 예뻐서 인기가 많았다. 아나운서를 꿈꾸던 언니는 서울 유명 대학의 언론홍보학과를 목표로 하고 있었다. 막내 주영은 어려서부터 피아노 치는 것을 좋아했다. 언니가 치는 것을 보고 자기도 배우겠다고 떼를 써서 시작하게 된 피아노, 이후로 언니가 레슨을 그만두고 나서도 주영은 계속 배워왔다. 큰딸의 입시 준비와 막내 딸의 피아노 레슨 비용으로 만만치 않은 돈이 나갔지만, 부모님은 기꺼이 감당했다. 그리고 두 딸은 그런 부모님의 마음에 감사했다.

　아버지의 건강이 급격히 악화하기 시작한 것은 주영의 1학년 여름방학이 끝날 때쯤이었다. 대장암 말기 판정을 받은 아버지는 결국 그 해를 넘기지 못하고 가족 곁을 떠났다. 요절할 거라고는 생각지도 못해서 변변한 보험도 없었다. 사망보험금으로 엄마가 받은 돈은 1억 원이 채 안 되었다. 아버지의 회사 퇴직금과 직원들과 사우회에서 십시일반 모아준 위로금을 다 합쳐도 두 딸이 독립할 수 있을 때까지 엄마 혼자 키우기에는 턱없이 부족한 돈이었다. 은행에서는 아버지 명의로 받은 대출의 원금 절반을 상환해달라는 연락이 왔다. 담보 가치뿐만 아니라 차주의 소득을 감안해서 대출해준 것인데, 이제 전업주부인 엄마가 대출을 승계하더라도 소득이 없으므로 상환 능력이 있다고 판단할 수 없다는 이유에서였다. 그래서 주영이네 가족은 급하게 집을 팔고 이사를 할 수밖에 없었다. 언니 소영은 최악의 고3 시절을 보내고 입시에서 원하는 결과를 얻지 못했다. 주영은 더 이상 피아노 레슨을 받을 수 없었고, 친구들을 떠나 전학을 가야 했다.

 엄마는 집 근처 중소 마트 점원으로 일을 시작했으나, 얼마 못 가서 잘리다시피 그만두었다. 경기가 좋지 않아 직원 수를 줄여야 한다는 이유였다. 부대찌개 전문점 주방에서 다시 일을 시작했지만, 이마저도 오래 일하지 못했다. 외향적인 성격이 아니었던 엄마는 더 이상 물러설 곳이 없다고 생각했는지 정수기 회사 코디로 지원했다. 언니는 재수를 포기하고 전문대학의 방송미디어학과로 진학했다. 아나운서 대신 차선을 선택한 것이었다.

 주영의 학교생활은 순탄하지 않았다. 새로 전학한 학교에서 쉽사리 친구들과 어울리지 못했다. 전에 다니던 학교와는 달리 반에 행실이 불량한 친구들이 많았다. 어느 날 화장실에서 담배를 피우고 있던 친구들 앞을 지나며 주영이 기침을 했다는 이유로 욕설과 폭행이 일어났다. 그리고 그 일을 계기로 같은 무리는 주기적으로 주영을 괴롭혀왔다. 때리고 빼앗고 모멸감을 주는 소녀들의 악행은 점점 주영의 정신을 무너뜨렸다.

 "야, 한주영. 너 얼마 있냐?"

 "돈 없는데?"

주영은 자신의 주머니로 뻗쳐오던 불량 여학생의 손을 뿌리치며 말했다.

"어라? 이게 미쳤나."

"눈빛 봐라 독이 올랐는데?"

"처 맞으면 제정신이 돌아올 거야."

주영을 둘러싼 무리는 한 마디씩 던지며 폭력의 시동을 걸어왔다. 주영은 겁에 떨었다. 그때 눈에 들어온 것은 책상 위에 누군가가 꺼내 놓은 자그마한 문구용 가위. 재빨리 가위를 집어들은 주영은 가위의 날을 벌려 자기 손목에 가져다 댔다. 무딘 가위 날이 손목 위 여린 살을 꾹 눌렀다. 흠칫 놀라는 표정을 지었던 불량소녀들은 이내 그 작은 가위로 뭘 하겠느냐는 조소를 날릴 뿐이었다.

"하지 마! 꺄아아아!"

있는 힘껏 소리를 지르며 주영은 자신의 손목을 그었다. 한 번, 두 번, 세 번, 네 번……. 무딘 가위 날이 손목 살을 찢고 피를 내기 시작했다. 지켜보고 있던 친구들이 비명을 지르며 교실을 뛰쳐나갔다.

주영은 병원에서 한동안 치료를 받아야 했다. 손목의 상처뿐만 아니라 정신과 치료도 받아야 했다. 불량소녀들의 악행이 만천하에 드러나게 되었지만 정작 학교를 떠난 것은 주영이었다. 퇴원 후 집에 돌아와 엄마를 부둥켜안고 주영은 한참을 울었다. 그리고 고등학교를 자퇴하기로 했다.

아버지를 잃은 상처와 학교폭력의 트라우마에서 벗어나는 데에는 시간이 걸렸다. 주기적으로 심리치료를 받고 검정고시 학원에 다녔다. 2년여의 시간이 흘렀을 때 주영은 검정고시로 고졸 학력자가 되었다. 그녀가 손목을 그었던 것은 가위. 그것이 어떤 매개가 되었을지 모르지만 그녀는 미용학원에 다니며 자격증 공부를 시작했다. 그러더니 덜컥 기능사 시험에 합격해 미용사 국가기술자격증을 취득했다. 그리고 그렇게 집 근처 헤어숍에서 스태프로 일하기 시작했다. 미용학원을 다니고, 실기 시험을 준비하고, 헤어숍에 나가는 동안 주영은 조금씩 주변 사람들과 관계 맺는 마음을 회복해 갔다.

헤어숍의 스태프 일은 고되고 힘들었다. 손님들에게 커피나 음료를 대접하고, 바닥의 머리카락을 쓸고, 손님의 머리를 감겨주고 드라이기로 말려주었다. 어머니는 걱정되어 주영이 일하는 헤어숍에 몰래 찾아가 일하는 것을 멀찌감치 지켜보다가 오곤 하였다. 점차 일이 손에 익어가면서 주영이 손님의 머리에 파마 롯드를 말거나, 염색약을 바르는 것을 지켜본 어머니는 더 이상 걱정하지 않기로 했다. 무엇보다도 어머니가 안심할 수 있었던 것은 미용을 배우기 시작하면서부터 줄곧 주영의 얼굴에 웃음기가 서려 있었고, 헤어숍에서 일하면서도 다르지 않았다는 것이었다.

언니 소영은 원하던 아나운서의 꿈은 이루지 못했지만, 전문대학의 방송미디어학과을 졸업해 작은 영상 제작 프로덕션에 취직했다.

영상 제작 프로덕션의 일은 야근도 잦고 힘들었지만, 그래도 퇴근 후 틈틈이 자신만의 1인 방송을 했다. 그리고 유튜브 채널을 개설해 점점 구독자를 모아갔다. 언제부터인가 언니도 얼굴에 웃음을 찾은 듯했다.

그때쯤 엄마마저 건강에 이상 신호가 왔다. 신부전증이었다. 몇 년 전부터 증상이 있어 병원에 통원 중이었지만, 그 사실을 딸들에게는 숨겨왔다. 그러다 지국에서 일하다 쓰러져 병원 응급실에 실려 가게 되면서 딸들이 알게 되었다. 의사로부터 전해들은 엄마의 건강은 심각한 상태였다. 신장이 제 기능을 하지 못하는 상태까지 와서 남은 평생 투석을 해야 한다고 했다. 가장 좋은 것은 신장을 이식받는 것인데, 조직 적합성 검사에서 거부반응이 없는 기증자가 나오기까지 보통 5~6년 정도 걸린다고도 했다. 두 딸은 조직 적합성 검사를 받았다. 그리고 언니 소영이 신장이식 가능자로 결과가 나왔다. 세 모녀는 부둥켜안고 울었다.

"엄마, 있지, 나 처음엔 아빠를 원망했었어. 아빠가 떠나버려서 우리가 이렇게 힘들어진 거로 생각했거든. 아빠가 없어서 주영이도 학교에서 그런 일을 당한 거고, 엄마도 무리해서 일하다가 병이 생겨버린 거라고. 그런데 이젠 나 그렇게 생각 안 하기로 했어. 끊임없이 누굴 탓하며 사는 건 굉장히 힘들더라."

수술 전날 소영은 엄마에게 이런 말을 했다. 그리고 다음 날 자신의 신장 한쪽을 엄마에게 주었고, 무사히 두 여자는 잘 회복했다. 주영은 이제 자신들 세 모녀에게 좋은 일만 계속될 거라는 기대를 했다.

당분간 휴식을 취해야 하는 엄마를 곁에서 돌보기 위해 주영은 다니던 헤어숍 스태프 일을 그만두었다. 석 달 정도 지나 엄마 몸 상태가 좋아지기 시작하자 주영은 복귀를 위해 미용학원을 다시 등록했다. 헤어숍에서 일하면서 학원 심화반을 마칠 생각이었는데, 엄마를 간병하느라 헤어숍도 학원도 중단할 수 밖에 없었기 때문이었다. 엄마의 건강이 많이 회복된 것도 다행이지만 다시 등록한 미용학원 심화반 코스도 수강료 국비 지원을 받을 수 있어서 다행이었다.

스태프로만 일할 때는 연습을 할 수 있는 기회가 많이 주어지지 않았지만, 학원에서는 비록 가발이긴 해도 꽤 많은 실습을 할 수 있었다. 반복된 연습으로 손끝의 감각을 살리고, 한동안 쉬느라 굳은 손놀림도 민첩하게 날을 세워야 했다. 가발에 롯드도 말고 가위질도 해보면서 스스로 굉장히 집중하고 있다는 것을 느꼈다. 처음엔 어려웠던 이발기도 점차 익숙해졌다. 파마약과 중화제 냄새로 머리가 멍해지고, 손끝이 트기도 했고, 옷 이곳저곳에 염색약을 묻혀오기도 했다. 그렇게 힘들면서도 재미 있게 학원을 수료했다.

미용사 자격증을 가지고 있어도 실무 경험이 중요한 헤어디자이너 업계에서는 헤어숍 스태프부터 시작해서 경험을 쌓아 디자이너로 승급하는 것이 일반적인 과정이다. 주영의 경우는 미용사 자격증을 가지고 있었고, 스태프로 일한 경력도 있었기 때문에 쉬는 동안 미용학원을 수료한 것은 긍정 요소로 작용하였다. 다행히 예전에 일했던 헤어숍 원장이 주영을 좋게 기억하고 있어서 다시 받아주었다. 다만 이번엔 스태프가 아니라 디자이너로 채용한 것이었다. 엄마와 언니도 함께 기뻐해 주었다.

원장은 예약 없이 방문한 손님 중에 선별하여 주영에게 배정해 주었다. 커트, 염색, 파마 순으로 비용이 비싼 만큼 더 퀄리티 있는 서비스를 손님들도 기대한다는 것을 원장은 알고 있었다. 연차와 경험이 있는 스태프가 주영을 보조하도록 배려도 해주었다. 그런 덕분에 주영은 점차 용기를 얻었다. 그러던 어느 날 주영에게 첫 예약이 잡혔다.

"축하해, 주영 쌤."

"축하드려요."

"감사합니다."

원장, 선배 디자이너들, 스태프들이 축하해주었다. 주영은 눈물이 핑 돌았지만, 방긋 웃으며 감사로 답했다.

그렇게 감격스러운 주영의 첫 예약 손님이 오실 시간이 이제 단 10분 앞으로 다가왔다. 방문 손님을 서비스하느라 점심도 못 먹은 주영은 예약 시간 20분 전이 되어서야 겨우 한숨 돌릴 수 있었다. 허기지고 지친 모습으로 인생 첫 예약 손님을 맞을 수는 없다는 생각이 들었다. 헤어숍에서 전철역 방향으로 횡단보도 두 개를 건너야 있는 김밥집이 떠올랐다. 주영은 뛰었다. 예약 손님이 오시기 전에 김밥을 사서, 먹고, 양치질까지 해야 한다.

PM 06:21

김밥 봉지를 든 주영이 헐레벌떡 헤어숍 직원 휴게실로 들어왔다. 정수기에서 물을 한 컵 떠왔다. 김밥을 꺼내 은박지를 펼쳤다. 나무젓가락을 갈랐다. 김밥 끄트머리부터 한 조각 집어 입에 넣었다. 참기름 맛, 은은한 김 향기와 미끈한 느낌, 입안에 돌아다니는 참깨 알갱이, 조미된 밥과 시금치, 단무지가 쪼개지며 내는 아삭하는 소리, 참치와 마요네즈가 어우러져 만들어내는 도파민. 하지만

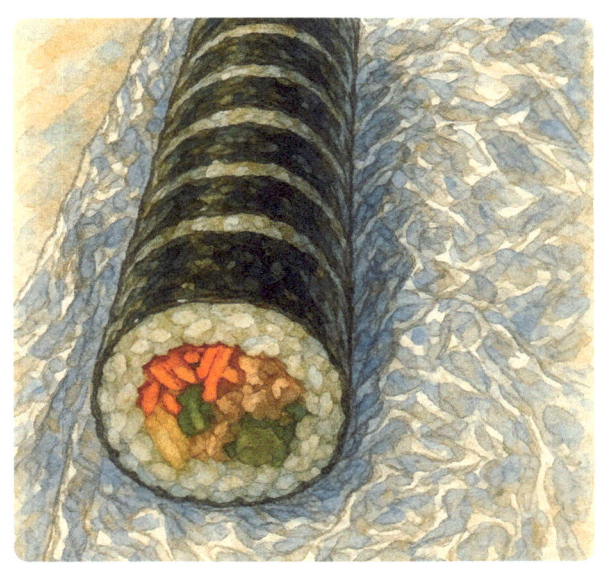

11. 아픔을 딛고 일어서다

음미하고 먹고 있을 겨를이 없다. 지금은.

'콜록, 콜록.'

급하게 먹다가 사레가 들렸다. 물을 마시고 진정시켰다. 그랬더니 이번엔 딸꾹질이 났다. 물을 한 컵 더 마셨다. 김밥을 봤다. 김밥을 말던 김밥집 이모님의 손이 떠올랐다. 엄마의 손이 떠올랐다. 아버지가 돌아가신 후 힘들었던 세 모녀의 삶을 지탱하기 위해 한없이 거칠어지길 자처했던 엄마의 손이 떠올랐다.

그때 직원 휴게실 문이 열리며 원장이 통화를 하며 들어왔다.

"아니, 선생님! 그 얘기가 아니잖아요. 내가 언제 그랬어요?"

아들이 초등학생이라고 했던가. 주영은 원장이 아들의 학교 선생님과 통화를 하면서 저렇게 쏘아붙이는 것을 몇 번인가 본 적이 있다. 숍 안에서는 너그러운 큰언니 같은 느낌이지만 바깥사람들에겐 그렇지 않은 것 같다. 유독 아들 선생님에게 더 드세게 구는 것 같았다. 아마도 이혼하고 혼자 아들을 키우느라 힘들겠지. 주영은 다시 한 번 엄마를 떠올렸다. 엄마도 두 딸을 혼자 힘으로 지금껏 키워주셨다.

첫 예약 손님은 커트를 예약했다. 예약자 아이디로는 성별이나 나이를 알 수는 없었다. 남자와 여자의 커트는 다르다. 어떤 헤어스타일을 원하실까. 요새 유행하는 스타일을 권해드려 볼까. 괜히 취향에 맞지 않는 제안을 했다가 좋지 않은 인상을 주는 것은 아닐까. 차라리 원하는 것을 물어보는 게 좋을까. 말을 너무 많이 붙이는 건 좋지 않겠지?

김밥 한 줄을 채 절반도 먹지 못한 채 포장을 다시 덮었다. 칫솔에 치약을 묻혀 화장실로 뛰어갔다.

PM 06:24

거울을 보며 부지런히 칫솔질했다. 거울을 보니 자신과 닮은 언니의 얼굴이 떠올랐다. 아나운서의 꿈을 접어야 했던 불쌍한 언니. 엄마에게 신장 한쪽을 양보해야만 했던 언니. 양보하고 희생만 해온 착한 언니.

이제부터는 자신이 어엿한 헤어디자이너로 성공하여 엄마와 언니를 챙겨줄거라 생각했다. 이제 앞으로는 행복해질 일만 남았다고 생각했다.

입을 헹구고 거울을 보며 씩 한 번 웃어 보였다.

PM 06:26

자리로 돌아왔더니 스태프 영지 씨가 30대 남자 손님 한 분을 좌석으로 안내해 왔다. 직장인으로 보였다. 주영은 "안녕하세요!" 밝게 인사를 하며 손님을 맞이했다. 맞다. 역시 예약한 시간에 정확하게 맞춰서 손님이 오는 것은 아니지. 하마터면 손님보다 늦을 뻔했다. 손님은 거울 앞에 앉아 자기 얼굴을 마주 보았고, 주영은 손님의 등 뒤에서 그의 양 어깨에 손을 올리며 거울 속 손님의 얼굴을 마주 보았다. 살짝 웃음을 머금은 눈을 마주치며 손님에게 물었다.

"커트 예약하셨죠? 어떻게 해드릴까요?"

"네, 근데 파마도 같이할 수 있나요? 옆머리를 다운 파마하고 싶어서요."

안 될 리 없다. 첫 예약 손님이 파마까지 한다니 더할 나위 없이 좋았다. 하마터면 자신도 모르게 펄쩍 뛰어오를 뻔했지만, 가까스로 억누르려 잠시 다른 생각을 떠올려야 했다. 잠깐의 뜸을 들이며 손님의 머리 이곳저곳을 살펴보다가 주영은 대답했다.

"그럼요. 김밥은 어떻게 말아드릴까요?"

"네?"

"아, 제가 말이 헛나왔나 봐요. 죄송해요."

손님과 주영 둘 다 웃었다. 지켜보던 원장과 스태프들도 흐뭇하게 웃었다.

한주영 (윤정동 최인아 헤어살롱 소속 헤어디자이너)
20대 초반. 여. 미혼. 2녀 중 막내. ISFP. 2종 보통 자동차운전면허 보유. 탕후루 좋아함. 왼손잡이.

작가의 단상

  한 가정의 가장이 예기치 않게 가족 곁을 떠나는 순간, 남겨진 가족들의 삶은 순식간에 변해버립니다. 그런 삶의 변화를 겪는 시기가 한창 학업에 몰두해야 하고 꿈을 키워가야 하는 시기라면 데미지가 더 크게 다가올 것입니다. 아버지를 떠나보낸 세 모녀는 주어진 현실 속에서 서로를 의지하며 한 발 한 발 앞으로 나아갑니다. 넘어지더라도 다시 일어날 수 있는 힘은 역시 가족에게서 나온다고 저는 생각합니다.

  시간에 쫓길 때 간단하게 먹을 수 있는 음식으로 김밥을 떠올리는 사람이 많을 것 같습니다. 하지만 제대로 된 한 끼 식사로도 손색이 없는 것이 김밥이기도 합니다. 제가 먹어보았던 기억이 남을 만큼 특색 있는 김밥을 하나 소개해 보고자 합니다. 아마 한 번쯤은 접해보셨을 수도 있을 만큼 나름 유명한 '호랑이김밥'입니다. 이곳 김밥은 가격이 좀 비싼 편이지만, 먹어보면 납득이 가실 거라고 생각합니다. 거의 요리 수준이라고 해도 무방합니다. 특히 박고지김밥은 이 집의 스페셜 메뉴라고 할 수 있습니다. 간장에 조린 박고지나물과 계란, 오이 피클이 들어갑니다. 자꾸 생각나는 맛입니다. 매장에서 먹으면 간단한 국과 깍두기를 함께 내주시는데요, 그 맛도 무시할 수 없을 정도입니다.

김칫국을 마시다
요리사의 만두

'삐! 삐! 삐!'

전자레인지가 멎었다. 현석은 전자레인지를 열어 뜨거워진 포장을 조심스레 집어 꺼냈다. 테이블 위에 올려놓고 능숙한 손놀림으로 뜯었다. 내용물이 모습을 드러내며 뜨거운 김이 피어올라 왔다. 영롱하고 동글한 자태를 뽐내는 여섯 마리의 만두알이 가지런히 플라스틱 포장 안에 놓여 있었다. 방금 사우나에서 나온 고도비만의 알몸같이 포동포동한 살과 접힌 주름에서 수증기를 뿜어내고 있었다. '후우!' 하고 몇 번 입바람을 쐬어 준 후 맨손으로 한 녀석을 집어 올렸다. 손끝에 붙잡힌 녀석은 마치 자신을 잡아먹지 말아 달라는 듯 뜨거운 열기로 호소하는 것 같았다. 입 가까이 가지고 와 몇 번의 바람을 더 불어주었다. 그제야 자신의 운명을 받아들이

기라도 한 듯 뿜어내던 김이 사그라들었다. 현석은 녀석을 통째로 입에 집어넣었다. 탱글탱글하고 촉촉한 만두피를 씹어 가르자 후끈 뜨거운 고기소의 향이 올라왔다. 뜨거운 기름과 섞인 육즙이 입안에 퍼졌다. 자신도 모르게 씹던 입을 열고 '허어!' 하고 날숨을 내뱉었다.

첫 번째 만두를 씹던 입놀림이 잦아들었다. 콜라 캔을 따자 '피식.' 하고 차가운 헛웃음 소리가 들려왔다. 콜라로 입을 식힌 현석은 이어 두 번째 녀석을 집어 들었다.

오후 4시 12분. 현석은 직원 휴게실에서 스마트폰으로 영상을 보며 만두를 먹고 있다. 영상 속에서는 금수저 신병의 군대 이야기를 다른 OTT 드라마가 재생되고 있었다. 딱히 재미 있어서 보는 것은 아니지만, 시간을 잘 때울 수 있다. 문득 영상을 보다가 자신의 군대 시절이 생각났다. 군대에서도 요리를 했었다. 취사병으로 하루 종일 주방에서 살다시피 했다. 그래서 남들처럼 재미 있는 군 시절 에피소드 같은 건 딱히 없었다. 대대 내에서 자살 사건이 일어난 적은 한 번 있었지만, 현석과 같은 소대도 아니었기 때문에 한동안 부대 분위기가 안 좋았었다는 것만 기억할 따름이다.

서울의 특급호텔 중식 레스토랑 조리팀 주현석은 저녁 식사를 하고 있는 것이다. 중식 레스토랑의 영업시간은 런치타임(11:30~14:30)과 디너타임(18:00~22:00)으로 나누어진다. 이에 따라 조리팀의 근무시간도 런치조(10:00~19:00)와 디너조(14:00~23:00)로 나누어진다. 현석은 디너조 근무이다. 디너조 근무자들은 오후 4시에 이른 저녁 식사를 한다. 대부분 직원식당에서 식사를 해결하지만, 오늘 현석은 직원식당에 가고 싶지 않았다. 마주치고 싶지 않은 사람이 있기 때문이었다.

일찌감치 요리를 진로로 선택한 현석은 경기도 소재 특성화고등학교 조리학과를 졸업한 후 2년제 대학교 호텔조리학과에 진학했다. 고등학교와 대학에서 한식·양식·중식·일식 조리사 자격증을 모두 취득했고, 군복무도 취사병으로 마쳤다. 졸업 전 파트타임으로 호텔에서 아르바이트한 경력까지 더해져 운 좋게 꽤 이름이 알려진 호텔 조리팀에 채용되었다. 처음 연회부 조리팀에서 식재료

손질부터 시작했던 현석은 룸서비스 조리팀에서 세컨쿡(2급 조리사)으로 승급했다. 배우려는 열의가 남달랐던 현석을 눈여겨봤던 선배 중훈이 특급호텔로 먼저 이직했고, 얼마 후 공석이 생겼다며 현석에게 이직을 제안해 왔다. 지금의 특급호텔로 옮겨온 이후 처우가 많이 달라졌다. 급여가 많이 오른 것은 아니었지만 라커룸·샤워실·휴게실·마사지룸 등 직원 복지시설이 잘 갖추어져 있었으며, 무엇보다 하루 16시간씩 일했던 첫 직장과는 달리 8시간만 근무하는 조건이 마음에 들었다. 근무한 지 3년째인 현석은 퍼스트쿡(1급 조리사)으로 승급했다. 주임급에 해당하는 직급이었다. 중식 조리팀은 면판(면 뽑기와 삶기를 담당), 칼판(식재료를 썰고 다듬기를 담당), 불판(불을 이용해 끓이고 굽고 볶는 것을 담당)이라는 세 개의 파트가 유기적으로 움직여 하나의 음식을 완성한다. 현석은 지금 칼판장을 맡고 있다. 하지만 현석은 중식 요리의 완성을 책임지는 불판으로 넘어가 보고 싶어서 틈틈이 웍 다루는 일을 연습해 오고 있었다.

  그녀가 현석의 삶 속으로 들어온 것은 불과 두 달 전이었다. 수석 셰프가 신입 직원을 소개했다. 윤주혜는 맞아주는 조리팀 동료 일동의 박수를 받으며 머리 숙여 인사했다. 현석은 고개를 들며 조리모를 살짝 받쳐 든 그녀와 눈이 마주친 것 같았다. 찰나의 순간이었지만 현석은 가슴이 붕 떠오르는 것 같은 느낌을 받았다. 갸름한 턱선에 조그만 입, 하얀 피부, 그리고 날렵한 눈매지만 웃을 때면 끝이 둥글게 아래로 굽어지는 매력적인 눈을 가진 스물네 살 윤주혜가 현석의 마음을 흔들어 놓은 것이었다.

현석은 지금까지 세 명의 연애 상대가 있었지만, 윤주혜만큼 나이 차이가 크지는 않았다. 그렇다고 현석이 윤주혜와 연애를 시작한 것도 아니었다. 단지 현석의 마음속에서만 이미 시작되었을 뿐이다. 현석은 그 이후로 계속 그녀를 눈여겨보았다. 한번은 그녀가 새우 까는 모습을 뒤에서 지켜보다가 참견한 걸 계기로 자연스럽게 하루에 한두 마디씩 말을 섞을 수 있었다. 어머니는 수의사인데, 주혜가 학교 다닐 때 공부를 못해서 잔소리가 많았다고 했다. 오빠는 외국 대학원에서 박사 과정 중이라고 했다. 이런저런 개인사를 거리낌 없이 현석에게 잘도 얘기했다. 현석은 한참 나이 어린 주혜가 자신을 올려다보며 대답할 때 보였던 귀여운 표정을 떠올리며 퇴근길에 혼자 피식 웃기도 했다. 그런데 딱 거기까지였다.

그녀에게 적극적으로 마음을 표현할 용기가 도무지 나질 않았다. 나이 차이가 많이 나는데 괜찮을지, 같은 직장에서 일하는 사람과의 연애는 꺼리지 않을지 등등 생각이 많아지기 시작한 것이다. 평소 이렇게 신중한 면이 있었는지 자신도 몰랐다. 어쨌든 사적으로 연락을 하거나, 만남을 제안할 엄두조차 못 내고 지나는 날들이 이어졌다. 런치조 근무가 있던 날 같은 근무조 동료끼리 조촐한 회식 자리가 만들어졌다. 함께 런치조 근무를 한 인원은 7명이었는데, 그중에 현석과 주혜도 포함되었다.

"주혜는 아까 데인 곳 괜찮아? 약은 발랐어?"

"네, 괜찮아요. 약도 바르고 밴드도 잘 붙였어요."

박문찬 셰프가 묻자 윤주혜가 밴드 붙인 손등을 보여주며 웃었다. 현석은 왠지 선수를 빼앗긴 것 같은 느낌을 받았다. 그 이후부터 회식 내내 박 셰프가 거슬렸다. 자꾸만 윤주혜에게 말을 걸었고, 그의 말에 그녀는 잘 웃었다. 입을 가리고 큰 소리로 깔깔대며 웃기도 했다. 불과 한 살 많고 경력도 비슷하지만, 불판에서 유망한 박문찬은 현석보다 어쨌든 직급이 높았다. 경력 10년 이상이며 대리급에 해당하는 어시스트 셰프부터는 공식적으로 주방에서 '셰프'라는 호칭으로 불리게 된다. 게다가 박 셰프는 곧 불판장의 자리에 오를 유망주였다. 그런 박 셰프가 현석은 평소 마음에 들지 않았다. 주방에서도 앞지르고 싶은 경쟁상대로 마음속에 담아 두었던 박문찬이 눈앞에서 윤주혜와 히득거리는 게 눈꼴시었다. 그래서 말없이 자꾸만 술을 마셨다.

"정말 듣자듣자 하니 너무 하네!"

술잔을 테이블에 내려놓으며 목소리를 높이자 동료들의 시선이 전부 현석에게로 향했다.

"주 주임 술도 약하면서 오늘 많이 마셨구먼. 누가 저렇게 많이 먹인 거야?"

박문찬이 눈을 찌푸리며 말했다.

"박문찬 셰프님, 아무리 나이 어린 신입이라도 막 그렇게……."

"그렇게 뭐?"

"막 그렇게 반말하고 그러면 안 되는 거 아닙니까?"

동료들은 모두 눈이 휘둥그레졌다. 이게 무슨 말인가. 자고로 주방은 불과 칼을 다루는 곳이다. 항상 긴장하지 않으면 사고가 날 수 있는 위험한 곳이기도 하다. 그렇기 때문에 질서와 명령체계가 생명인 곳이다. 이런 곳에서 후배에게 존댓말을 하는 선배는 본 적이 없다.

"주임님, 왜 그러세요?"

옆에 앉아 있던 조지훈이 어색한 웃음으로 현석을 말렸다. 현석의 눈은 이미 풀려있었지만, 박문찬을 향해 여전히 질투 어린 눈빛을 쏘고 있었다. 그 눈빛에 대응이라도 하듯이 박문찬이 입을 열었다. 어이없다는 표정이었다.

"주 주임은 후배들한테 반말 안 해?"

"네. 그럼요. 저는 반말 안 합니다!"

"주임님, 그만 하세요."

지훈이 난처한 표정으로 현석을 다시 한 번 조심스럽게 말려보려 손을 내밀었다.

"놔봐, 이 새끼야! 내가 말 좀 하겠다는데 말이 많아. 야, 니가 말해봐. 내가 너한테 반말 한 적 있냐?"

현석은 자신의 어깨에 닿은 지훈의 손을 뿌리치며 이렇게 소리쳤다. 그러자 지훈은 일순간 얼어붙은 것처럼 한동안 현석을 쳐다봤다.

"지금 당신이 지훈이한테 한 말이 반말이야."

둘을 쳐다보고 있던 박문찬이 결정적인 한마디를 던지자, 곳곳에서 푸훗! 하고 참던 웃음이 삐져나오는 소리가 들렸다. 윤주혜도 입을 가리고 고개를 숙인 채 웃고 있는 것이 보였다. 현석은 자리를 박차고 나와버렸다. 집으로 향하는 발걸음은 비틀거렸고, 그 비틀거리는 걸음마다 질투심과 창피함이 뒤섞여 목구멍으로 역류했다. 화가 치밀어 올라 길을 걷다 말고 소리를 질렀다.

"아! 씨발!"

지나가던 행인들이 깜짝 놀라 쳐다보고는 슬금슬금 피해 지나갔다. 막상 소리를 지르고 나니 속은 잠깐 후련해진 것 같았으나 주위의 시선이 느껴졌다. 집으로 가는 버스가 도착하는 것을 보고 현석은 전속력으로 달려가 올랐다.

현석의 술주정은 동료들에게 어쩌다 생긴 해프닝으로 생각되어졌고, 현석도 어물쩍하게 넘어갔다. 하지만 그 일이 있고 일주일쯤 지났을 때 현석은 박문찬과 윤주혜가 사귀는 사이라는 소문을 듣게 되었다.

현석은 그 둘을 마주하는 것이 싫었다. 근무조가 달라질 때면 평소처럼 직원식당에서 식사하곤 했지만, 둘 중 한 명이라도 같은 조에서 근무하는 날이면 은근슬쩍 자리를 피하게 되었다. 그런데 그런 날은 생각보다 자주 있었다. 그럴 때마다 매번 식사를 거를 수도 없어서 직원휴게실에서 따로 혼자 식사를 하게 되었다. 여섯 알의 만두는 전멸했고, 콜라 캔은 텅텅 비워졌다. 그들의 잔해를 치우고 흡연실로 갔다. 흡연실 안은 공기정화기와 환풍기가 가동되고 있었지만 뿌옇고 매캐한 연기가 자욱했다. 현석은 담배에 불을 붙인 후 길게 숨을 내뱉었다.

'젠장.'

고독감이 밀려왔다. 예전의 현석은 이곳에서 일하는 나날들이 즐겁고 더 발전하고 싶다는 생각뿐이었다. 박문찬도 선의의 경쟁자 정도였을 뿐 어떤 감정도 결부된 존재는 아니었다. 하지만 그녀가 나타난 이후부터는 모든 것이 달라졌다. 박문찬은 현석을 앞서가며 조롱하는 것으로도 모자라 윤주혜를 가로챈 악당이나 다름없었다. 윤주혜는 현석의 패배를 증명하는 빼앗긴 트로피 같은 존재가 되어 있었다. 그 둘을 마주할 때마다 현석은 깊이를 알 수 없는 좌절감에 빠져들었고, 이곳 일터도 이제 더 이상 즐겁지 않았다.

주방엔 먼저 식사하고 온 후배들이 저녁 영업 준비를 하고 있었다. 현석이 장을 맡고 있는 칼판은 총 3명이 움직인다. 루틴처럼 영업 전에 미리 손질해 두어야 하는 야채, 해산물, 고기를 확인하고 손질하지 않고 남겨둔 식재료들의 양을 점검했다. 오늘 저녁 예약 손님 인원을 감안하여 대략의 식재료량을 가늠했다. 그때 식사를 마치고 주방으로 복귀하던 지훈과 마주쳤다. 현석은 지훈과 눈을 마주치지 않은 채 날카로운 말투로 말했다.

"밥 먹고 왔어?"

"네."

"양파 저걸로 모자랄 것 같으니까 더 해놔."

"몇 개나 더할까요?"

"30개."

"30개는 너무 많지 않을까요?"

현석은 지훈을 말없이 쏘아보았다. 순간 지훈의 표정이 굳어졌다.

"아닙니다. 30개 하겠습니다!"

현석은 말없이 등을 돌려 가버렸다. 잠시 후 디너타임 영업이 시작되었고, 주방으로 주문이 밀려들어오기 시작했다.

호텔 중식 레스토랑의 디너 메뉴는 모두 코스 식이다. 주문이 들어오면 오더 담당이 코스에 포함된 요리를 수량대로 전달한다.

"불도장 넷! 팔진전가복 둘!"

"XO 새우 아보카도 퓌레 넷! 사천 그루퍼 생선찜!"

냉장고에 보관해 둔 사슴 힘줄을 꺼내와 손질하여 1인분씩 네 그릇에 나누어 담았다. 죽순, 송이버섯, 토란, 인삼을 손질하여 똑같이 네 그릇에 나누어 담았다. 커다랗고 무거운 중식도를 가벼운 볼펜 다루듯 자유자재로 놀리는 현석의 칼솜씨가 예사롭지 않다. 전복을 자르고 칼집을 내어 그릇에 담아 불판에 넘긴다. 불판에서는 소뼈 육수에 칼판에서 넘겨받은 재료를 넣고 끓이며 간을 맞춘다.

전복과 해삼, 소라를 썰고 갑오징어에 칼집을 냈다. 지훈이 표고버섯, 송이버섯, 청경채, 피망, 브로콜리를 썰었다. 막내 정윤이 새우를 담아 불판에 넘겼다.

'탁탁탁 탁탁탁.'

마치 균일한 기계 진동음과도 같은 칼질 소리가 주방에 울려 퍼졌다. 불이 솟아오를 때마다 주방은 환하게 밝아지며 후끈한 열기가 감돌았다. 아보카도를 손질하는 현석의 중식도에 무게감이 더해지고 등줄기를 타고 땀이 흐르기 시작했다. 한편에서는 농어를 통째로 넣은 찜기에서 수증기가 피어오르고 있었다.

"식사 짜장 넷! 기스면 하나!"

양파를 썰었다. 청경채와 죽순을 썰었다. 전복, 해삼과 오징어에 칼집을 냈다.

"버섯볶음밥 하나! 야채탕면 하나!"

'탁탁탁 탁탁탁.'

버섯을 썰었다. 당근, 양파, 마늘을 썰었다. 이마에 땀이 송골송골 맺혔다.

북경오리와 향라소스 한우 안심이 완성되어 홀로 나갔다.

게살스프와 어향소스 장어 관자가 완성되었다.

소룡포와 송로버섯 교자가 만들어졌다. 현석의 속옷이 땀에 젖어 등에 달라붙었다.

멈추지 않는 기계처럼 그의 중식도는 감정 없이 눈앞의 식재료를 동강 냈다. 패배감도 굴욕감도 느껴지지 않는 그 소리 속으로 그렇게 빠져들었다.

'탁탁탁 탁탁탁……'

주현석(명륜호텔 중식당 요리사)
30대 중반. 남. 미혼. 1남 1녀 중 막내. INTP. 혼자 자취 중. 헤비스모커. 연애 경험 1명.

작가의 단상

   일하다 보면 직장 동료들 간에 묘한 감정들이 오가기도 합니다. 현석처럼 이성 동료를 좋아하는 마음이 들기도 하고, 업무상 경쟁 구도에 있는 동료와 경쟁심을 느끼기도 합니다. 누군가를 좋아하고, 더러는 싫어하는 감정들이 우리를 즐겁게도 하고 힘들게도 합니다. 더욱이 직장이라는 곳에서라면 그런 감정들 때문에 받는 영향이 더 큰 것 같습니다.
   인스턴트 만두로 저녁을 때웠던 현석도 이 집의 만두를 맛본다면 힐링되는 느낌을 받지 않았을까 생각해 봅니다. 마음이 괴롭고 스트레스 받더라도 맛있는 것을 먹으면 잠시나마 기분이 좋아지잖아요.
   두산 베어스 팬들에게는 성지와도 같은 신천의 '파오파오'를 소개합니다. 먹는 것에 한해서는 타 팀 팬들을 능가하는 진심을 보이다 못해 '먹산'이라고 불리는 것이 두산 팬들인데요. 잠실구장에서 경기가 있는 날이면 '파오파오' 앞은 만두를 포장해 가려는 사람들로 문전성시를 이룹니다. 특이하게도 길쭉하게 생긴 만두가 김치, 고기, 새우, 튀김 네 종류 있습니다. 저는 단연코 새우만두를 드셔보실 것을 추천합니다. 생김새나 맛으로 볼 때 딤섬과 비슷한 느낌도 있습니다만, 아무튼 평범한 만두와는 다르면서 맛있습니다. 여담입니다만, MBC「나 혼자 산다」에 이장우 배우가 야구 경기장에 시구하러 가는 길에 포장해 가는 장면이 나오기도 했습니다. 이 집에서 만두를 포장하시다니, 야구장 제대로 즐길 줄 아시는 분임을 인증합니다.

옳다고 믿는 일을 하다

장례지도사의 돈가스

"그러니까 안혁수 씨 말은, 본인이 평소 유튜브에서 범죄 수사나 법의학 채널을 많이 봐서 알아볼 수 있었다는 건가요?"

"네. 「그것이 알고 싶다」에 나오는 유성호 교수님 채널도 자주 보고요. '사건의뢰'라고 유명한……."

"알겠습니다. 그렇다고 치고요. 그래서 어떤 경위로 유가족분들에게 부검을 해보라고 했는지 얘기해주세요."

혁수는 유명 상조회사의 장례지도사로 일하고 있다. 아니 일했었다. 얼마 전 맡게 된 장례에서 비롯된 일로 혁수는 지금 경찰서에 불려 와 형사 앞에서 진술하고 있다.

"제가 처음에 유가족들에게 듣기로는 고인께서 치매와 우울증 때문에 자살하셨다고 했거든요. 고인분과 함께 살고 있던 아들이 외출한 사이 목을 매셨다고요. 저도 처음에는 그런가 보다 했죠. 사체검안서에도 그렇게 되어 있었으니까요. 그런데 영안실에서 염을 하려고 고인의 시신을 보게 된 거죠. 고인을 발견한 아들의 말에 따르면 대략 4시간 이상 시신이 매달려 있었다는 거잖아요. 그런데 시반이 등 쪽에만 있는 게 이상했단 말이죠."

사람이 죽으면 심장이 멎기 때문에 몸속의 피가 더 이상 돌지 않는다. 그리고 피가 중력의 영향을 받아 아래쪽으로 쏠리는데, 피부 위에서 보면 멍이 든 것처럼 붉게 보이게 된다. 이것을 시반이라고 한다. 목을 매고 자살한 상태에서 1시간 이상 경과하면 손, 발, 종아리 등의 부위에 시반이 나타나야 한다. 하지만 시반이 등에 나타났다는 것은 사망한 직후 상당 시간 누운 상태였다는 걸 말한다.

"단지 그것만으로 타살을 의심했다?"

형사는 의심이 가득한 눈초리로 혁수를 노려보며 물었다. 지금 앞에 앉아 질문하고 있는 형사는 혁수가 마음에 들지 않는 것을 노골적으로 표시하는 것 같았다. 자택에서 사망자가 발생하면 경찰이 먼저 현장을 방문하여 자연사인지 혹은 다른 원인으로 사망한 것인지를 확인한다. 경찰에 신고한 아들은 생전에 우울증이 있던 고인이 치매까지 오게 되자 절망하고 있었다고 했다. 경찰은 실제로 우울증과 치매 처방 약이 있었고, 아들이 외출해 있었다는 정황 등을 확인한 후 사체검안서를 발부해 주었다. 안혁수의 진술은 경찰의 사체검안 결론에 심각한 오류가 있었음을 지적하는 것이었다.

"처음엔 저도 그냥 갸우뚱하고 넘어갔었는데, 어쩌다 유가족과 조문객들이 나누는 이야기를 듣게 되면서 무언가 잘못된 것일 수도 있겠다고 생각하게 되었습니다."

"구체적으로 어떤 얘기들을 들으셨죠?"

혁수는 며칠 전의 일을 떠올리기 시작했다. 고객으로부터 연락을 받고 자택을 방문하여 시신을 인계받았다. 고인은 70대 할머니로 신장 150cm 정도의 작은 체구였다. 경찰이 다녀간 후로 시신은 바닥에 깔린 이불 위에 얌전히 눕혀져 있었다. 상조에 가입한 것은 고인의 아들 박성진이었다. 혁수는 고객에게 조의를 표하고 앞으로 진행될 절차에 대해 안내했다. 안내 사항을 듣는 박성진과 아내의 표정은 담담해 보였다. 두 사람 모두 슬픔이나 눈물의 흔적은 보이지 않았다. 치매에 걸린 모친을 집에서 모시고 지내느라 많이 지친 탓이었을 것으로 혁수는 생각했다.

근처 대학병원에 전화를 걸어 장례식장을 잡고 시신을 옮겼다. 식수 인원을 예상해 음식을 준비시키자 도우미 이모들이 일사불란하게 움직여 준비를 끝냈다. 결정해야 할 것들이 많이 있었다. 입관 일정에 맞춰 관과 수의를 준비해야 한다. 선택하는 옵션에 따라 가격이 많이 차이 난다. 화장장, 납골당 예약과 리무진과 버스도 준비해야 했다.

"준석이가 아주 힘들었다잖아. 사업하면서 돈도 많이 썼던 것 같던데, 어머니까지 치매라니……. 아무튼 딱해."

"그러게 말이야. 그런데 왜 요양병원에 안 모시고 집으로 데려왔대?"

"요양병원에 있으면 돈이 많이 들어가잖아. 사업이 안 좋아져서 쪼들렸던 모양이야."

상주에게 입관, 발인 일정을 다시 한 번 확인하고 식수 인원을 조정하기 위해 빈소에 드나들 때 조문객들이 나누는 이야기를 우연히 듣게 되었다. 치매에 걸린 어머니를 집으로 모시고 오는 건 대단한 각오가 없으면 할 수 없는 일이라고 생각했다.

"그런데 집으로 모셔오고 나서 한 달도 안 돼서 자살하실 줄을 누가 알았겠어."

혁수는 등 뒤에서 들려오는 그들의 대화에 귀를 기울이지 않을 수 없었다. 혹시 범죄 유튜브에서 많이 보았던 그런 사건은 아닐까? 설마 아니겠지. 단지 모시기 힘들다고 어머니를 죽이는 아들이 어디 있겠냐. 혁수는 잠시나마 마음속에서 고개를 들었던 의심을 이내 잠재우며 일에 몰두했다.

큰아들의 얼굴은 문상을 받는 내내 어두운 기색이 없어 보였다. 조문객들과 대화를 나누는 중에 큰 소리로 웃기도 하고 술도 많이 마셨다. 반면 고인의 딸은 그런 오빠의 모습을 보면서 못마땅해하는 표정을 지었다. 그리고 엄마의 영정 앞에서 내내 눈물을 훔쳤다.

스물여섯 살 혁수는 젊은 나이에 장례지도사가 되기로 마음을 먹었다. 대개 장례지도사는 5·60대 중장년층이 직장에서 은퇴하고 제2의 삶을 개척하기 위해 발을 들이는 경우가 많다. 젊은 나이에 시작하는 경우는 드물진 않지만, 그리 흔하지도 않다. 장례지도사는 멀티플레이어가 되어야 한다. 상주에게 서비스맨의 역할도 해야 하고, 시신을 염습하고 수의를 입히는 일도 직접 해야 한다. 혁수는 운구용 리무진이나 버스를 운전해야 한다는 말을 듣고 1종 대형면허와 버스운전 자격증도 땄다. 무엇보다도 혁수가 이 일을 해야겠다고 생각한 것은 남들이 하지 못하는 일을 하고 싶어서였다. 그리고 그 계기는 어머니였다. 경제력이 없던 아버지를 대신해서 일찌감치 어머니가 생업 전선으로 뛰어든 일이 바로 장례지도사였다. 혁수의 아버지는 알코올중독으로 고등학교 때 돌아가셨다. 그때 아버지의 염습을 어머니가 직접 하셨다. 혁수는 그것을 옆에서 지켜보았다. 초등학교 때 친할머니가 돌아가셨을 때도 마찬가지였다. 그런 조기교육의 결과로 혁수는 군대를 마치고 뒤늦게 장례지도학과에 진학하였고, 자연스럽게 장례지도사의 길을 걷게 되었다.

저녁이 되자 시끌벅적해진 장례식장은 많은 사람들이 드나들었다. 혁수가 담당하는 빈소 말고도 같은 장례식장 내 여러 빈소가 조문객들로 북적였다. '○○대학 ○○과 동기생 일동', '○○고등학교 총동문회', '○○교회', '○○실업 임직원 일동', '○○○주민자치회장', '○○기업 대표이사 ○○○' 등 상주의 인간관계를 엿볼 수 있는 많은 근조화환이 빈소 안을 채우고도 복도 앞까지 길게 늘어섰다.

맏상제인 아들 박준범은 유명 대학 소프트웨어 공학박사 출신으로 보험분석 솔루션을 개발하는 스타트업의 창업주였다. 병원장 아버지 덕에 집안에 재산이 꽤 있었던 터라 학업도 사업도 든든하게 지원 받을 수 있었다고 한다. 딸 박준희는 유명 광고회사의 디자이너로 일하다 회계사 남편을 만나 직장을 그만두고 전업주부로 두 아이를 키우고 있다. '○○회계법인'의 회사명과 로고가 찍힌 종이컵, 접시 등 장례용품으로 미루어보아 사위는 유명한 외국계 회계법인에 다니고 있는 것으로 보였다. 겉으로 보면 어디 하나 남부러운 것 없는 집안처럼 보였다.

고인이 다니던 교회에서 단체로 문상을 왔다. 목사로 보이는 사람을 중심으로 빈소 앞에 여러 명의 신도들이 앉아 예배를 드리기 시작했다. 장례식장에서 큰 소리로 찬송가를 부르다가 이웃 빈소의 유족들이 항의하는 일도 심심치 않게 있기 때문에 혁수는 신경을 곤두세우고 있었다. 그러나 다행히도 아무 일 없이 입관예배가 끝났다

밤이 되자 점차 문상이 잦아들었다. 혁수는 참아왔던 담배를 피우러 눈치껏 빠져나왔다. 서늘한 밤공기 속으로 회색 담배 연기를 뿜어내며 하늘을 바라보고 있을 때 익숙한 목소리가 들려왔다.

"그럼 보험금은 언제쯤 받을 수 있는데요? 아, 그래요? 왜죠? 이미 다 결론이 난 건데, 왜 다시 조사를 한다는 건가요?"

준석의 목소리였다. 보험금? 어머니가 돌아가신 후 사망보험금에 대한 이야기를 나누는 것 같았다. 그런데 보험사 측에서 보험금

지금 전 보험조사를 해야 한다고 얘기하는 것으로 들렸다. 보험사는 간혹 보험금 지급을 결정하기 전에 보험조사를 하기도 하는데, 주로 보험사기의 의심이 있거나 지급해야 할 보험금이 거액인 경우 신중히 처리하기 위한 것이다. 그렇다면 고인의 사망보험금이 거액이라는 뜻인가?

"아뇨. 어머니가 우울증 약을 먹기 시작하신 건 보험 가입한 후라고요. 그리고 자살의 경우라도 가입 후 2년이 지나면 보험금을 받을 수 있는 거잖아요?"

준석은 통화 상대방을 향해 목소리의 날을 세웠다. 보험 분석 앱을 개발했다더니 역시 보험에 관한 지식이 해박해 보였다. 혁수는 준석과 마주치지 않도록 등을 보인 채 흡연구역을 빠져나왔다.

혁수는 영안실에서 시신의 몸을 닦고 수의를 입혔다. 그 과정에서 몸에 나타난 시반을 확인하고 의심이 더 커졌다. 그렇게 커진 의심은 입관식에서 딸 박준희를 보고 극에 달했다. 그녀는 고인이 된 어머니의 손을 자신의 얼굴에 대며 울먹였다.

"엄마, 왜 유서 한 장도 안 남기고 그렇게 갔어? 전날만 해도 나랑 여행 가자고 통화도 했으면서……."

혁수는 내적 갈등을 더 이상 담고 있을 수만은 없었다. 입관식이 끝나고 나서 빈소에 있던 박준희를 조용히 불러냈다. 화장 후에 장지에 모실 때의 일들을 의논하는 척하며 몇 가지를 물었다. 준석과 고인의 생전 관계나 상속 지분 같은 것들이 어떻게 되는지를 묻자,

준희의 표정이 달라졌다.

"왜 그런 것들을 물으시는 거죠?"

"혹시 고인분께서 돌아가신 것이 자살이 아닐 수도 있을까요?"

준희의 말을 무시하고 결정적인 질문을 하나 더 던졌다. 그녀는 아무런 말도 하지 않고 한동안 혁수의 얼굴을 멍하니 바라보았다. 혁수는 자신이 발견한 사실과 그 사실들이 연결된 가설을 준희에게 이야기했다. 만약 이 가설이 맞는다면 엄청난 파문을 불러올 것을 알고 있었다. 반대로 틀리더라도 혁수는 그 가설을 입 밖에 내는 순간 이미 곤란에 처하는 꼴이었다. 하지만 혁수의 머리는 그런 생각은 뒤로 미루고 있었다. 그의 설명을 가만히 듣고 있던 준희는 마침내 입을 열었다. 오빠가 의심스러운 게 한두 가지가 아니라고 했다. 엄마가 우울증 증세가 보이기 시작할 때쯤 치료보다도 먼저 거액의 생명보험 가입을 서둘렀던 점, 그 후에 엄마를 강제로 정신병원에 입원시켰던 점, 치매가 시작된 후 요양병원으로 옮겼다가 돌아가시기 일주일 전에 집으로 모셔 온 점, 유산 상속과 관련해서 자신을 배제하고 독단적으로 변호사와 의논해 온 점 등을 말했다. 지금 혁수와 준희의 머릿속에는 이 모든 퍼즐이 연결되어 하나의 큰 그림으로 보이는 것 같았다.

"화장하면 안 되겠네요. 혹시 모르니 부검을 해봐야겠어요."

"고객님, 그럴 경우 장례 절차는 중단됩니다."

"상관없어요. 난 진실을 알아야겠어요."

박준희는 그길로 관할경찰서를 찾아가 부검을 요청했다. 준희가 경찰서에서 돌아온 후 빈소에서는 한바탕 고성이 오갔다. 오빠와 동생의 언쟁은 곧 친지 어르신들과 며느리 사위까지 다 모여 가족회의를 하는 모양으로 전개되었다. 그 자리에서 부검을 극구 반대하는 것은 오빠와 그의 아내뿐, 준희의 설명을 들은 나머지 가족들은 찬성하는 쪽으로 기울었다. 그렇게 결정된 사항을 혁수에게 알려주었고, 혁수는 장례 절차를 중단했다. 그리고 회사에 상황과 경위를 보고했다.

여기까지가 혁수가 기억을 더듬어 형사에게 설명한 내용이었다. 형사는 이야기를 시작할 때보다는 표정이 많이 부드러워져 있는 것 같았다. 대략 2시간 반 동안 경찰서 공기를 마시고 나서야 바깥 공기를 맛볼 수 있었다. 형사는 혁수에게 필요한 경우 다시 불러서 조사할 수도 있다고 했고, 진이 빠진 혁수는 고개를 대충 끄덕이고 집으로 돌아와 널브러졌다.

며칠 뒤 혁수는 회사로부터 해고 통보를 받았다. 상조에 가입한 고객은 준석이었는데, 그가 회사에 강력하게 항의를 한 모양이었다. 그제야 혁수는 자신이 한 일이 얼마나 큰 파장을 불어왔는지 비로소 실감했다. 부검 결과가 타살로 나온다면 유가족들은 진실을 밝히고 고인의 억울함을 풀어준다는 의미가 있을 것이다. 그렇더라도 혁수가 본분을 벗어난 행동으로 고객의 장례 절차를 망쳤다는 사실만은 변하지 않는다. 혁수의 입장에서 과연 그 진실을 밝히지 않는 것이 잘하는 것일까?

　해고된 혁수는 다시 취업 활동을 해보았지만 선뜻 채용해 주는 회사는 아직 없었다. 아마도 해고 사유에 대해 알게 되어 채용하기에 부담스러웠던 것일 수도 있다고 생각했다. 혁수는 인터넷에 자신의 입장을 글로 올렸다. 많은 댓글이 달렸고, 그중에는 도움이 되는 글도 있었다. 한 댓글에 혁수의 눈이 멈췄다.

　'님의 행동은 옳은 행동이라고 봄. 공익신고자 보호법에 이런 걸로 해고하는 건 위반 각. 부당해고로 노동청에 신고.'

　혁수는 자신이 장례지도사가 되기 위해 했던 노력의 시간을 떠올렸다. 그리고 그 직업을 통해 얻었던 만족감들을 떠올렸다. 소중한 이 직업을 이렇게 쉽게 잃을 수는 없다고 생각했다.

　인터넷을 뒤졌더니 부당해고 구제신청에 관한 정보가 넘쳐났다. 우선 중앙노동위원회 홈페이지에 가서 부당해고 구제신청을 접수했다. 회사가 혁수에게 해고를 통보해 온 사유, 시기, 방법, 경위를 상세히 적었다. 신청 내용을 정리하면서 자신의 해고가 부당했다는 확신이 점점 더해져 갔다. 그렇게 접수를 마친 혁수는 해고 이후 한동안 입맛이 없다가 한 줄기 희망을 발견해서였을지 허기를 느꼈다. 오랜만에 찾아온 배고픔에 반가움을 느끼며 늦은 점심을 먹으러 집을 나섰다. 원룸 빌라들이 밀집해 있는 골목길을 빠져나와 상점들이 모여 있는 큰길 쪽으로 걸었다.

　'뭘 먹어볼까?'

육개장 전문점을 지나치며 고개를 들어 간판을 올려다보았다. 자신의 일터에서 허구한 날 만났던 육개장. 오늘만큼은 사양해야겠다. 고개를 젓고 조금 더 걸었다. 큰길을 건너 공원 앞을 걷다가 어느 식당 앞에 발길이 멈췄다. 출퇴근길에 매번 그냥 지나치던 돈가스 가게였다. 한 번도 가 본 적 없는 돈가스 식당에 오늘따라 눈길이 간 것이 신기했다. 마치 지금껏 가보지 않은 길을 가려고 하는 자신의 상황과도 같다고 생각하며 가게로 들어섰다. 한참 메뉴판을 들여다본 후에야 혁수는 안심돈가스 정식을 주문했다.

바싹하게 튀겨진 돈가스에서 조그맣게 기름 기포가 지글거리고 있었다. 혁수는 그동안 마음고생이 많았던 자신에게 베푸는 만찬을 기념하고자 휴대폰을 꺼내 정갈하게 차려진 안심돈가스 정식을 사진에 담았다. 나이프와 포크를 사용한 식사를 해 본 적이 언제였던가. 조금은 들뜬 기분으로 돈가스를 세로로 여러 조각 잘라냈다. 칼날이 가를 때마다 '사각사각'하는 소리가 돈가스의 바삭함을 어필하는 것 같다. 속살이 드러난 돈가스를 포크로 찔러 소스에 찍었다. 요새는 돈가스도 '부먹' 혹은 '찍먹'의 대상이 됐나보다. 손님의 선택을 중요시하는 가게라면 역시 '찍먹'이겠지. 돈가스 위에 소스를 붓지 않고 자그마한 종지에 따로 담아 준 주인의 센스에 감사하며 돈가스를 입에 넣었다. 바싹하게 입에서 겉 튀김이 부서진 다음 카스텔라같이 부드러운 고기 살이 육즙을 뿜어냈다.

'맛있다.'

장례지도사는 다른 사람의 장례를 마치 자기 일처럼 맡아 처리해 주는 이타적인 직업이다. 직업 정신이 깊이 몸에 뱄던 것이었을까. 정작 자신에게는 박하게 대해왔다는 사실을 새삼 느꼈다. 장례를 맡는 동안은 잠이 부족해도, 몸이 힘들어도, 먹고 싶은 것이 있어도, 담배를 피우고 싶어도 참았다. 그러다 보니 출근하지 않을 때조차 맛있는 음식을 먹고 싶어도 매번 참게 되었다. 혼자 자취하는 살림에 조금이라도 아끼겠다는 생각까지 더해져 참는 것이 습관이 된 것 같았다. 이제부터라도 자신을 더 아끼고, 자신을 믿으며 살겠노라고 생각했다.

다시 원래의 직업을 되찾을 때까지만이라도 생계를 위해 아르바이트라도 해야겠다고 생각했다. 아르바이트라도 면접 같은 건 봐야겠지? 유리창에 비친 자신의 얼굴을 들여다보며 머리를 매만졌다.

덥수룩하게 자란 머리가 볼품없어 보였다. 휴대폰으로 미용실 예약을 했다.

'그건 그렇고…… 부검 결과는 어떻게 나왔을까? 정말 타살이 맞았을까?'

혁수는 자신의 가설이 맞기를 바랐다. 그러면 스스로에 대한 믿음이 더 확실해질 것 같았다. 담백하고 향기로운 맛이 입안에서 채 가시기 전에 또 한 조각 돈가스를 입에 넣고 오물거리며 휴대전화로 박준희에게 문자메시지를 보냈다. 부검 결과가 궁금하다는 말만 간단히 써서 보냈다. 혁수가 안심 돈가스 정식을 절반 정도 먹었을 때 휴대폰이 '띠링!' 하고 문자메시지 도착을 알렸다. 순간, 혁수는 손놀림과 입놀림을 멈추고 휴대폰을 쳐다보았다. 자신도 모르게 가슴이 쿵쾅거리고 있었다. 하지만 아직 휴대폰을 집어 들지도 못하고 가만히 바라만 보고 있었다. 굳어버린 석상처럼.

안혁수 (전직 감동상조 장례지도사. 구직 중)
30대 중반. 남. 미혼. 2남 중 막내. ENFJ. 해외 축구 마니아. 숨겨진 곳에 과하지 않은 레터링 타투 있음.

작가의 단상

　매번 고인의 시신을 마주해야 하는 장례지도사라는 직업에 대해서 생각해 보았습니다. 시신을 접해야 하는 것도 웬만한 강심장이 아니면 어려운 일이겠지만, 만약 그 시신이 엄청난 비밀을 감추고 있다는 사실을 알게 된다면 그걸 파헤쳐야겠다고 마음먹을 강심장은 찾아보기 힘들지 않을까요. 어차피 픽션이기 때문에 제 나름대로 상상의 나래를 펼쳐보았지만, 실제로 자신의 직업을 걸고 공익 제보를 할 수 있는 사람은 많지 않을 것 같습니다. 특히, 부양할 가족이 있는 저 같은 사람이라면 더욱 힘들 것 같습니다.

　요새 돈가스 맛집은 너무 많습니다만, 저의 머릿속에 떠오르는 맛집은 신사동에 위치한 '한성돈까스'입니다. 돈가스가 맞는 표기법이지만 상호에 '돈까스'로 쓰고 있어서 고유명사 그대로 소개해 드립니다. 1987년 오픈한 이래 한결같이 돈가스를 튀겨온 전통의 강자입니다. 유명해져서 강남역에도 분점을 냈더군요. 돈가스, 히레가스 등은 연겨자를 곁들여 먹으면 맛있습니다. 기본에 충실한 맛입니다. 저는 개인적으로 리모델링 전 노포 느낌이 맛도 더 좋게 느껴집니다만, 지금의 맛도 독자 여러분께 소개해 드려도 전혀 손색이 없는 수준입니다.

억눌렸던 욕망이 고개를 들다

목사의 햄버거

정민이 지금의 교회에서 부목사직으로 사역해 온 지 거의 2년이 다 되어간다. 경기도 소재 대학교에서 국어국문학을 전공한 정민이 목회자의 길을 가게 된 것은 아내의 영향이 컸다. 성실하고 바른 생활 태도뿐만 아니라 독실한 기독교 신앙을 가지고 있던 두 사람은 같은 대학 동아리 활동을 하면서 서로의 공통점을 발견하고 급속도로 가까워졌다. 아내 주희의 아버지는 서울 유명 대형 교회의 담임목사였다. 정민은 졸업 후 출판업계에 취직해 문학도의 꿈을 계속 키워갈 생각이었지만 지방대 졸업의 스펙으로 취업 관문을 뚫어내는 데 어려움을 겪고 있었다. 깊은 절망에 빠져 매일 하나님께 기도했었다. 여자 친구 주희도 정민의 손을 잡고 함께 기도했다. 그러면서 때때로 주희는 목회자의 아내가 되고 싶다는 희망을 은연

중에 정민에게 내비쳤다. 그런 주희에게 아무런 대꾸도 하지 않았지만, 어느 날 문득 신학대학원에 진학해야겠다는 생각이 정민의 머릿속에 떠올랐다. 하나님이 자신의 기도에 응답하여 계시를 내려주신 것이라 생각한 정민은 기적적으로 서울 소재 신학대학원에 합격했다. 3년의 대학원 과정을 마치고, 주희 아버지가 담임목사로 계신 장로교 교회에서 전도사 생활을 하며 목사고시를 준비했다. 시험에 합격하고 1년 후 주희와 결혼을 했고, 다시 1년 후 목사 안수를 받게 되었다.

정민이 부목사로 재직하고 있는 이 교회도 주희의 아버지이자 정민의 장인어른 박장원 목사가 소개해 준 곳이다. 그 사이 장인어른은 정년을 맞아 담임목사직을 내려놓고 은퇴했다. 하지만 원로 목사라는 타이틀로 여전히 교계에 막대한 영향력을 미치는 존재로 남아 있었다. 박장원 목사는 현재까지도 이곳저곳에 특별 설교 초빙을 받거나, 각종 저술 활동을 하는 등 대형 교회의 담임목사 시절보다 오히려 더 활발한 활동을 이어갔다. 막냇사위 정민의 진로에도 꼼꼼하게 관여했다. 성장하고 있는 인천의 한 중견교회에서 부목사생활을 하며 경험을 쌓도록 주선해 준 것이었다.

정민은 강대상에 서서 조용한 목소리로 예배당 안에 듬성듬성 앉아 있는 성도들을 향해 말했다.

"이른 아침 주님의 전으로 나오신 성도님들을 환영합니다. 기도하심으로서 수요일 새벽 예배를 시작하겠습니다."

5시 반. 금탁종의 맑은소리가 울려 퍼지자, 피아노 반주가 시작되었다. 피아노 연주는 30초쯤 이어지다가 마치 약속이라도 한 듯 살며시 소리가 사그라들었다. 그러자 정민의 묵직하고 정돈된 목소리로 간단한 기도가 이어졌다. "아멘."으로 정민의 짧은 기도가 끝나자 곧이어 성도들과 한목소리로 사도신경을 암송했다. 그다음은 찬송가 405장 '주의 친절한 팔에 안기세'를 피아노 반주에 맞추어 3절까지 내리 합창했다.

  담임목사가 진행하는 주일(일요일) 예배와 수요 저녁 예배는 조촐하긴 해도 관현악단과 오르간, 그리고 성가대까지 있다. 조명도 밝고 예배당 안은 꽤 많은 성도가 앉아 있다. 반면에 평일 새벽 예배에는 돈회자도 성도들도 피곤한 얼굴을 감출 수 있도록 적당히 어두운 조명을 사용한다. 가뜩이나 참석자도 많지 않아 휑한 예배당은 조명으로도, 관현악단 소리로도, 무엇으로도 채워지지 않는다. 이렇게 부목사가 음지에서 묵묵히 고행하는 동안 담임목사는 양지에서 화려한 조명을 받는다.

  새벽 예배는 매주 월요일부터 토요일까지 아침 5시 반에 시작한다. 그래서 정민은 이른 아침에 일어나야 했다. 늘 집을 나설 때 두 돌을 갓 넘긴 아들이 한창 자는 모습을 보고 나올 수밖에 없었다. 교회까지 30분이 걸리는 거리를 중고로 산 경차로 미친 듯이 달려 도착한다. 어린이 보호구역에서 규정 속도 이상으로 달려 벌금을 부과받은 적도 몇 번 있다. 매일 같이 새벽 3시 40분에 일어나 밤 9

시~10시 퇴근할 때까지 녹초가 되도록 일하면서 밝은 표정과 말투를 유지해야 하는 일상은 점점 정민의 체력을 갉아먹고 있었다. 최근에는 알람을 듣고 일어나는 것이 너무나 버거워져 버렸다.

"…… 악하고 음란한 세대가 표적을 구하나 요나의 표적밖에는 보여줄 표적이 없느니라 하시고 그들을 떠나가시니라."

「마태복음」 16장 1절부터 4절 말씀을 봉독(경건한 마음으로 읽음)한 후 정민이 준비한 설교를 전했다. 우리 인간은 보이는 것만 믿는 존재들이다. 우리는 우리가 원하는 것을 하나님께 달라고 요구하기에 급급하다. 오로지 원하는 바를 요구하기 위해 기도를 하고 있다. 그리고 하나님이 그 기도에 응답해 주기를 바란다. 하나님께 기도로 요구한 것들이 이루어지지 않으면 우리는 하나님이 우리를 사랑하지 않는다고 의심한다. 하나님은 저희를 사랑하지 않는 것이냐고. 그래서 저희가 요구한 것을 들어주시지 않는 것이냐고. 만약 저희를 사랑한다면 그 증거를 보게 해달라고.

"하지만, 믿음이 없는 사람들은 표적을 보아도 그것을 표적이라 믿지 못하고, 믿음이 있는 사람들은 이미 성경 속에서 보여주신 수많은 표적이 진리인 것을 믿는 것입니다."

정민은 준비한 설교를 힘 있게 전달했다. 하나님에게 요구하는 것에만 혈안 되어서는 안 되고, 하나님의 계획을 믿고 기다리고 따라야 한다고 외쳤다. 담임목사와 장로들은 정민의 설교 방식을 마음에 들어 하지 않았다. 노골적으로 듣기 불편하다고 말해오는 사람도 있었다.

"목사님, 목사님이 아직 경험이 없어서 잘 모르시는 것 같아서 말씀드리는 거예요. 설교 말씀이 너무 직설적이고, 성도들을 질타하는 것처럼 들린다니까요. 틀린 말씀을 하시는 것은 아니지만, 교회도 성도들이 많이 출석하고 헌금도 많이 내줘야 돌아가는 것 아니겠습니까. 성도들이 듣기 거북한 말씀을 하시더라도 정도껏 에둘러 표현하셨으면 좋겠어요. 우리 최정민 목사님은 너무 순진한 것 같아."

자신보다 어린 정민을 얕잡아보는 눈빛으로 반말을 섞어 이야기하는 윤 장로는 은퇴한 공무원으로 올해 66세이다. 머리가 듬성듬성하지만, 늘 교회에 나올 때는 포마드로 넘기고 양복을 갖춰 입고 화려한 색의 넥타이를 맨다. 한쪽 손엔 두툼한 성경책을 허리에 끼고 예배가 끝난 후 이 사람 저 사람과 악수를 나눈다. 흡사 선거운동을 위해 서민을 만나러 나온 국회의원 후보자 같은 행동이다.

'화 있을진저 너희 바리새인들이여 너희가 회당의 높은 자리와 시장에서 문안받는 것을 기뻐하는도다 (「누가복음」 11장 43절).'

윤 장로를 바라보고 있는 정민의 머릿속에 성경 말씀 한 구절이 스쳐 지나갔다. 예수님께서 가식적이고 위선적인 바리새인들에게 일침을 가하시는 내용이다. 바리새인들은 예수님이 사역(하나님의 뜻에 따라 맡겨진 일을 수행하는 것)하신 신약시대에 영향력을 발휘했던 유대교 분파 중 하나로, 율법을 엄격하게 지키는 것을 강조하던 사람들이다. 이들은 외적인 행동 양식에 치중한 나머지 내적 신앙을 지향하지 못했고, 되레 율법을 잘 지키는 것이 곧 신앙의 척도인 것처럼 변질되었다. 겉을 번지르르하게 치장하고 장로라는 직분을 내세워 거드름 피우며 사람들로부터 인사받는 것을 좋아하는 지금의 윤 장로처럼 썩어 빠진 신앙을 가진 사람들을 예수님은 저주하셨다.

새벽 예배가 끝나는 대로 신도 여러 명과 함께 장례식장에 방문해서 입관 예배를 드렸다. 기독교인들은 장례식에서 두 번의 예배를 드린다. 고인을 관에 모실 때 입관 예배를 드리고, 발인 직전에 또 한 번 예배를 드린다. 정민이 인도하는 오늘 입관 예배를 먼발치에서 장례지도사가 걱정스러운 눈빛으로 바라보고 있었다.

장례식장을 나와 오후 3시까지 정민은 교인들의 집 네 곳을 심방(尋訪)했다. 심방은 말 그대로 방문하는 것이다. 교회에 나오는 성도들을 돌보는 데서 그치지 않고 목사가 찾아가 격려하고 축복하고 권고하는 것이다. 최근 기독교계에서는 여러 부작용 때문에 점차 심방을 줄여가는 추세지만, 고전적인 사고방식의 담임목사는 부목사 두 명에게 심방을 맡겼다. 체력적으로 고된 일이기 때문에 나이 든 자신보다는 젊은 부목사들이 심방을 맡아주면 좋겠다는 식이었다. 처음 부목사로 이 교회에 부임했을 때 정민은 이를 당연한 것으로 받아들였었다. 하지만 언제부터인가 조금씩 쌓여가는 피로에 허덕이는 자신과 날로 뱃살이 불고 얼굴에 기름기가 번들번들해지는 담임목사를 비교하는 자신을 발견했다.

"목사님, 정말로 제가 시험 들지 않게 해달라고 얼마나 기도를 드렸는지 몰라요. 그랬더니 정말 주일날 담임목사님 말씀을 통해서 쿵 하고 제 마음 가운데 은혜를 내려주시더라고요. 아이고, 잠시만요."

아주머니 한 분이 정민을 마주 앉혀놓고 장황하게 본인의 이야기를 하다가 요란하게 울리는 휴대폰을 들고 통화를 했다. 60대 초반 조 권사였다. 권사는 여성 신도에게 부여하는 최고 직분이다. 며느리와 갈등 때문에 마음이 심란하다며 심방을 신청했다. 어차피 심방이라는 것이 이렇게 신도들 개개인의 소소한 고민거리도 들어주고 신앙으로 의지할 수 있도록 하는 것이 목적이 아니던가. 정민이 애써 조 권사의 이야기에 귀 기울이고 있던 차에 전화벨이 울린 것이었다.

"여보세요, 어머 장 권사니이임. 안 그래도 지금 우리 집에 목사님 심방 와 계셔. 아니, 담임목사님 말고 부목사 있잖아. 응. 그래? 알았어. 아무튼 지금 심방 중이니까. 이따가 다시 전화할게."

전화를 끊은 조 권사는 통화하는 동안 만면에 피었던 웃음꽃이 채 가시지 않은 얼굴로 휴대폰을 만지작거리며 말했다.

"죄송혀요, 목사님. 장선희 권사가 글쎄 미나리무침을 좀 했는데 엄청 맛있게 되었다고 좀 가지고 온다고 해서요. 호호호. 조금 이따가 우리 집으로 가져온다고 했는데, 목사님도 좀 가져다가 드셔보시게 조금 더 싸가지고 일찍 오라고 할 걸 그랬나? 가만, 그러면 바로 가지고 오라고 전화해야겠네."

"아뇨. 권사님. 저는 괜찮습니다."

만류하려고 정민이 손을 내밀었지만, 한발 늦었다. 조 권사는 이미 휴대폰을 귀에 대고 있었다.

"장권사니임, 내가 생각해 보니까, 지금 우리 집에 목사님이 와 계시잖아, 그러니까 오실 때 목사님 사모님 가져다드리게 두 봉지 싸서 목사님 가시기 전에 오믄 어떨까. 응응. 그렇지? 그래, 그게 낫지. 알았어, 얼른 와요 그럼. 응. 끊어."

전화를 끊은 조 권사는 좀처럼 말을 쉬지 않았다. 장 권사 친정에서 미나리 농장을 한다는 둥, 그 집 아들이 이번에 회계사 시험에 떨어졌다는 둥, 온갖 이야기를 늘어놓았다. 본래 심방의 목적은 이제 안중에 없는 것일까.

"네. 그렇군요. 권사님, 그런데 아까 하시던 며느님 이야기는……?"

"어머 내 정신 좀 봐. 장 권사가 갑자기 전화하는 바람에…… 호호호. 아무튼 그 애가 오고 나서 제가 속을 얼마나 썩였는지 몰라요."

정신이 돌아온 조 권사가 아까 했던 이야기를 처음부터 다시 시작해서 마무리 짓기까지 이십여 분이 걸렸다. 정민은 때때로 졸음이 쏟아지는 것을 들키지 않기 위해 잘 경청하고 있는 것처럼 고개도 끄덕이고 추임새도 넣어야 했다.

"아무튼 그때부터는 제가 그 아이를 긍휼히 여기는 마음을 갖고 열심히 권면하게 되었어요. 그러니까 목사님께서 안수기도 한 번 해주시면 좋겠어요."

많은 신도가 이런 식으로 안수기도를 주술쯤으로 생각한다. 스스로 실감하지 못하겠지만 목사의 축도나 안수기도는 영적인 효험이 있어서 마음과 몸을 치유한다고 믿는 것이다. 원시 신앙인 샤머니즘과 다를 것이 무엇인가. 과연 이들은 기독교의 본질을 이해하고나 있는 것일까. 이들이 하나님을 믿는 목적은 자신과 가족이 건강하고 복을 받는 것에 있다. 하지만 교회가 굴러가려면 이런 사람들이 내는 헌금이 필요하다. 면죄부를 발행하고 그 대가로 돈을 받던 중세 가톨릭교회와 다를 게 무엇인지 회의감이 들었다.

정민은 마음속에 피어오른 생각은 접어두고, 조 권사의 머리에 손을 얹고 기도하기 시작했다. 기도라기보다는 조 권사가 듣고 싶어 하는 말을 기도라는 형식을 빌려 듣게 해주는 것이랄까.

"주님, 오늘 이 불쌍한 여종의 마음을 어루만져 주시옵소서……."

짧은 기도가 이어지는 내내 수십 번의 "아멘!"으로 추임새를 넣은 조 권사는 기도를 마치자 안정된 표정을 지었다. 통증을 호소하는 노인에게 식염수 링거를 놓아주면 저런 표정일까. 정민이 손을 올렸던 머리를 매만지며 조 권사가 앞에 놓인 다과가 놓인 쟁반을 정민에게 조금 더 밀며 권했다. 정민은 이미 세 곳의 심방을 거쳐 오며 커피 한 잔과 차 두 잔을 마신 터라 뱃속이 물로 가득 차 출렁이고 있었지만, 찻잔을 들어 입에 가져갔다.

  기독교인들은 목사와 이야기를 나누거나 교회에 있을 때는 평소에 사용하지 않는 어휘를 사용한다. '시험에 들다', '은혜를 받는다', '긍휼히 여기다', '권면하다' 등. 이런 표현들을 많이 사용할수록 기독교인들 사이에서는 신앙심이 더 깊은 것처럼 보인다. 하지만 이런 어휘를 일상생활에서까지 사용하지는 않는다. 그것은 교회 안과 밖에서의 자신을 무의식중에 분리하고 있다는 증거이다. 그래서 교회에서는 봉사하고 성가대에도 참가하며, 집사·권사·장로 같은 직분을 갖고 신실한 교인의 모습을 보여주다가도 교회 밖으로 나서면 부도덕한 행실을 하는 사람들이 나오는 것이다. 목사들은 잘못된 종교관을 가진 신도들이 많은 것을 알면서도 바로잡으려 하지 않는다. 그런 신도들이라도 있어야 교회가 운영될 수 있기 때문이다. 그래서 교회는 그들이 더 열심히 봉사하고, 더 많이 헌금할 수 있도록 독려한다. 직분이라는 이름의 멤버십 등급을 부여하고 대우해주는 것이다. 신도들은 그 멤버십 등급을 얻기 위해 오늘도 더 봉사하고 더 화려한 '교회 전용 어휘'를 사용한다. 교회 안에서 신실한 신도 '롤 플레이'를 얼마나 잘하느냐가 더 중요한 것이 되어 버렸다. 신약시대의 바리새인들이 지금의 교회에 넘쳐나고 있다.

  기독교는 하나님과의 관계를 중요시하는 종교이다. 건강과 행복을 달라고 열심히 빌면 이루어주는 종교가 아니다. 창조주 하나님이 만든 피조물인 인간은 절대로 하나님의 뜻을 온전히 다 이해할 수 없다. 그렇지만 하나님의 뜻을 깨닫고자 추구해야 하는 것이다. 하나님의 말씀을 담은 성경을 읽고 기도를 생활화하면서 하나님의 뜻이 무엇인지 깨닫기 위해 노력해야 하는 것이다. 이것은 말하자면 개가 주인의 말을 알아듣게 되는 과정과도 같은 것이다. 상당한 시간을 함께 보내게 되면 개는 표정과 손짓, 목소리 등 여러 가지 단서를 통해 주인의 의도를 파악할 수 있다. 주인이 말하는 '산책'이라는 단어를 들으면 벌써 들떠서 신발을 물어다 주는 행동들을 하는 것을 보면 알 수 있다. 오랜 시간을 주인 가까이에서 반복해서 학습했기 때문이다. 교감하지 않고 털 손질이나 의상 따위를 입히는 것만 해서는 결코 주인의 말을 알아들을 수 없다. 정민은 최근 들어 이런 생각을 깊게 하게 되었다. 조 권사의 집을 나서는 정민의 손에 검은 비닐에 담긴 미나리무침이 들려있었다.

  느지막이 저녁 시간이 다 되어서야 교회 사무실로 돌아온 정민은 내일 새벽예배 설교문을 준비하기 위해 책상 앞에 앉았다. 끼니때가 되었지만 여러 집을 돌며 다과를 대접받은 정민은 밥 생각이 없었다. 책상 위에 양 팔꿈치를 올린 채 두 손을 모아 쥐고 이마에 댔다. 그 상태로 눈을 감고 기도를 했다. 신도들을 향한 혐오의 마음을 품고도 목사로서의 역할을 계속해 나갈 수 있을지, 고된 노동에 비해 형편없는 경제적 보상을 언제까지 감내해야 하는지 정민은 답답한 심정을 기도로 털어놓았다. 정녕 믿음이 약해져서 이런 생각들을 하게 되는지, 자신이 목사라는 역할을 하기에 적합하거나

한 것인지, 신학대학원에 진학하도록 계시를 주서놓고 왜 지금 와서 이런 시련을 주시는지 정민은 하나님에게 묻고 또 물었다.

결국 9시가 되어서야 사무실을 나섰다. 주행거리 10만km가 훨씬 넘은 노 경차에 몸을 싣고 집으로 향하는 길에 올랐다. 자동차 전용도로로 들어서기 직전 교차로에서 신호에 멈춰 섰다. 정민의 눈에 24시간 영업하는 유명 햄버거 프랜차이즈의 드라이브 스루 매장이 들어왔다. 정민은 그곳으로 차를 몰았다.

"더블 쿼터파운더 치즈 세트 하나요. 프렌치프라이는 라지로 주시고, 음료는 바닐라셰이크로 바꿔주세요."

야채 없는 고깃덩이 버거, 쇼트닝에 튀겨 콜레스테롤 범벅 프렌치프라이, 칼로리 높은 바닐라셰이크는 몸에 죄를 짓는 느낌을 준다. 하지만 입에 원초적으로 맛있는 경험을 선사해 준다. 아내가 옆에 있었다면 절대 허락하지 않았을 것이다. 주문한 음식이 담긴 종이봉투를 차창 너머로 넘겨받은 정민은 부드럽게 드라이브 스루를 빠져나왔다. 한 손으로는 운전대를 잡고 다른 손으로 따끈한 감자튀김을 집어 입에 넣었다. 기름과 소금이 묻은 손가락을 쓱 바지에 문질러 닦았다. 반항하는 십대의 마음처럼 묘한 쾌감이 들었다. 속마음을 억누르고 보낸 하루의 무게를 이런 소소한 일탈로 해소하려는 자신이 우습기도 하면서 측은했다.

자동차 전용도로에 들어서 집 방향으로 조금 주행하다가 비상등을 켜고 갓길에 차를 세웠다. 늘 기독교 방송으로 맞춰져 있던 라디오 채널을 FM 107.7로 맞추자, 제목을 알 수 없는 노래가 흘러나왔다. 찬송가가 아닌 것은 분명했다.

'Pour some sugar on me. Ooh, in the name of love Pour some sugar on me. C'mon, fire me up.'

드라이브 스루에서 건네받은 종이봉투를 열어 버거의 포장을 벗겨냈다. 목표한 공격 지점을 눈으로 확인한 후 크게 입을 벌려 버거를 베어 물었다. 두 장의 두툼한 소고기 패티에서 흘러나오는 육향과 그릴의 향기. 양상추나 토마토 따위의 식물을 전적으로 배제한 남자의 맛. 씹는 순간마다 맛있다. 손을 뻗어 흰색의 고칼로리 음료가 담긴 컵을 쥐고 빨대를 입에 물었다. 바닐라셰이크의 차갑고 부드럽고 밀키한 맛이 쑤욱 입안으로 밀려 들어왔다. 바닐라셰이크를

목구멍으로 넘기자 날숨이 뿜어져 나왔다. 동시에 정민의 입에서 터져 나온 외마디 감탄사.

"할렐루야!"

최정민(호제동 벧엘교회 부목사)
40대 초반. 남. 기혼. 자녀 있음(딸 1). INFJ. 진보정당 지지자. 하지만 집회는 참석 안 함. 탈모 진행 중.

작가의 단상

언제나 신자들이 원하는 모습을 보여주고, 듣고 싶어 하는 말을 해주는 것은 엄청난 감정 노동이라고 생각합니다. 정민은 신도들을 바라보며 인지부조화를 느끼고 있습니다. 그러면서 앞으로 계속 장인어른, 아내, 담임목사, 그리고 신도들이 원하는 모습으로 살아갈 수 있을지 자신이 없습니다. 이렇게 사는 것이 하나님의 뜻인지 기도로 묻고 또 고뇌합니다. 하나님이 원하는 삶은 깨닫기 어려워도, 몸이 원하는 음식은 금방 알 수 있습니다. 마치 봉인을 해제하듯이 엄청난 칼로리 폭탄을 섭취하는 정민은 죄책감과 쾌감을 동시에 느낍니다. 역시 인간은 탐욕을 벗어나기 힘든 존재인가 봅니다.

'탐욕버거'라는 이름의 메뉴를 버젓이 올려놓은 수제버거집이 있습니다. 두툼한 소고기 패티 두 장에 베이컨, 그릴드 어니언, 토마토, 계란프라이, 양상추에 치즈 듬뿍. 이 녀석을 맞이하는 순간 두툼한 몸집에 '어떻게 먹어야 하지?'라는 생각이 절로 듭니다. 우아하게 먹을 생각은 버려야 합니다. 이 녀석과 한바탕 전쟁을 치르고 나면 어느새 배가 불룩해지고 치열한 전투의 흔적이 입주위에 남게 됩니다. '탐욕버거'라니, 이름 참 잘 지었지요. 근래 보기 드물게 맛있는 수제버거 프랜차이즈입니다. '바스버거'에 가시면 당신의 탐욕과 마주할 수 있습니다. 저는 회사 근처 서소문시청점을 다녀왔습니다.

첫사랑에 처참히 실패하다
배우의 파스타

"하나, 둘, 셋, 넷! 하나, 둘, 셋, 넷!"

카랑카랑한 목소리가 연습실에 가득한 음악 소리마저 날카롭게 가르며 울려 퍼졌다. 뮤지컬 「시카고」의 안무 연습이 한창이다. 지금 연습 중인 넘버(뮤지컬 공연에 삽입되는 곡)는 'We Both Reached For the Gun'으로 주인공 록시가 기자회견을 하다가 어느 순간 그녀의 변호사 빌리의 복화술로 넘어가 버리는 내용이다. 이 넘버에서 은재는 두 남녀 주인공을 둘러싼 기자 중 한 명이지만 실제 무대에 오를 수 있을지는 알 수 없다. 이번 공연에 참가하는 앙상블(합창 및 군무를 담당하는 코러스 배우들)은 은재를 포함하여 총 17명이다. 그리고 이 넘버에 올라가는 앙상블은 8명뿐이지만 지금 연습하고 있는 것은 그보다 많은 사람들이다. 하나 둘 셋 넷으로 박자를 맞추던 안무 감독이 이제는 박수로 박자를 맞추기 시작했다. 배우들의 호흡 소리가 들려왔다. 에어컨을 가동 중인데도 연습실의 공기는 후끈후끈하다.

"오케이, 여기까지! 10분간 휴식!"

안무 감독의 사인에 음악이 멈추고 열정적으로 군무를 하던 배우들은 하나 같이 그 자리에 쓰러지듯 주저앉았다. 은재도 가쁜 숨을 몰아쉬며 땀을 닦았다. 아침 10시에 출근해서 합창 연습을 했고, 이제 안무 연습을 하는 중이다.

서른하나. 뮤지컬에 입문한 지 벌써 8년째. 몇 번의 오디션을 본 끝에 처음 무대에 선 날 이후 지금까지 많은 무대에 올랐다. 최근 들어 은재는 모든 준비를 마치고도 무대에 오르지 못하는 날들이 많아졌다. 은재가 맡은 포지션은 이른바 '스윙'이라는 앙상블을 커버하는 배우이기 때문이다. 앙상블은 여러 명이지만 각자 맡은 노래 파트와 안무 동선이 다르다. 어떤 이유로든 앙상블 배우 중 결원이 생기면 스윙이 그 자리를 대신하여 무대에 오른다. 어느 배우가 사정이 생길지 알 수 없기 때문에 여러 배우의 동선과 노래, 안무를 전부 다 익혀야 하는 것이 스윙이다. 주연배우를 커버하는 언더스터디는 평소 앙상블로 무대에 오르다 주연배우가 무대에 오르지 못할 경우 대신 주연 역할을 한다. 이때 언더스터디가 빠지면서 생기는 빈자리를 메꾸는 것도 스윙의 역할이다. 기본적으로 모든 넘버를 익혀두어야 한다.

다시 연습이 시작되고, 곧 배우들의 뜨거운 호흡이 연습실 공기를 데웠다. 은재는 그렇게 각기 다른 배우의 위치와 동선까지 익히고 또 익히기를 반복했다.

은재가 뮤지컬 배우가 된 것은 엄창민의 영향이 컸다. 물론 그는 은재가 뮤지컬을 선택한 것이 자신 때문이라는 걸 모른다. 엄창민은 주은재의 공연예술학과 선배다. 졸업 후 영화, 연극, 뮤지컬 등 다양한 진로로 흩어지는 동기들 속에서 은재의 선택은 단연코 뮤지컬이었다. 졸업 전부터 몇몇 제작사에 오디션을 보러 다녔고, 창민의 추천으로 「맘마미아」에 앙상블로 첫 무대를 밟아볼 수 있었다. 엄창민은 고교 시절부터 뮤지컬 배우의 꿈을 키워왔다고 했다. 대학 시절 내내 뮤지컬의 매력에 대해 기회만 되면 얘기하고 다녔고, 보컬과 댄스 레슨을 받기 위해 아르바이트를 하는 등 열정적이었다. 그런 창민의 모습이 은재에게는 멋있어 보였다.

"선배는 왜 뮤지컬이 좋아요?"

"뮤지컬은 말이야, 포장이 화려한 종합 선물 세트 같다고나 할까. 영화나 연극과는 비교할 수 없는 무언가가 있지."

그렇게 창민은 자신이 처음 뮤지컬 「캣츠」를 보고 감동 받았던 걸 이야기했다. 살아 있는 고양이처럼 움직이던 배우들의 눈부신 안무, 표정, 그리고 훌륭한 가창력이 어우러지는 장면을 눈을 반짝이며 묘사했다.

"특히 나는 '럼 텀 터거'가 등장하는 장면이 제일 마음에 들어. 섹

시함의 극치지."

창민은 뮤지컬 넘버 'The Rum Tum Tugger'를 흥얼거리며 허공을 쓰다듬듯 손동작을 해 보이기도 했다. 은재는 그런 그의 얼굴을 넋이 나간 듯 쳐다보고 있었다. 그가 하는 말이 어느새 아득하게 귀에서 멀어지고, 그의 얼굴에서 빛이 나는 것 같았다. 은재 옆에서 창민의 이야기를 함께 듣고 있던 친구 정은이 팔을 툭 하고 쳤다.

"왜?"

은재가 정신을 차리고 돌아보며 물었지만, 정은은 아무 말도 하지 않고 눈치만 줬다. 대략 이야기를 마친 것 같은 창민은 아르바이트 갈 시간이 되었다며 먼저 자리를 떴다. 멀찍감치 그가 시야에서 사라진 후에야 정은이 입을 열었다.

"너, 너무 티 나."

"뭐가?"

"너 창민 선배 좋아하지?"

"어?"

허를 찔린 질문에 말문이 막혀 버렸다.

"그렇게 넋 나간 얼굴로 침 흘리면서 쳐다보는데 티가 안 날 리가 있어? 근데 어쩌냐, 창민 선배 여자 친구 있다던데."

"그래? 여자 친구가 있어?"

홍대 근처에서 같은 과 여학생들이 우연히 창민을 보았다고 했다. 커피숍에서 아르바이트를 마치고 나오는 것 같았는데, 손을 잡고 걸어가는 여자가 있었다는 것이었다.

"어떻게 생겼어? 예쁘대?"

"몰라. 나도 들은 얘기라서."

은재는 자신도 모르게 고개를 푹 떨구었다. 한숨이 나왔다.

"은재야, 짝사랑은 힘든 거야. 깊이 빠지기 전에 얼른 헤어 나와야 해."

그 말에 은재도 동의했다. 그 후로 몇 번인가 정은이 주선해 준 소개 자리에 나갔었다. 짧게나마 교제한 상대도 있었다. 그렇게 1년 남짓 의식적으로 창훈을 멀리하려고 노력했다. 그 사이 창민은 졸업했다. 하지만 은재는 수강 신청마다 '댄스 중급', '뮤직레퍼토리 초중급', '보이스 트레이닝 심화' 같은 과목들을 선택했다. 단짝인 정은을 잠시 떼어 놓고 마음껏 창민의 발자취를 밟는다고 생각했다.

졸업 후 창민은 뮤지컬에 본격적으로 발을 들였다. 오디션을 통과해서 '웨스트 사이드 스토리' 앙상블로 공연팀에 합류했다. 은재는 SNS에 올라오는 그의 소식을 하나도 빠트리지 않고 확인했다. 여자 친구로 보이는 사람과 함께 찍은 사진도 눈에 들어왔다. 속이 쓰렸지만, 한편으로는 포기할 수 없다는 생각이 들었다. 언젠가는 창민이 자신의 순정을 알아줄 날이 올 것이라 믿었다.

은재가 졸업 후 오디션을 보러 다닐 때쯤 창민은 자신의 입지를 꽤 잡아가고 있었다. 오디션에서 몇 번의 고배를 마신 은재에게 먼저 연락해 온 것은 창훈이었다. 함께 점심을 먹기로 약속을 정했다. 은재는 뛰어오를 듯이 기뻤다.

"은재, 너 요새 뮤지컬 오디션 준비한다면서?"

"네. 뭐. 잘 안 되고 있긴 하지만요. 오빠, 아니 선배는 어떻게 지내세요?"

"나는 요새 새로 들어가기로 한 작품이 있어서 곧 바빠질 예정이야."

"와 좋겠다. 이번엔 어떤 작품인데요?"

"「맘마미아」."

이번 공연에서 에디 역을 맡았다고 했다. 앙상블에서 시작한 창민이 처음으로 꽤 비중 있는 배역을 맡게 된 것이다. 극 중에서 주인공 도나의 친구 타냐와 동네 열혈 청년 에디는 'Does your mother know'라는 트랙에서 호흡을 맞춘다. 네 번의 이혼을 한 원숙한 타냐가 자신에게 추파를 던지는 에디를 애송이 취급하는 내용이다. 창훈이 맡은 에디는 보컬 솔로 분량은 거의 없다시피 하지만 촐싹대고 까불거리는 성격을 안무로 표현해야 하는 역할이다. 은재는 벌써 에디 역을 맡아 무대에서 연기하는 창민의 모습을 떠올리고 있었다.

"그래서 말인데…… 은재, 너 이번에 「맘마미아」 오디션 보면 어때?"

"제가요?"

이번에 좋은 배역을 맡고 기획사에도 들어가게 됐다면서 창민은 설명을 이어갔다. 대학 동문들 중에 뮤지컬 업계에 진출한 졸업생이 많이 없다면서 은재가 마음만 먹어준다면 힘이 닿는 데까지 돕고 싶다고 했다.

"저야 너무 감사하죠. 열심히 해볼게요."

어쩌면 은재는 창민이 몇 년 만에 만나자고 연락해 왔을 때부터 이미 마음속에 답을 정해놓았는지도 모르겠다. 설령 돈을 빌려달라거나 보험을 하나 가입해달라고 했어도 은재는 "네."라고 대답했을 것이다.

그 이후로 은재는 자연스럽게도 창민과 연락할 명분을 갖게 되었다. 오디션 준비를 하면서 이것저것 궁금하다는 핑계로 안부를 묻기도 하고, 응원하는 메시지를 보내기도 했다. 오디션이 며칠 앞으로 다가왔을 때는 늦은 저녁 남산공원에서 창민과 함께 연습을 하기도 했다. 오디션 결과를 통보받았을 때는 하늘을 날 것처럼 기뻤다. 창훈과 함께 무대에 선다는 생각만으로도 가슴이 벅차올랐다.

첫 작품을 함께하고, 이후 몇 번 더 창민과 함께 무대에 오를 기회가 있었다. 창민은 종종 비중 있는 조연급 배역을 맡기도 했다. 은재도 점차 앙상블 내에서 실력을 인정받아 입지를 굳혀갔다. 그렇게 은재는 창민과 멀지 않은 곳에서 그의 동료로서, 후배로서 존재감을 유지하고 있었다. 하지만 딱 거기까지였고, 더 이상 다가가지 못했다. 여자 친구 있냐고 물어보지도 못했다. 은재의 마음을 아는지 모르는지 창민은 항상 친절했지만, 그 역시 다가오지는 않았다. 그렇게 둘 사이는 남녀 관계로 발전하지 못한 채 시간이 흘러갔다. 뮤지컬은 둘 사이를 연결해 주는 매개체이지만, 둘을 가로막는 장벽이기도 했던 것 같다. 둘의 대화는 언제나 뮤지컬에 관한 것뿐이었다.

밤 10시가 다 되어서야 오늘의 연습이 끝났다. 공연이 한 달 반 앞으로 다가왔다. 곧 워크스루(장면별로 연습해오던 것을 하나로 이어서 연습하는 것)에 들어가게 되면 긴장감은 한층 오르게 된다. 샤워를 마치고 퇴근하려고 옷을 갈아입으면서도 은재는 노트에서 눈을 떼지 않았다. 앙상블 배우들 각각의 위치와 동선을 표시해 놓은 것이다. 연습실 바닥에는 각 배우들이 서야 하는 위치와 무대의 크기를 알 수 있는 표시가 되어 있다. 그 안에서 정확하게 움직이지 않으면 조명에서 벗어나거나 안무 연출을 망칠 수 있기 때문에 정확한 위치를 기억하기 위해 반복해서 머릿속에 넣어두려는 것이다. 몇 걸음을 움직여 어느 위치에 서야 하고, 그다음은 어느 위치로 이동하는지 등을 자신만이 알아볼 수 있는 화살표와 메모로 빼곡히 적어 놓은 노트를 은재는 뚫어져라 보고 또 보았다. 휴대폰 메시지 알림음이 울렸다.

'너 소개팅 안 할래? 한주은행 다니는 은행원이야. 얼굴도 반반하고 집안도 괜찮아. 이번 주 토요일 시간 어때?'

친구 정은이었다. 별종답게 정은은 연극영화과를 졸업하고도 헤드헌터로 일하고 있었다. 그러다 보니 프로필이 좋은 미혼 남성들이 주변에 많았다. 은재는 혼자 웃음을 지으며 '어쩔까? 고민고민' 하는 이모티콘을 보냈다.

그런 은재 옆을 지나가며 후배 배우 윤화가 말을 붙여왔다.

"언니, 안 가세요?"

"응. 갈 거야. 오늘 수고 했어."

"언니도 오늘 창민 오빠랑 같이 식사하시는 거 아니었어요?"

"응?"

쓰고 있던 헤드폰을 끌어내려 목에 걸고 은재가 되물었다. 창민 선배랑 저녁 약속이 있는 걸 어떻게 알았을까. 되물어도 윤화는 대답 없이 눈웃음만 치고는 스리슬쩍 자리를 피했다.

'다음 주 수요일에 시간 어때?'

인사도 없이 대뜸 일정부터 물어오는 건 직선적인 성격의 창민다운 메시지였다.

'특별한 거 없는데, 왜?'

'그럼 연습 끝나고 와인 한 잔 어때?'

'ㅎㅎㅎ.'

그러자는 답을 하기가 두근거렸다. 몇 번인가 창민과 같이 식사를 했고, 식사를 겸해 간단히 술을 마신 적도 물론 있었다. 하지만, 와인이라는 건 낯설게 느껴졌다. 연애다운 연애를 해본 적 없는 은재에게 와인이란 왠지 모를 로맨틱한 상상을 불러일으키는 그런 것이었다. 은은한 조명 아래 창민과 마주 앉아 와인잔에 찰랑거리는 자줏빛 액체를 바라본다. 테이블 위 촛불이 잔잔하게 흔들리며 와인잔을 비출 때마다 자줏빛은 핑크빛으로 바뀐다. 서로의 눈을 마주 보며 손에 든 잔을 살짝 기울여 부딪치면 실로폰 같은 맑은소리가 들려온다. 살짝 취기가 돌아 얼굴이 발그레해진 둘은 눈을 맞추고, 그리고 입을 맞춘다. 그의 입안에서 와인의 향이 감돈다.

'왜? 와인은 별로야?'

재차 묻는 창민의 메시지를 받고서야 은재는 현실 세계로 돌아왔다. 다시없을 이런 기회를 놓칠까 봐 얼른 답을 보냈다. 그렇게 수요일 저녁 창민과 단둘이 와인바에서의 로맨틱한 시간이 예약되었다.

'Open 17:00 ~ Close 02:00'라고 영업시간이 쓰인 문을 밀고 와인바에 들어서니 4인석 테이블에 창민이 윤화와 나란히 앉아 있었다. 창민은 은재를 돌아보고 환하게 웃으며 손을 들었다. 그제야 머릿속에서 퍼즐이 맞춰졌다. 평소와 다르게 와인을 마시자고 한 창민, 오늘 창민과의 약속을 알고 있었지만, 자세한 대답을 회피하던 윤화.

"은재야. 잘 지냈어?"

"언니, 오셨어요?"

두 사람의 인사를 받으며 아무렇지도 않은 척 맞은편 의자에 앉았다. 먼저 주문을 했는지 테이블 위엔 '몬테스알파 카베르네 소비

농' 한 병이 놓여 있었고, 두 사람의 잔엔 와인이 자줏빛으로 찰랑거리고 있었다.

"윤화 잘 알지? 너랑 같은 작품하고 있잖아. 연습하면서 선배들한테 자꾸 다가가서 배우고 그래야 하는데, 애가 워낙 사회생활을 잘 못하는 성격이라서 말이야. 그래서 은재가 내 친한 학교 후배니까 따로 만나서 친해져 보라고 오늘 부른 거야."

"응."

"너 저녁 안 먹었지? 그럴 줄 알고 먼저 주문했어."

은재는 어색한 웃음을 지으며 슬쩍 윤화를 쳐다보았다. 평소 나대는 성격도 아니었고, 실력도 외모도 크게 존재감을 느끼지 못했던 아이. 지금 그 아이는 창민 선배의 팔 옆에 바짝 붙어 앉아 맹랑한 눈빛으로 은재를 쳐다보고 있다. 분명 오늘 이 자리는 창민의 설명과는 달리 저 아이가 의도한 것임에 틀림이 없다. 창민과 종종 연락하며 지내는 학교 후배 은재의 존재가 저 아이에게는 거슬렸던 것인가. 창민의 옆자리는 자기 거라고 알려주고 싶었던 것인가.

"근데 왜 갑자기 와인이야? 오빠 원래 와인 좋아했었어?"

그 긴 시간을 알고 지내면서 선배에서 오빠로 호칭이 바뀐 것 정도가 은재에게는 진전이라면 진전이라고 해야 할까. 창민은 어색한 웃음을 보이며 대답했다.

"아, 그건, 얘, 아니 윤화가 와인을 좋아한다고 하더라고. 하하."

창민이 주저리주저리 떠드는 사이 알리오올리오 파스타와 샤퀴

테리 플래터가 테이블에 놓여졌다. 점원이 돌아가기를 기다렸다가 은재가 물었다.

"둘이 사귀는 거야?"

잠시 당황한 얼굴을 보이던 창민이 이내 고개를 끄덕였다. 그러고는 둘이 어떻게 만나게 되었고 어쩌다 사귀게 되었는지를 장황하게 설명하기 시작했다. 은재는 아무렇지도 않은 척 노력하며 그 설명을 들었다. 수다스럽게까지 느껴질 만큼 오늘따라 말을 많이 하는 창민은 반짝반짝 빛나는 눈으로 윤화와의 첫 인연이 어떻게 시작되었는지, 그때 윤화가 얼마나 아름다웠는지를 이야기하고 있었다. 그 이야기를 들으며 윤화는 테이블 밑에서 창민의 손을 잡은 채 홀짝거리며 와인을 마실 뿐이었다. 그러다 은재의 시선을 느꼈는지 잔을 내려놓고, 크래커에 프로슈토와 치즈, 올리브를 얹었다. 그리고 한 손으로 창민의 얼굴을 돌려 입에 넣었다.

"선배님, 좀 드시면서 말씀하세요."

아까 라커룸에서는 분명 오빠라고 그랬으면서 지금은 또다시 선배라고 부르는 건 왜일까. 은재는 윤화가 마치 자신을 가지고 노는 것처럼 느껴졌다.

아무렇지도 않은 척하며 파스타를 접시에 덜었다. 알리오올리오 파스타. 그와 함께 마주 앉아 먹었던 식사도 알리오올리오였지. 몇 년 전 창민이 연습을 도와준 덕에 오디션에 합격하고, 감사 턱을 낸다는 핑계로 창민과 식사를 했다. 그때도 식당도 메뉴도 모두 창민이 정했다. 은재는 그날 그가 권해주는 대로 알리오올리오 파스타를 먹었었다. 그렇게 그는 항상 일방적이었다. 일방적으로 먼저 연락하고, 일방적으로 먼저 만나자고 하고, 그리고 오늘 이 자리도, 메뉴도 이렇게. 은재는 울컥 화가 치밀었다. 배가 고팠던 것처럼 파스타를 돌돌 말아 입에 욱여넣었다. 은은한 조개 향과 담백한 오일 맛이 입안에 감돈다. 알맞게 잘 익은 파스타 면이 입안에서 소용돌이친다. 이럴 때 먹는 파스타가 왜 이렇게 맛있는 거니.

창민의 머릿속에 알리오올리오와 자신이 어떤 연관이 있는 것으로 기억되고 있는 것일까 생각했다. 나를 생각하면 알리오올리오가 떠오르는 걸까, 알리오올리오를 보면 내가 생각나는 것일까. 굳이

고르자면 후자였으면 좋겠다는 생각을 이 와중에 하고 있는 자신을 발견하고 그만 생각하기로 했다.

다시 창민을 쳐다봤다. 입에 음식을 씹으면서도 창민은 말을 멈추지 않았다. 이제 은재와 지내왔던 이야기들을 옆에 앉은 윤화에게 풀어놓고 있었다. 은재에게는 좋아하는 사람과 함께한 소중한 순간들이었지만, 창민에게는 후배 중 한 사람과의 재미 있는 추억일 뿐이었다. 기분이 더 안 좋아졌다. 포크와 스푼을 내려놓았다. 와인잔을 기울여 마셨다. 씁쓸하다. 혀끝에 떫은 것 같기도 한 맛이 느껴진다. 포도로 만들었다면서 이렇게도 단맛이 나지 않을 수도 있는 것인가, 생각을 했다. 잔을 내려놓자 창민을 만나러 오기 위해 입술에 바른 립스틱이 묻어났다. 고개를 들어 둘이 붙어 있는 것을 볼 때마다 가슴을 후벼 파는 것 같다.

"그래서, 언제 결혼할 거야?"

와인잔을 기울였던 게 몇 번이었던가. 취기가 살짝 올라오기 시작한 은재는 속으로 아무런 단서도 없었으면서 그냥 찔러보는 셈으로 질문했다.

"내년 초쯤 할지 생각 중인데…… 사실 이미 같이 살고 있긴 해."

사귀냐고 질문받았을 때와는 달리 당연스럽게 대답하는 창민의 태도에 은재는 도리어 놀랐다. 윤화를 쳐다보니 살짝 얼굴을 붉혔다. 아니 얼굴을 붉히는 척을 했다.

은재는 말없이 둘을 쳐다보며 다시 와인을 들이켰다. 그 사람은 대학 시절부터 내가 마음속으로 점찍어 놓은 남자란 말이다. 그 남자 때문에 뮤지컬을 하게 되었고, 그 남자 덕분에 뮤지컬이 좋아졌단 말이다. 10년이나 되었지. 10년 동안 나는 그 남자에게 내 마음을 꺼내 놓지도 못했고, 뮤지컬만 열심히 했다. 뮤지컬을 열심히 하면 그와 더 많은 공감대를 가질 수 있을 거라 생각했던 것 같다. 그러다 보니 웬만큼 실력이 없으면 할 수 없다는 스윙을 맡게 되었다. 무대에 오르지 않지만, 더 많은 연습을 해야 하는 스윙. 지금 창민이라는 무대에는 윤화가 오른 것이겠지. 윤화가 무대에 오를 수 없는 상황이 되어야만 대신 무대에 오를 수 있는 스윙.

은재는 와인잔을 단숨에 비웠다. 그리고 대학시절 때처럼 잔을 머리 위에 거꾸로 들고 털었다. 창민이 휘둥그레진 눈으로 쳐다보고 있었다. 잔에 남아있던 와인 몇 방울이 은재의 머리 위로 떨어져 머리카락을 타고 흘러내렸다. 마음 같아서는 세게 잔을 내던지고 싶었지만, 그러지 못했다. 그러고는 창민이 들으라는 듯이 말하며 자리에서 일어섰다.

"도대체 이게 무슨 맛인지 모르겠다. 난 소주나 마셔야겠다."

힐끗 윤화를 노려본 뒤 가방을 들고 나가려는 은재를 창민은 붙잡으려고 했다. 하지만 일어서려는 창민의 팔을 윤화가 힘껏 잡아 끌었다.

밖으로 나와 은재는 무작정 걸었다. 새로 산 굽이 높은 구두 때문에 발이 아팠다. 와인을 마셨더니 길이 이리저리 흔들렸다. 세상이 뿌옇게 흐려졌다. 집으로 가는 버스에 몸을 실었다. 창밖을 내다보며 하염없이 울었다.

신은재 (ENM뮤지컬 컴퍼니 소속. 뮤지컬 배우)
30대 초반. 여. 미혼. 1남 1녀 중 막내. ENTJ. 시츄와 비숑 반려견 2마리와 동거 중. 요리를 못함. 밀키트 마니아.

작가의 단상

예전에 라디오에서 심한 내향인끼리 소개팅한 사연을 들은 적이 있습니다. 상대방이 마음에 들지 않았지만 그만 보자는 말을 차마 하지 못해 몇 년간을 만나게 되었고, 그러다가 결국 결혼하게 되었다는 내용이었습니다. 창훈에게 고백하지 못하는 은재도 내향인이라고 보아야겠지요. 직접적인 표현 대신 빙 에둘러 표현하는 방식이 편한 사람들도 있습니다. 하지만 요즘처럼 빠르게 돌아가는 세상에서는 그 에둘러 하는 표현을 기다려주지 않는 것 같습니다.

우리는 와인이라는 술에 로맨스라는 이미지를 흔히 투영하기도 합니다. 눈으로 보았을 때는 그러해 보이기도 합니다만, 그 맛은 씁쓸하답니다.

와인과 함께 먹을 때도 참 잘 어울리는 음식이 있지요. 파스타가 아닐까 싶은데요, 연남동에 있는 '테이커테이블'은 맛과 분위기가 아주 좋은 레스토랑입니다. 가게 안은 유럽풍의 가구와 소품들이 눈길을 끕니다. 셰프님이 요리하는 모습을 볼 수 있는 홀 중앙의 카운터도 멋진 인테리어의 일부입니다. '테이커테이블'에 가신다면 화이트 라구 라자냐를 꼭 드셔보시기 바랍니다. 생면 파스타를 사용해서 식감이 아주 좋고, 크림과 트러플로 맛을 낸 라구(다진 고기 양념)가 도파민을 마구 뿜게 만듭니다. 와인이라도 같이 한 잔 곁들이는 날엔 분위기에 취해 썸이 연애로 바뀔지도 모릅니다.

도저히 가만히 있을 수가 없다
버스기사의 순댓국

태훈은 출근하자마자 구내식당으로 향했다. 버스회사는 오전 근무(아침 5시부터 오후 1시까지)와 오후 근무(오후 1시부터 밤 10시까지)로 나뉜다. 오후 근무인 날은 조금 일찍 출근해서 구내식당에서 점심을 해결한다. 태훈은 구내식당에서 식사하는 것을 좋아한다. 메뉴 걱정을 할 필요가 없고, 원하는 양만큼 먹을 수 있기 때문이기도 하지만, 무엇보다도 비용 면에서 가장 좋기 때문이다. 다른 사람들처럼 미식에 중요한 가치를 두지 않기 때문에 적당한 맛으로 배를 채울 수 있으면 그것으로 족했다.

식사를 마치고서 믹스커피 한 잔을 손에 들고 담배를 피웠다. 추운 공기 속에 커피에서 피어오르는 김과 담배 연기가 뒤섞였다. 종이컵을 손에 든 채로 운행과 최 주임에게 얼굴도장을 찍었다. 유니

폼을 입고 출차 준비를 했다. 태훈은 이 버스회사에서 기사로 일한 지 5년째이다. 작년까지만 해도 매번 다른 차를 타는 일이 많았지만, 지난달부터 고정 차량을 배정받을 수 있었다. 버스회사 기사들 세계에도 서열이 존재해서 고참일수록 성능이 좋은 차량을 고정적으로 운행할 수 있게 된다. 최근에 나온 전기 저상버스(바닥이 낮고 출입구에 계단이 없는 버스)는 소음도 없고 운전하기가 편하다. 운전석에 앉기 전 차 안팎을 살펴보았다. 시간을 확인하며 라디오를 켰다. 출차 대기 위치에 차량을 옮겨 놓고 태훈은 화장실에 가서 소변을 보았다.

태훈이 운행하는 버스 노선은 송파구 장지동 공영 차고지를 출발해서 강남을 가로지른 후 남부순환로를 따라 신림을 찍고 여의도역에서 회차한다. 한번 왕복하는 거리가 64.8km로 총 70개의 정류장을 거치는 운행 시간이 약 4시간 가까이 소요된다. 시간을 확인하고 태훈이 차를 출발시켰다. BIS(버스정보시스템)에 태훈의 차량이 출발했음이 감지되었을 것이다. 버스를 기다리는 승객들은 이제 간선 451번 버스 노선 운행표 상에서 태훈의 버스 위치를 확인할 수 있다. 태훈은 콧노래를 흥얼거리며 커다란 버스 운전대를 능숙하게 조작했다.

처음부터 버스 기사로 일한 것은 아니었다. 버스 운전대를 잡기 전까지 물류회사 중역으로 근무했었다. 이직도 한번 없었던 태훈은 별다른 일만 없으면 정년까지 일할 생각이었다. 대부분의 동료들도 그렇게 생각하는 분위기였다. 하지만 아끼던 후배 배 과장이 갑작스럽게 퇴사를 하겠다고 했다. 마지막 출근 하루 전날 태훈은 배 과장을 불러내 커피를 마시며 물었다. 어디로 이직하게 되었냐고, 무슨 업무를 맡게 되었느냐고 물었다. 걱정 반, 호기심 반이었다. 이직하겠다는 마음조차 먹어보지 못했던 자신보다 배 과장이 용감해 보였던 것이다. 하지만 배 과장의 대답은 의외였다. 뜬금없이 보험설계사로 일할 계획이라고 했다. 충격적이었다. 직장생활을 통해서는 돈도 시간도 원하는 만큼 얻을 수 없다는 결론에 도달했다고 배 과장은 말했다. 원하는 만큼 돈을 벌고 싶어서 매달 정해진 월급만 받는 생활을 접는 것이라고 했다.

그렇게 배 과장이 퇴사하면서 태훈의 마음에 던진 파장은 꽤 오래갔다. 나이 오십에 단 한 살 만을 남겨두었던 어느 날 회사에서 대규모 희망퇴직이 있었다. 돈이 아니라 시간을 마음대로 얻고 싶다는 마음으로 희망퇴직을 신청했다. 어쩌면 하나뿐인 아들이 몇 년 안에 대학을 졸업하고 나면 부양의 의무는 어느 정도 덜 수 있지 않을까 하는 안이한 생각을 했는지도 모르겠다. 아니면 한 회사에서만 너무 오래 있었던 것에 대한 무료함, 그리고 더 오래 버티고 있어봤자 좋은 대우를 받지 못할 것 같다는 예감이 작용한 것일지도. 아무튼 그렇게 회사를 관두고 나서 며칠 동안은 좋았다. 그런데 막상 변변한 이력 관리도 되어 있지 않은 자신이 새로운 직장을 구할 수 있을지 걱정이 되기 시작했다. 우려는 현실이 되어 번번이

서류 전형에서 탈락했다. 점점 불안감이 엄습해 오기 시작했다.

"그러게 왜 멀쩡한 회사를 때려치웠어? 앞으로 준하 교육비는 어떡할 거야?"

이혼한 전처가 전화로 타박했다. 듣기 싫은 소리를 끊어버리고 휴대폰을 내팽개쳤다. 담배를 물고 방바닥에 누워 있다가 문득 젊은 시절 군 생활을 할 당시 대형차 운전병이었다는 사실이 떠올랐다. 그렇게 지갑 속에 묵혀 두었던 1종 대형 면허를 써먹을 때가 되었다고 생각했다. 그길로 한국교통안전공단에 버스 운전 자격을 신청하여 시험을 치르고 자격증을 취득했다. 버스회사에 입사 지원할 때 가장 중요하게 보는 것은 경력이라고 했다. 그래서 교통안전교육센터에서 10일간 양성 교육도 받았다. 양성 교육을 받으면 경력을 인정해 준다고 했기 때문이다. 지원 자격은 1년 이상 대형 차량 운전 경력이면 충분했지만, 태훈은 오래전 군 시절에 쌓은 경력이 흠 잡힐까 봐 양성 교육까지 받은 것이었다. 그렇게 버스회사에 지원하고 3개월간 최소한의 급여만 받는 견습 생활을 거쳐 정식 버스 기사로 일할 수 있게 되었다.

"안녕하세요. 어서 오세요."

승차하는 승객마다 친절한 목소리로 인사를 건넸다. 각양각색의 사람들, 다양한 나이대의 사람들이 버스에 오르고 내렸다. 간혹 태훈의 인사를 받고 답해 주는 승객이 있는가 하면, 눈도 마주치지 않고 자리로 향하는 승객도 있었다. 장지동 차고지를 출발한 버스는 송파구의 여러 아파트 단지 근처를 지나간다. 문정동 푸르지오 아파트를 지나 로데오거리 입구에 들어섰을 때 신호등에 걸렸다. 맞은편 차선에 파란색 451번 버스가 한 대 서 있는 것이 눈에 들어왔다. 맞은편 버스 운전석에서 임창섭이 태훈을 향해 손을 들어 인사했다. 태훈도 손을 들어 인사했다. 신호가 바뀌어 차를 출발하면서 임창섭은 태훈을 힐끔 쳐다보며 지나쳐갔지만, 태훈은 그 시선을 피하고 운전했다. 임창섭은 태훈과 비슷한 시기에 입사했고 나이도 비슷해서 초반엔 가깝게 지냈었다. 임창섭은 술과 도박을 좋아했고, 말이 많은 떠버리였다. 다른 부류의 사람임을 알게 된 후부터 태훈은 그와 거리를 뒀다. 그런데도 아랑곳하지 않고 얼마 전 찾아와 돈을 빌려달라고 부탁을 했다. 그보다 두 살 위인 태훈은 단호하게 거절하고 도박을 멀리하라고 타일렀다. 입을 비죽거리던 임창섭은 고개를 돌리고 왔던 길로 돌아가 버렸다. 며칠 후 다른 사람에게 돈을 빌렸다며 아무 일 없었다는 듯 헤죽거리며 나타났다. 태훈은 마음속으로 고개를 절레절레 저었다.

신림역부터 차내에 승객 수가 많아지기 시작했다. 신대방삼거리에서도 사람이 많이 내리고 많이 탔다. 좌석은 진작에 다 채워졌고, 서 있는 승객들이 많아졌다. 마시던 음료를 가지고 탑승하려는 승객들이 아직도 심심치 않게 있다. 서울지방병무청에서 뜨거운 커피가 든 일회용기를 들고 탑승하던 남성을 정중하게 저지했다. 60대 초반쯤으로 보이는 이 남성은 뚜껑이 닫혀 있으니 문제없지 않냐며 억지를 부렸다. 아메리카노 커피 향이 버스 안에 퍼졌다. 버스를 출발시키지 못하고 한동안 실랑이가 계속되자 앞쪽 출입문 근처에 앉아 있던 아주머니가 버럭 화를 냈다.

"아저씨! 버스에 음료 가지고 타면 안 된다고 법에 정해져 있어요. 말도 안 되는 소리 하지 말고 얼른 내려요. 아저씨 때문에 버스가 못 가고 있잖아요!"

"아니, 이 아줌마가 왜 소리를 지르고 그래?"

"아저씨! 언제 봤다고 반말이야?"

"저…… 두 분 다 진정하세요."

고성이 오가는 두 사람을 태훈이 말렸다. 결국 운전석에서 일어나 문제의 남성을 내리게 했다. 내리면서도 그는 소리쳤다.

"잠깐 기다려봐. 이걸 다 마시고 타면 될 거 아냐?"

그는 뚜껑을 열고 한 번에 커피를 들이키려고 했다. 태훈은 재빠르게 앞문을 닫고 버스를 출발시켰다. 사이드미러로 그 남성이 김이 나는 뜨거운 커피를 마시다 혀를 식히는 모습이 보였다.

"몰상식하게 말이야. 저런 추태가 어딨어? 법으로 정해져 있는데, 그것도 모르나? 다른 사람들한테 피해나 주고 말이지."

커피남과 담판을 지었던 아주머니는 아직도 화가 덜 풀린 고양이었다. 거울로 슬쩍 보니 50대쯤 되어 보이고, 파마머리에 부직포 장바구니에는 물건이 잔뜩 들어 있다. 시선은 창밖을 향한 채로 얼마간을 더 중얼거렸다. 화가 난 목소리는 크기도 했다. 엄밀히 말하자면 법이 아니라 조례에 해당하는 것이지만, 어쨌든 태훈은 이제 그만 좀 했으면 좋겠다고 생각하며 조용히 운전했다. 그러다 회차 지점인 여의도공원에 도착했고 탑승 중이던 모든 승객이 내렸다.

"15분 후에 출발하겠습니다."

태훈은 버스에 새로 탑승한 승객 두 명에게 양해를 구하고 차에서 내렸다. 무릎이 뻣뻣하고 어깨가 뭉쳤다. 맨손체조를 하며 몸을 좀 풀어주고, 근처 건물 화장실로 가서 소변을 보았다. 시계를 보니 2시 47분이었다. 얼른 담배를 한 대 꺼내 피웠다. 태훈은 버스를 몰고 매일 같은 길을 다니는 것이 좋았다. 혼자만의 공상에 빠지는 것이 즐거웠다. 거리에 늘어선 가게와 간판들을 보며 옛날 추억을 생각하기도 하고, 그 추억의 꼬리를 물고 '이랬으면 어땠을까?' 하는 상상의 나래를 펼쳐본다. 초등학교 시절 담임선생님의 립스틱을 가지고 장난치던 친구 녀석과 싸웠던 추억이 떠올랐다. 그때 그 친구는 덩치가 한참 작았는데, 태훈과 몸싸움을 하다가 넘어져 한쪽 팔에 깁스를 했었다.

그렇게 꿀맛 같은 잠깐의 휴식을 끝내고 다시 버스에 올랐다. 그 사이 세 명이 더 탑승해 있었다. 손님들을 룸미러로 보면서도 재미있는 상상을 하곤 한다. 저 손님은 지금 어디에 다녀오는 길일까, 집으로 가는 걸까, 직업은 무얼까 등등. '치익!' 하는 공기 빠지는 소리와 함께 에어브레이크를 풀고 출발했다. 왔던 길을 돌아가는 중에 다시 한 번 임창섭과 마주쳤다. 이번에도 태훈은 무관심한 표정으로 지나쳤다. 가락현대1차아파트 정문 정류장을 지나 5시 방향으로 급격한 우회전을 해야 하는 곳에서는 조금 더 주의를 기울여야 했다. 차량 길이가 긴 버스는 각이 큰 방향 전환을 할 때 앞쪽으로 충분한 거리를 이동한 후에 방향을 돌려야 해서 간혹 차선을 넘어가는 일이 발생하기도 한다. 각이 큰 방향 전환을 위해 핸들을 최대한으로 감았다가 천천히 풀고 있던 찰나에 버스 운전석 옆으로 배달 오토바이가 쌩하고 튀어나와 버스를 앞질러 갔다. 순간 놀라 급정거했다. 차 안 승객들의 몸이 모두 앞으로 덜컹거렸다. 놀란 가슴을 쓸어내리며 태훈은 승객들에게 고개를 돌렸다.

"죄송합니다. 괜찮으세요?"

다행히 부상을 당한 승객은 없었으나, 다들 놀란 표정이었다. 태훈은 승객들에게 갑자기 튀어나온 오토바이 때문에 급정거했음을 설명하고 다시 한 번 사과했다. 조심스럽게 버스를 다시 출발시켰다. 자주는 아니지만 오토바이나 다른 차량 때문에 놀라는 일은 종종 있다. 하지만 급정거를 자주 하게 되면 회사에서 운행기록을 체크해 안전 운전 평가가 낮게 매겨진다. 안전한 운행을 권장하기 위한 일환이겠지만, 이율배반적이다. 정해진 시간 안에 노선 운행을 마쳐야 하기 때문에 과속, 급출발을 할 수밖에 없도록 조장하는 것도 그 평가 때문이기도 하다. 회사는 정시 운행에 성과급도 걸어서 기사들을 독려했지만, 태훈은 성과급보다 안전을 더 우선시했다.

차고지에 도착하니 오후 5시가 조금 넘었다. 30분 정도 휴식을 취할 여유가 있었지만, 태훈은 식당으로 향하지 않고 휴게실에서 시간을 보냈다. 배차 간격을 감안해서 이른 식사를 하는 기사들도 있었지만, 태훈은 나이가 들며 점점 소화능력이 약해지고 있는 것을 실감했다. 점심으로 먹은 것이 아직 소화가 다 되지 않은 느낌이라 그냥 휴게실에서 모바일 게임을 하면서 시간을 보냈다. 그리고 5시 35분에 두 번째 운행을 시작했다. 얼마 후 라디오에서 6시 뉴스를 방송했다. 제주도에 관광객으로 온 베트남인이 잠적한 사건, 북한 경의선 북쪽 송전탑이 쓰러진 내용이 보도되었다. 태훈은 운행 중에 라디오를 즐겨 듣는다. 예전에는 승객들에게도 잘 들릴 정도로 볼륨을 키웠었지만, 이제는 승객들이 각자 핸드폰을 사용하기 때문에 오히려 방해된다는 불만이 있어 자신만 들을 수 있을 정도로 소리를 줄여서 듣게 되었다.

　5시부터 시작된 퇴근 전쟁. 퇴근 시간에 서울의 도심을 가로지르는 노선은 혼잡하기 그지없다. 길 위도 차와 사람이 점점 많아지고, 버스 안에도 사람들이 가득하다. 한티역, 뱅뱅사거리에서는 태훈이 거울을 보며 "조금씩만 안쪽으로 들어가 주세요!"라고 승객들에게 요청해야 할 정도였다. 도로 위의 상황도 마찬가지였다. 남부순환로에 들어서자 혼잡은 극에 달했다. 버스 중앙차로가 없고, 차선폭도 좁은 편이다. 끼어드는 차들과 그 차들의 사이를 비집고 달리는 배달 오토바이들이 뒤엉키며 갈 길 바쁜 버스의 발목을 잡았다. 어쩔 수 없이 버스회사에서도 이런 상황을 감안해 퇴근 시간에는 배차를 늘리긴 한다. 하지만 노선 한 바퀴를 도는 데 걸리는 시간은 많이 지체될 수밖에 없었다. 겨울철 두꺼운 옷 때문에 버스 안 승객들의 혼잡도는 더 가중되었다. 게 중에 가방을 메고 탑승하는 승객들에게는 가방은 손에 들거나 앞으로 메달라고 얘기했다. 회차 지점을 돌았을 때는 여의도 많은 직장인들의 퇴근 행렬이 한창이었다.

'조금 전 열 시 이십팔 분, 윤석열 대통령이 비상 계엄령을 선포했습니다. 이어 열한 시에는 일체의 정치 활동을 금하는 포고령을 배포하고, 국회의 출입을 통제하겠다고 밝혔습니다.'

마지막 운행 중이던 태훈은 이게 무슨 일인가 귀를 기울일 수밖에 없었다. 가슴이 쿵쾅거렸다. 군사 쿠데타를 담은 TV 화면 속 장면들이 머릿속에 떠올랐다. 저항하는 시민들을 무자비한 폭력으로 진압하는 군인, 경찰들. 시내 한복판으로 들어서는 장갑차. 태훈은 혼잣말로 욕지거리를 했다. 그러나 늦은 시간 간간이 차에 오르는 승객들의 표정은 이런 엄청난 일이 벌어지고 있는 순간에도 무덤덤해 보였다. 너나 할 것 없이 휴대폰 화면에 시선을 떨군 채 버스에 몸을 실었다가 하차 벨을 누르고 문이 열리면 내리기를 반복했다. 심지어는 술에 취한 것 같은 여자가 높은 굽의 구두를 신고 버스에 올라 쿵쾅거리며 걸어 의자에 털썩 앉아 울기도 했다. 그다음 정류장에서도 술에 취한 남자가 씩씩 거친 숨을 몰아쉬며 썩은 표정을 하고 올라탔다. 지금 무슨 일이 일어났는지 알기나 하나.

차고지에 도착해서 회사 직원들과 몇 마디 얘기를 나누어 보았을 때도 반응들은 제각각이었다. 태훈의 가슴 속 온도와 그들의 온도는 사뭇 다른 것 같아 더 이상 말을 섞기가 싫어져 서둘러 퇴근했다.

집 앞에 도착했지만, 집으로 바로 들어가고 싶지가 않았다. 어차피 혼자 사는 집. 아무도 기다려주는 사람은 없다. 이 기분으로는 그냥 잠을 잘 수도 없을 것 같았다. 24시간 영업하는 순댓국밥집으로 향했다. 평소 건강 관리 차원에서 가급적 늦은 밤에 먹는 것을 자제하고는 있었지만, 어쩌다 한 번씩은 들르던 집이라 익숙한 마음으로 들어섰다. 식당 안에는 손님이 없었다.

"순댓국이랑 소주 한 병 주세요."

자리에 앉아 물수건으로 손을 닦고 핸드폰을 꺼내 뉴스를 켰다. 계엄 상황에 대한 뉴스가 계속되고 있었고, 국회의원들이 국회로 모여들고 있다고 했다. 주인아저씨가 순댓국이 나오기 전에 밑반찬으로 김치, 깍두기, 쌈장, 고추, 양파를 태훈 앞에 깔아놓고, 소주와 잔을 능숙한 손놀림으로 가져다주었다. 뉴스도 보고 있었던 것 같지 않으니 식당 주인도 지금 상황에 무관심한 것처럼 보였다. 태훈은 유튜브로 현 상황을 중계하고 있는 채널을 찾았다. 그리고 곧 순댓국이 나왔다.

화면에 시선을 두고 순댓국을 휘저어 뜨겁게 달궈진 순대를 꺼내 공기 뚜껑에 담았다. 그리고 빨간 다대기, 들깻가루, 새우젓을 적당히 넣었다. 다진 청양고추도 넣었다. 국물을 한 숟가락 떠서 간을 본 후 밥을 통째로 풍덩 빠뜨렸다. 밥을 국물에 잘 말아 고기와 내장이 숟가락에 잘 올라오도록 퍼 올렸다. 크게 한입 가득 퍼 넣고 소주를 한 잔 입에 털어 넣었다. 얼큰 담백한 국물과 두툼한 고기의 질감이 입안에서 느껴졌다. 풋고추를 하나 맨손으로 집어 들어 쌈장을 듬뿍 찍어 베어 물었다. 와삭 씹히는 상큼함이 순댓국밥 고기와 입안에서 만났다.

눈앞에는 계엄군을 막아서던 한 여성이 총구를 붙잡고 흔들며 소리치는 장면이 흘러나왔다. 먹던 손길을 잠시 멈추고 볼 수밖에 없었다. 다시 가슴이 쿵쾅거렸다. '그런 일이 일어나면 어떡하지?' 우려했던 장면이 태훈의 눈에 들어왔던 것이다.

다시 순댓국밥 한 입과 소주 한 잔. 태훈이 좋아하는 맛이다. 태훈은 일찍부터 순댓국밥을 좋아했다. 특히 회사에 다니던 시절에도 거래처 손님이 찾아와서 구내식당에서 함께 식사할 수 없을 때면 늘 회사 근처 순댓국밥집에서 식사하곤 했다. 그런데 오늘의 순댓국밥은 예전에 먹었던 것과 다르게 느껴졌다. 마치 오늘을 시작으로 앞으로의 삶이 현저하게 달라질 것만 같은 느낌이 들었다고나 할까. 하루에 세 번은 왕복으로 지나다니던 국회의사당 앞길이 이제는 더 이상 태훈에게 같은 느낌으로 다가오지 않을 것 같았다. 태훈은 연거푸 소주잔을 기울였다. 이런 충격적인 뉴스를 보며 먹었던 순댓국밥을 앞으로는 좋아하지 않게 될 것 같았다. 그러다 갑자기 자리를 박차고 일어나 계산하고 식당을 나와버렸다. 태훈이 앉아 있던 자리엔 먹다 만 순댓국밥과 소주 반병이 남겨져 있었다.

태훈은 다급한 손놀림으로 지나가는 빈 택시를 세웠다. 택시에 올라타며 기사에게 말했다.

"국회의사당으로 가주세요. 빨리요."

박태훈(청포운수 소속 시내버스 운전사)
50대 중반. 남. 기혼(이혼). 자녀 있음(아들 1). ISTJ. 모바일 게임 즐겨함. 휴일에 등산로에서 스피커로 음악 들음.

작가의 단상

반복되는 일상에서 짐짓 무료함을 느꼈을 수도 있을 버스 기사 태훈은 일상의 평온함을 빼앗겼습니다. 돈 대신 일상의 안정감을 추구했던 태훈에게 어쩌면 큰 상실이었을지도 모르겠습니다. 같은 일도 사람마다 바라보는 시각이 다 다를 수 있습니다. 무관심한 사람, 목소리를 내고 행동하는 사람, 먼발치에서 마음속으로 응원하는 사람……. 각자의 생각과 입장이 다른 사람들이 함께 살아가는 사회입니다.

서울 뱅뱅사거리에서 강남세브란스 병원 방향으로 가다 보면 골목길에 '장수옥 순댓국 감자탕 전문'이라는 빨간 간판이 보입니다. 이곳이 순댓국 숨은 맛집입니다. 점심시간이 되면 택시 기사들로 보이는 손님들이 꽤 많이 들어차 있습니다. 맛집만 골라 찾아다니는 기사님들이 애정하는 식당이라는 점만 봐도 일단 '평타' 이상이라고 보시면 될 것 같습니다. 순댓국집마다 간과 토핑이 어디까지 되어서 나오느냐가 조금씩 다르지만, '장수옥'은 입맛대로 맞춰 먹는 방식입니다. 다진 양념, 파, 청양고추, 들깻가루, 소금, 새우젓, 후추가 구비되어 있습니다. 어떤 양념을 얼마나 넣든지 진한 국물이 이내 다 받아칩니다. 두툼하고 푸짐한 고기와 내장은 덤입니다.

여전히 과거에 머물다
파일럿의 미역국

　성철이 조종간을 잡은 전투기는 날렵하게 롤(수평비행 중인 항공기의 기수 방향을 유지한 채로 좌 또는 우로 날개와 기체를 회전시키는 기동) 회전을 했다. 회전 후 즉시 스로틀(항공기의 추진력을 조절하는 레버) 출력을 최대로 올리며 기수를 들어 올렸다. 성철을 실은 KF-5A 전투기는 굉음과 진동을 울리며 하늘로 치솟았다. 땅이 온몸을 끌어당기는 것 같은 고통과 함께 숨을 쉴 수가 없다.

　"스톨(항공기가 속도가 줄거나 양력을 얻을 수 있는 각도를 상실하는 경우 조종력을 상실하는 현상)에 걸린 것 같다! 스핀(실속 현상의 하나. 항공기의 한쪽 날개가 먼저 양력을 잃어 빙글빙글 나선형을 그리며 추락함) 추락 중!"

　성철의 윙맨(전투기 비행 시 선도기를 서포트하며 동행하는 동료기)

인 이 중위의 목소리다. 성철은 고도를 올린 후 속도를 줄이며 기체를 기울여 배면(항공기를 거꾸로 뒤집어 조종사의 머리가 지면 쪽을 향하게 되는 상태)상태를 만들었다. 지상 쪽으로 고개를 들어 이 중위의 기체를 찾았다.

"플랩(항공기의 양 날개 뒤쪽에 장착되어 있어 위 또는 아래로 움직여 양력을 조절하는 장치) 내려! 플랩 내려!"

이 중위를 향해 소리를 쳤다. 하지만 그의 목소리를 못 들은 것인지 이 중위의 기체는 그대로 지상을 향해 회전 추락하고 있었다. 컨트롤 불능의 상태였다.

"이젝트(조종석을 공중으로 사출하는 비상 탈출)! 이젝트!"

기체를 버리라고 외쳤다. 하지만 낙하산이 펼쳐지는 것을 볼 수는 없었다. 그대로 이 중위의 기체는 추락했다.

"알파 14 다운! 알파 14 다운!"

숲이 우거진 구릉에 폭발과 함께 붉은 불기둥이 솟아오르는 것을 보고 성철은 오열했다.

창문으로 들어오는 햇빛을 느끼며 눈을 떴다. 성철은 천천히 몸을 일으켰다. 앉은 채로 스트레칭한다. 팔과 어깨, 허리와 무릎을 순서대로 움직여주고 침대에서 빠져나왔다. 창문의 커튼을 젖히고 침대의 이불을 정리했다. 주방으로 나왔을 때 시간은 6시를 가리키고 있었다. 오랜 세월 동안 규칙적인 생활을 해온 탓인지 일찍 일어날 필요가 없어진 지금도 성철은 이른 아침에 잠에서 깬다.

성철은 올해로 63세이다. 공군에서 전역한 지 벌써 5년이 지났다. 공군사관학교 입학부터 전역할 때까지 무려 38년이나 제복을 입고 살아왔다. 의무 복무기간이 끝났던 중령 시절, 전역하고 민항사(민간항공사)로 옮길까 고민한 적도 있었지만 결국 돈보다는 명예를 택했다. 그렇게 이른바 '별'을 달았다. 준장 계급의 정년인 58세를 맞아 성철은 군복을 벗고 민간인의 신분이 되었다. 그런데 이미 이 중위 사고가 일어난 지 20년도 넘었지만 종종 꿈에서 생생하게 재연된다.

이 중위는 사관학교 졸업 후 고등비행훈련을 갓 마친 신출내기 파일럿이었다. 당시 편대장이던 성철의 편대에 배치된 것이 불운이었을까. 알라트 근무(비상 출격을 위해 철야 대기하는 근무)를 함께 하게 되었던 그날 당번병이 끓여 준 라면이 유난히도 맛있었다. 국물 속 면발을 채 절반도 건져 먹지 못했을 때 비상벨이 울렸다.

"스크램블(긴급발진)! 스크램블!"

북한 항공기가 방공식별구역(KADIZ)을 침범하는 상황이 발생하면 비상대기 중이던 전투기들은 지체 없이 출격해서 몰아내야 한다. 필요시 상부의 승인을 얻어 교전하게 될 수도 있다. 그렇게 급작스럽게 출격했던 이 중위와 성철은 불과 10여 분 만에 북한의 MIG-21 전투기 한 대를 영공 밖으로 몰아내는 데 성공했다. 애초에 북한 전투기는 영공을 침범할 의도가 아니라 넘어오는 척 시늉을 한 것이었다. 군사작전을 목적으로 했다면 전투기 한 대만 움직이지는 않았을 것이다. 북한의 이런 도발 행위는 지금도 심심치 않게 일어난다. 적 항공기를 돌려보냈다는 무전을 하고 기수를 돌려 기지로 향했다. 착륙을 위해 고도를 낮추던 중 이 중위의 기체가 성철 쪽으로 갑자기 기울어졌다.

"알파 14! 버드 스트라이크(조류와 충돌)!"

두 기체가 충돌할 것 같아 성철은 스로틀 출력을 올리고 기체를 올려 고도를 상승했다. 겨우 충돌을 피했지만, 이 중위의 기체는 그대로 실속한 채 추락하고 만 것이었다.

그날 사고 이후로 긴 세월이 흘렀다. 어느덧 성철의 자녀들은 학교를 졸업했고, 딸은 시집을 갔다. 성철은 얼마 전 할아버지가 되었다. 손주를 얻었다는 기쁨도 있었지만, 한편으로는 자신이 이제는 구닥다리 노인네가 되어간다는 서글픔도 있었다. 성철은 공군 전투기 파일럿으로 살아오면서 직업에 충실했다. 나라를 지킨다는 사명감과 파일럿이라는 자부심에 고취된 채 젊은 시절을 보냈다. 그렇게 하루하루 생사를 넘나드는 비행을 하며 살아왔다. 가정사에 대해서는 아내에게 맡겨 놓고 점점 관여하지 않게 되었다. 지나고 보니 자녀들에게도 관심을 두었으면 좋았을 거라는 아쉬움도 남는다. 군인 아버지를 두었다는 이유로 매년 전학을 다녀야 했던 것을 생각하면 자녀들에게 미안한 마음이다. 훈련이 있거나 비상대기 근무를 할 때면 집에 들어오지 못하는 날도 잦았다.

아내는 어제부터 친구들과 여행을 떠났다. 성철은 간단히 혼자 아침을 먹고 나갈 채비를 했다. 오늘은 재활용 쓰레기를 내놓는 날이다. 쓰레기를 내놓으러 나가는 김에 근처 산책로를 걷다 올 셈이다. 성철은 아내가 정리해둔 페트병과 유리병이 담긴 종이박스를 들고 아파트 단지 내 쓰레기장으로 나갔다. 쓰레기장에는 주부 몇 명이 종이박스를 버리고 있었다. 그 틈에 푸석푸석한 머리칼에 추리닝 바지, 슬리퍼 차림의 40대 남자 한 명이 보였다. 유리병을 여러 개 꺼내놓고 있었다. 초록 색깔인 것으로 보아 소주병인 것 같다.

'쯧쯧쯧.'

성철은 속으로 혀를 찼다. '나이도 먹을 만치 먹은 놈이 평일 오전에 출근도 안 하고 저런 후줄근한 꼴이라니. 보나 마나 놀고먹는 백수 놈일 테지. 돈도 안 벌면서 집에 처박혀서 매일 술이나 퍼마셨나 보군.'

집 근처 산책로를 걸었다. 나이가 들수록 몸을 자꾸 움직여야 한다. 그렇게 산책로를 걸었다. 밤새 꾸었던 꿈을 떠올렸다. 아주 오래전 일이지만, 성철은 이 중위의 죽음이 잊히지 않았다. 그날 성철과 이 중위가 탑승했던 항공기는 KF-5A 기종이었다. 가볍고 경쾌한 선회 성능을 가졌으나 주익 날개의 크기가 작아 실속에 빠질 위험이 큰 단점이 있다. 무엇보다도 위급 상황에서 조종사가 비상 사출 장치를 사용하려면 일정 고도 이상이어야 한다는 제약조건이 있었다. 이 중위가 마지막 순간에 기체를 버리고 탈출할 수 없었던 이유가 바로 그것 때문이었다. 추락하던 기체의 고도가 너무 낮아서 비상 사출장치가 작동하지 않은 것이다. 당시 성철을 비롯한 선후배, 동료 조종사들은 이런 점을 개선해 줄 것을 상부에 건의하였으나 받아들여진 것은 없었다.

꽤 오래 걸었던 것 같다. 제법 피로감이 느껴졌다. 그만 집으로 돌아가려고 방향을 돌렸다. 하지만 집까지 바로 이어지는 길이 아닌 멀리 돌아가는 길을 택했다. 횡단보도 앞 한주은행 앞을 지나가기가 싫어서 일부러 돌아가는 것이다. 몇 주 전 그 은행에서 있었던 소동을 떠올리면 분하기도 하고 얼굴이 화끈거리기도 했다. 몇 년간 모아 왔던 동전을 바꾸러 갔었다. 비닐봉지에 한가득 담은 동전은 들고 가기도 무거웠다. 하지만 은행에서는 옛날처럼 동전을 쉽사리 바꿔주지 않았다. 거래도 하지 않으면서 동전만 지폐로 바꿔가는 것은 좀 얌체 같다는 생각이 들기는 했다. 새로 통장 거래를 시작하면 가져온 동전을 그 통장으로 입금해 주겠다는 직원의 말도 이해는 됐다. 그래서 지갑도 신분증도 가져오지 않았으니 이번 한 번만 동전을 지폐로 교환해 달라, 집이 길 건너 효은마을 3단지다, 나중에 잊지 않고 와서 꼭 통장을 만들겠다고 여러 번 사정 얘기를 했건만, 끝내 다른 손님들이 뒤에 기다리니 오늘은 그만 돌아가달라는 말을 듣고 말았다. 화가 치밀어 동전이 가득 든 비닐봉지를 바닥에 내팽개쳐버렸다. '펑!' 소리와 함께 동전이 터져 나와 사방으로 바닥에 나뒹굴었다. 아직도 군 시절 괄괄하던 성격이 남아 있었나 보다.

집에 돌아와 샤워하고 거실로 나와 물을 들이켰다. 시간이 꽤 흐른 것 같지만, 아직도 오전이다. 소파에 누워 책을 읽었다. 읽다가 잠이 들었다. 이 중위의 영결식에서 유가족들의 오열하는 모습을 보며 성철은 가슴이 찢어지는 것 같았다. 갓난아이를 등에 업은 이 중위 아내의 모습이 눈에 밟혔다. '아빠 없이 저 어린아이를 어떻게 키울까?' 안쓰럽기 그지없었다.

임관한 지 2년쯤 지났을 때 성철은 아내를 만났다. 그때는 서른을 넘기기 전에 결혼하던 추세라 얼추 결혼 적령기에 돌입한 두 사람은 중매쟁이의 주선으로 만났다. 구청의 사무직 공무원이던 아내는 피부가 하얀 큰 눈의 미인이었다. 조종사라는 직업이 선망을 받던 시기여서 한껏 거드름을 피우며 그녀를 만났었다. 그럴 때마다 조신하게 입을 가리고 웃는 그녀의 모습에 심장이 두근거렸다.

"결혼합시다."

대뜸 던져버린 성철의 말에 그녀는 놀라 눈을 동그랗게 뜨고 쳐다보았다. 만난 지 한 달 만에 단도직입적으로 청혼해 버린 성철의 성미에 그녀는 적지 않게 당황했지만, 이내 진정하고 고개를 끄덕였다.

아내와 결혼생활을 시작할 당시 성철은 KF-5A 전투기가 배치된 수원의 제10전투비행단에 소속되어 근무하고 있었다. 부대에 예속된 군인아파트에서의 생활은 녹록지 않다. 보수적인 군대 계급문화가 부대 밖 일상생활에까지 영향을 미치기 때문이다. 게다가 폐쇄적인 조직 특성 때문에 군인아파트에서의 사소한 사생활 구설수도 삽시간에 소문이 돈다. 그런 환경에서 신혼생활을 시작한 지 1년 만에 딸 소정이 태어났다. 그리고 그다음 해에 아들 진우가 연이어 태어났다.

전화벨이 울렸다. 딸이 영상통화를 걸어왔다. 받아보니 손녀의 얼굴이 화면에 나타났다.

"할아버지, 안녕하세요."

아직 말을 못 하는 손녀 대신 딸의 목소리가 들려왔다. 손녀는 입에 공갈 젖꼭지를 물고도 오물오물 입을 움직이며 손가락으로 꼬물꼬물 뭔가를 집었다 놨다 하며 화면을 쳐다본다.

"우리 공주님, 안녕하세요."

보기만 해도 입가에 웃음이 지어진다. 서른이 넘어 결혼한 딸은 3년이나 아이를 낳지 않고 살다가 작년 봄에 자기를 꼭 닮은 딸을 낳았다. 딸은 아내가 여행을 간 동안에 부엌일에 서툰 성철이 혼자서 끼니를 잘 챙기고 있는지 수시로 확인 전화를 한다. 한두 살 먹은 어린애도 아니고 끼니마다 확인 전화를 받자니 그것도 성가신 일이었다. 그나마 다행인 것은 확인 전화를 기회 삼아 손녀딸 얼굴을 영상통화로 볼 수 있다는 것이다. 밥 챙겨 먹는 것쯤은 걱정하지 말란 얘기를 딸에게 여러 번 한 후에 전화를 끊었다.

휴대폰을 손에 잡은 김에 메시지를 확인했다. 보험 설계사한테서 온 메시지가 하나. 이동통신사에서 자동이체 변경하라는 문자가 하나. 느낌상 뭔가를 하라는 말들인 것 같은데, 몇 번을 찬찬히 읽어봐도 무얼 어떻게 하라는 건지 도통 이해가 잘 되지 않는다. 아내가 오면 물어봐야겠다고 생각하고 일단 무시하기로 했다. 카카오톡 단체 채팅방에는 동기생들이 다가오는 가을 산행 일정을 정하는 일로 이미 수십 개의 말풍선을 띄워놓은 터였다. 한참을 걸려 읽은 후 성철도 몇 마디 보태는 메시지를 보냈다. TV를 켰다. 재작년에 아들 녀석이 공모전에서 받은 상금이라며 100만 원을 쾌척했었다. 마침 성철의 생일을 며칠 앞두고 있던 때라 가족들과 상의 끝에 그 100만 원을 합쳐서 TV를 새로 장만했다. 성철은 TV를 켤 때마다 그때 아들 진우의 기특한 행동이 떠오른다.

  1995년, 성철은 KF-5A에서 KF-16으로 기종 전환을 하며 대구에 있는 제19전투비행단으로 전속했다. 이후 경기도 오산의 공군작전사령부, 대전의 공군대학, 서울 용산의 합동참모본부 등 비전투 조직에서도 근무했었다. 1~2년 사이에 한 번씩 근무지를 옮기다 보니 이사도 잦고 전학도 잦았다. 그 때문에 아내와 자식들이 많이 힘들어했다. 한번은 초등학교에 다니던 아들녀석이 저보다 한 살 위의 동네 형을 두들겨 패는 일이 발생했다. 공군아파트 단지 내 놀이터에서 벌어진 일이었다. 그런데, 알고 보니 아들에게 맞은 동네 형은 성철의 사관학교 2년 선배의 늦둥이 아들이었다. 이 사실을 알게 된 성철은 진우를 데리고 공군아파트 단지 안에 있는 선배의 집을 찾아가 더리 숙여 사과했다. 군 가족들에게 관사 생활이란 이렇듯 계급의 굴레 안에서 살아가길 강요당하는 삶이었다.

 아내가 만들어 놓고 간 미역국을 데우기 위해 가스레인지에 냄비를 올렸다. 군에 있을 때는 부엌에 직접 드나들 일이 많지 않았다. 가스레인지를 켜거나 설거지하기 시작한 것은 얼마 되지 않았다. 전역한 이후 집안에서의 권위는 점차 낮아졌지만, 성철은 그것을 자연스럽게 받아들였다. 전기밥솥에서 잡곡밥을 밥그릇에 덜어 담고, 냉장고에서 김치와 밑반찬 몇 가지를 꺼내 식탁에 올려놓는다. 미역국이 담긴 냄비가 끓는다. 가스불을 끄고 냄비 뚜껑을 여니 김이 모락모락 올라왔다. 국자로 미역국을 국그릇에 옮겨 담았다.

 따뜻한 미역국 국물을 한 숟가락 떠 입으로 가져갔다. 담백한 소고기와 참기름 향이 첫 마중을 나온다. 적당히 간이 된 국물과 미역의 식감이 입안에 맴돈다. 자극적이지 않으면서 속을 달래주는 느낌이다. 한 숟가락 더 떠올려 입에 머금고 밥을 먹었다. 어릴 적 어머니가 생일날 끓여주시던 미역국이 생각난다. 젓가락을 들어 김치를 한 조각 들어 올린다. 미역국과 밥을 입에 머금고 김치를 합류시킨다. 김치의 차갑고 아삭한 식감이 청량감을 더한다. 김치의 짠 양념이 어우러져 오묘한 앙상블을 이룬다. 성철은 한 손으로 밥그릇을 들고 밥을 국에 말았다. 뭉쳐 있던 밥알이 미역국에 들어가 잘 풀어지도록 숟가락으로 이리저리 문대 주었다. 미역국을 촉촉하게 머금은 밥을 한 숟가락 크게 떠올려 입에 넣는다. 아내가 큰 아이 출산 후 처가에서 산후조리를 할 때쯤 마주 앉아 먹었던 장모님표 미역국이 생각난다.

성철은 요새 부쩍 옛날 일을 회상하는 일이 잦아졌다. 일에 몰두해서 하루를 바쁘게 살아왔던 나날들을 뒤로 하고 나니 이제는 여유로워진 일과 속에서 생각에 잠기는 때가 많아진 것이다. 한때는 '빨간 마후라를 목에 두르고 라이방 선글라스를 쓴' 멋진 사나이의 세계에 도취하기도 했었고, 진급을 거듭할수록 군 생활에 깊이 적응해 가는 자신을 발견하기도 했다. 나라를 지킨다는 사명감이라는 핑계로 가정을 뒷전으로 미루기도 했었다. 아이들이 커가는 모습을 곁에서 촘촘하게 지켜보지 못한 채 시간이 지나버렸다. 어느새 아이들이 훌쩍 커서 더 이상 아빠에게 놀아달라고 하지 않는다는 것을 느꼈을 때는 망치로 머리를 얻어맞은 것처럼 띵한 느낌이었다. 잘 따르던 후배 이 중위가 세상을 떠났을 때는 그날 비행에서

자신이 좀 더 주의를 기울였어야 했다고 자책하기도 했다.

그렇게 성철은 과거를 곱씹으며 오늘도 하루를 보낸다.

최성철(전직 공군 준장. 전직 파일럿. 현재 무직)
60대 중반. 남. 기혼. 자녀 있음(딸1, 아들1). ESFJ. 재작년까지만 골프 싱글 스코어러. 교회 장로.

작가의 단상

예술의전당 앞에는 정갈한 미역국 정찬이 나오는 식당이 있습니다. '미반 미역국정찬'이라는 이름에서부터 벌써 미식을 떠올리게 합니다. 건물 3층에 위치한 식당으로 들어서면 둥근 원형의 홀을 따라 창문이 있는 것을 보실 수 있을 겁니다. 창밖에는 길 건너 예술의 전당 건물이 보이고요. '전복 미역국 정찬'을 한 번 드셔보시기 바랍니다. 진한 미역국에 전복이 통째로 들어가 있습니다. 천일염이나 들깨가루를 넣어 원하는 대로 풍미를 더할 수도 있습니다. 현미밥과 맛깔스러운 밑반찬들도 무엇 하나 빠지지 않는 일품입니다. 생일날에만 먹는 미역국이 아니라 특별한 날 몸보신을 위해 먹는 미역국을 경험하실 수 있습니다.

미역국 하면 떠오르는 기억이 하나 있습니다. 고등학교를 졸업했을 무렵이었나 봅니다. 태어나서 처음으로 어머니 생신에 미역국을 끓여드리고 싶어서 전날 저녁에 무작정 시장에서 미역과 소고기를 사 왔습니다. 주방에서 달그락거리는 소리를 들으셨는지 할머니께서 방에서 나오셔서는 저더러 뭐 하고 있느냐고 물으셨죠. 미역국을 끓이려고 한다고 말씀드렸더니 웃으시면서 미역국 끓이는 법을 알려주셨습니다. 미역을 미리 물에 불려두어야 한다는 사실을 그때 처음 알았습니다. 생각해 보면 참 대책 없었지요. 아무튼 그래서 저는 미역국을 먹을 때면 가끔은 돌아가신 할머니 생각도 나고 어머니 생각도 납니다.

소심하게 반항하다

고등학생의 라면

　지훈은 눈을 깜빡이며 선생님의 입을 바라보고 있었다. 잠시 잡생각을 했던 자신을 발견하고 정신을 다잡는다. 다시 수업에 집중하기 시작한다. 4공화국 유신 독재 시절의 이야기를 열심히 들려주고 계신 한국사 선생님의 목소리에도 불구하고 자꾸만 잡생각이 떠오른다. 힐끔힐끔 대각선 앞쪽 자리에 앉은 학생의 어깨로 시선을 던진다. 서하는 지금 고개를 숙이고 프린트에 무언가 열심히 적고 있는 것 같지만, 사실은 그림을 그리고 있겠지. 이번엔 무슨 그림을 그리는 것일까. 지난번에 그렸던 '네즈코(일본 애니메이션 「귀멸의 칼날」에 등장하는 소녀 캐릭터)'는 정말 잘 그렸던데. 잡생각에서 다시 수업으로 정신이 돌아온 것은 선생님이 '수행평가'라는 단어를 얘기했을 때였다. 한국의 근현대사 이야기를 다루고 있는 영화나 TV 시리즈 등 미디어 콘텐츠를 소개, 요약하고 자기 생각을 담은 PPT를 제출하는 과제가 주어졌다.

학교 수업을 들은 후에는 복습하고, 학원에 가야 한다. 학습 계획표에 따라 개인 공부도 해야 한다. 지필 시험 외에 수행평가라는 이름으로 과제가 주어지면 별도로 시간을 내어 준비하고 보고서를 제출해야 하는 것이다. 중학교 때부터 해오던 패턴이지만 배우는 교과 과정의 난이도가 훨씬 올라가서 시간과 에너지가 더 요구된다. 지훈은 중학교 때에는 성적이 좋았지만, 고등학생이 되고부터는 상위권이라고 말하기는 조금 애매한 수준에 머무르고 있다. 중3 겨울방학이 되면 학원가에서는 예비 고1을 대상으로 한 방학 특강이 타이트한 스케줄로 개설된다. 단단히 각오를 다진 경쟁자들은 방학을 이용해 그런 트레이닝 코스에 돈과 시간을 투자했을 것이다. 반면 지훈은 고등학생이 된다는 것에 별다른 긴장감이 없었다. 부모님도 방학 특강을 권했지만, 지훈은 벌써 자신을 고등학생이라는 틀에 집어넣어 속박하고 싶지 않았다. 그보다는 부모님 몰래 사귀고 있던 여자 친구와 좀 더 자주 얼굴을 볼 수 없을까 하는 생각뿐이었다.

지금은 지난 방학 동안 실력을 키운 경쟁자들에게 지훈은 상대적으로 뒤처졌고, 여자 친구와는 헤어졌다. 결과적으로 둘 다 잃은 셈이다. 쉬는 시간엔 준서가 과학실에 놓고 온 물건이 있다며 같이 가 달라고 해서 다녀왔다. 그러는 사이 서하가 오늘은 무슨 그림을 그랬는지 물어보는 것을 잊어버리고 말았다. 그렇게 수업이 시작되었다. 수학은 그나마 지훈이 자신 있는 과목이다. 선행학습으로 이미 수학II까지 떼었고, 문제를 푸는 것이 재미 있다. 수학을 잘하면 현행 입시제도 하에서는 여러 가지로 유리한 점이 많다. 그래서 지훈은 아직은 막연한 자신감과 기대감이 좀 남아 있는 편이다.

지훈이 다니는 학교는 남녀공학이다. 심지어 여학생과 남학생이 한 반에서 공부하는 남녀 합반으로 운영된다. 남자 중학교를 졸업한 지훈에게 교실에서 여학생과 함께 수업받는 것이 처음엔 적지 않게 신경 쓰였다. 하지만 금세 어색함은 사라졌다. 다만 여학생들과의 경쟁은 만만치 않았다. 확실히 국어, 영어 같은 어학 과목의 강자는 여학생이 압도적으로 많았다. 그 외의 과목들도 흉내 낼 수 없는 꼼꼼함으로 완성도 높은 과제물을 제출하는 것은 대부분 여학생이었다. 지훈은 수시와 정시를 둘 다 준비하려는 계획이지만, 이것저것 신경 써야 할 것들이 많아 집중력이 분산되는 기분마저 든다. 거기에 더해 중학교 때는 생각하지 못했던 여학생들과의 경쟁은 또 다른 문제가 아닐 수 없었다.

점심시간이 되고 떠들썩한 급식실에서 친구들과 함께 밥을 먹었다. 한 친구 녀석은 인스타그램에서 알게 된 또래 여학생과 사귀게 되었다는 이야기를 풀어놓는다. 곁에 있던 남학생들이 사진을 보여달라며 모여들었다. 연예인 누구를 닮았다, 유명 인플루언서를 닮았다는 이야기들이 오갔다. 지훈도 친구들의 대화에 즐겁게 웃고 말을 던지기도 하며 끼어들어 어울렸다. 그러면서도 한쪽 귀에는 에어팟을 끼고 있다. 이야기가 잠시라도 끊긴다 싶으면 누가 먼저라고 할 것도 없이 각자의 핸드폰으로 시선이 갔다. 그렇게 한동안 각자의 핸드폰에 시선을 두고 밥을 먹다가 다시금 짧은 이야기가 재개되는 것의 반복이다.

오후 수업 시간은 빨리 지나간다. 밥을 먹고 나서 밀려오는 식곤증에 멍한 상태로 있다 보면 어느새 수업이 끝났다. 친구 종윤이가 쉬는 시간에 다가와 말을 걸었다. 학교 끝나고 피시방도 가고 코인노래방에도 가자고 제안해 왔다. 같은 반 친구 윤서 생일인데 친한 애들 몇 명이 모여서 같이 놀자는 것이다. 배윤서 패거리들도 같이 놀기로 했다고 했다. 배윤서는 여자 일진으로 알려진 날라리이다. 패거리들을 몰고 다니면서 이런저런 문제를 일으켰다. 얼마 전에는 전학 온 여학생을 폭행하고 괴롭히다가 그 애가 자해를 한 적이 있었다. 방과 후에 부모님이 집을 비운 친구 집에 몰려가 음란한 짓을 한다는 소문도 있었다. 학교에 소문이 다 퍼졌고, 배윤서와 무리들은 학교폭력위원회에서 정학 처분의 징계를 받았다. 지훈은 그 여자애들에 대한 호기심도 생겨서 한 번 어울려 보고 싶었지만, 오늘 저녁은 학원 수업이 있는 날이었다.

"오늘 학원 가는 날이긴 한데, 엄마한테 친구 생일이라고 하루만 빼도 되는지 한번 물어볼게."

지훈은 종윤에게 말하면서도, '엄마가 들어줄까?'라고 혼자 생각했다. 지금까지 시도해 보지 않은 핑계라서 엄마가 허락해 줄지 의문이었다. 그렇다고 딱히 그럴싸한 다른 핑곗거리가 떠오르지도 않았다. 엄마한테 문자를 남겼다. 10분쯤 지나 안된다는 답이 돌아왔다.

집에 돌아오는 길에 윗집 사는 정민이랑 마주쳤다. 옆 반 반장인 여학생이다. 맨날 길을 걸어갈 때도 헤드폰을 쓰고 아이패드로 인강을 들으면서 다니는 공붓벌레 같은 애다. 같은 학원에 다니고 같은 아파트 같은 동에 살지만 서로 아무런 접점도 없다. 지훈이 집에 오는 타이밍에 정민이는 집에서 나가고 있다. 분명 학원에 먼저 가서 빈자리에서 공부하려는 것일 테지. 지훈이 현관문을 열자 집엔 아무도 없었다. 평소였다면 엄마가 집에서 지훈을 맞아주었을 터였다. 저녁밥도 차려주고 갈아입을 옷도 챙겨주었겠지만, 오늘은 엄마가 집에 없다.

"오늘 모임이 있어서 너 학교 끝나고 왔을 때 엄마 집에 없을 거야. 저녁거리는 차려놓고 갈 테니까 국만 데워 먹어. 지난번처럼 라면 먹지 말고. 그리고 학원 갈 때는 어제 입었던 바지 말고 다른 거 입고가."

아침에 건성으로 흘려들었던 말이었는데 막상 정말로 엄마가 집에 없으니 홀가분하기 그지없었다. 마주칠 때마다 "이거 해라, 저거 해라", "그건 하지 말아라", "어떻게 할 거냐", "다른 애들은 어떻다더라" 등의 이야기를 퍼붓는 엄마의 말들은 이제 이골이 났다. 초등학교 선생님이라는 직업 때문인지 엄마의 잔소리가 지훈에게는 유독 자신을 어린애 취급하는 것 같이 들렸다. 지훈을 위한다지만 정말이지 너무나 듣기 싫었다. 친한 친구의 생일 하루 정도 놀고 싶었던 것을 억누르고 집으로 온 것이 왠지 모르게 손해 본 기분이 들었다. 어쩌면 배윤서랑 음란한 경험을 했을 수도 있었을 텐데.

 지훈은 가방을 아무 데나 던져 놓고 교복도 갈아입지 않은 채 침대에 누워 핸드폰을 보기 시작했다. 숏폼 동영상을 보고 있으면 금세 시간이 흘러간다. 집에 있을 때 지훈이 숏폼 동영상을 보고 있는 모습을 보이기라도 하면 엄마는 여지없이 뇌에 좋지 않다는 말을 ARS처럼 반복한다. 지금 그런 엄마는 외출 중이다. 그 사실이 지훈에게 해방감을 부여하고 있었다. 얼마나 숏폼을 보았을까, 배가 고팠다. 거실로 나와 식탁을 보니 엄마가 차려놓은 음식이 밥상 덮개 안에 가지런히 놓여 있었다. 카레라이스와 소시지 반찬, 된장국이었다. 지훈은 밥상 덮개를 다시 덮었다. 팬트리에서 라면을 세 봉지 꺼냈다. 그리고 커다란 냄비에 물을 채웠다.

 물이 채 끓기도 전에 라면 봉지를 뜯어 면과 후레이크를 모두 털어 넣었다. 일반적인 라면 끓이는 법 따위는 상관하지 않기로 했다. 어차피 면이 익을 때까지 뜨거운 물에 끓이면 그만 아닌가. 냄비 뚜껑을 닫고 식탁 의자에 앉아 핸드폰을 들여다보기 시작했다. 이윽고 물이 끓는 소리가 들리자 지훈은 냄비 뚜껑을 열고 젓가락으로 휘저어가며 면을 적당히 풀어놓았다. 분말수프 세 봉지를 겹쳐 한 손에 들고 탈탈 털었다. 그러자 거품이 끓어올라 냄비 위로 넘쳐흘렀다. 그 바람에 가스 불이 꺼졌고, 가스레인지에 라면 국물이 잔뜩 고였다. 다시 가스 불을 켜려고 했으나 점화 플러그가 젖었는지 불이 잘 붙지 않았다. 냄비를 옆 화구로 옮기고 가스불을 켰다. 다시 끓자 계란 두 개를 집어넣고 젓가락으로 휘저었다.

라면이 완성되자 지훈은 가스 밸브를 잠그고 방으로 들어가 냄비를 책상 위에 올려놓았다. 교회에서 나누어준 『청소년 매일성경』 책자를 냄비 받침으로 썼다. 이걸 엄마가 본다면 난리를 치겠지 생각하니 오히려 통쾌했다. 라면 냄비 옆 노트북의 전원을 켰다. '리그 오브 레전드' 게임에 입장했다. 이 게임을 하기에는 데스크톱 컴퓨터가 더 좋지만, 데스크톱을 사주면 허구한 날 게임만 할 것 같다는 엄마의 성화 때문에 노트북을 살 수밖에 없었다. 데스크톱을 놓으면 피시방처럼 되어버린다나 어쩐다나.

게임 시작을 대기하는 동안 라면을 큼지막한 젓가락 놀림으로 냄비 뚜껑에 덜어냈다. 한 손으로 냄비 뚜껑을 받치고 다른 손으로는 젓가락을 놀린다. '후우, 후우!' 불어 댄 다음 마치 키스를 하듯 고개를 살짝 기울여 입안에 라면을 욱여넣는다. 탱글탱글한 면발이 입안에서 허물어진다. 짜고 매콤한 국물이 입안을 적신다. 중독을 부르는 마성의 나트륨 맛이다.

같은 팀 플레이어가 제 역할을 못 하는 바람에 게임에서 패배할 위기에 봉착했다. 채팅창에는 그 부진한 플레이어를 향해 팀원들

의 질타가 쏟아지고 있었다. 지훈과 콤비를 맞추어야 하는 플레이어가 제멋대로 나대는 것이었다. '리그 오브 레전드' 게임은 공략 위치에 따라 '탑', '미들', '바텀', '정글'로 나뉜다. 그중 '바텀'은 유일하게 두 명의 플레이어가 팀워크를 이루어야 하는 공략 루트이다. 이 게임은 자신의 '챔피언(게임 캐릭터)'을 빠르게 레벨업 시키는 것이 중요하다. 그래서 '바텀'에 위치한 두 플레이어는 서로 역할을 나누어 한 명은 초반 레벨업에 집중하고, 다른 한 명은 동료가 효율적으로 초반 레벨업을 할 수 있도록 돕는 역할을 수행해야 한다. 초반 레벨업을 하는 쪽을 '원딜', 돕는 쪽을 '서폿'이라고 부른다. 지훈은 '바텀' 위치에서 '원딜' 역할을 맡기 위해 '카이사'라는 챔피언으로 게임에 참가했다. '서폿'을 맡은 같은 팀 '알리스타'가 지훈의 레벨업을 돕지 않고 오히려 자신이 레벨업을 하느라 혈안이었다.

'서폿 트롤짓(관심 끌고 화나게 하려고 이상한 행동 하는 것) 보소.'

지훈은 채팅창에 '서폿'의 배신행위를 고발했다. 그러자 팀원들의 욕설과 비난이 뒤따랐다.

'저 씨@8놈.'

'미친 새끼 어이없네.'

게임 중 채팅창에 욕설을 썼다가 게임을 못하게 제재당하는 수가 있기 때문에 욕설에 특수문자를 섞어서 쓰는 것이다. 결국 팀 내 분열로 이번 게임은 패배하고 말았다. 지훈은 분했다. 뭐 하나 제대로 돌아가는 것이 없다.

게임을 하며 먹느라 라면은 점점 불었다. 상관없었다. 시계를 보니 학원 수업 시작 10분 전이었다. 학원에 안 가려는 것은 아니었다. 게임을 마지막으로 한 판만 더 하고 갈 생각이다. 이대로 어이없게 패배한 기분으로 마무리하는 건 아무래도 찝찝하기 때문이다. 학원에 조금 늦더라도 어쩔 수 없다. 엄마가 집에 있었더라면 당장에 등짝을 맞고 노트북을 빼앗겼을 것이다. 남겨진 라면 흔적이나 학원 수업에 늦는 일은 엄마가 알게 되어 있고, 잔소리를 할 것이다. 어차피 들을 잔소리라면 열 번 들으나 열한 번 들으나 차이는 없다. 하고 싶은 대로 하고 열한 번 잔소리를 듣는 편이 득이다.

지훈이 노트북을 끈 것은 이미 학원 수업 시작된 지 5분이 지났을 무렵이었다. 지금 출발해도 학원까지는 10분 정도 걸린다. 어차피 늦은 거 급할 건 없다. 여전히 교복을 입은 채로 지훈은 학원 가방을 어깨에 둘러멨다. 느릿느릿 여유 있는 동작으로 라면 냄비를 들고 방에서 나와 부엌 싱크대에 넣어 두고 신발을 신고 있을 때 핸드폰이 울렸다.

"아들! 너 지금 어디야? 학원에서 너 안 왔다고 연락이 왔던데?"

"응, 지금 가고 있어. 학교 갔다 와서 좀 피곤해서 잠깐 누워 있다가 잠들었어."

"알람을 맞춰놓고 잤어야지. 엄마가 학원비로 매달 비싼 돈을 내는데 제시간에 맞춰 가서 한자라도 더 배워야겠다는 생각은 안 들어?"

지훈은 아무 말도 하지 않고 전화기만 귀에 대고 있었다. 이미 수백 번도 더 들은 멘트다. 어떤 대답을 해도 이 상황은 절대로 편하게 끝나지 않는다는 걸 지훈은 잘 알고 있다. 차라리 아무 말도 하지 않는 편이 낫다는 것을 수많은 경험으로 자연히 터득했다.

매번 엄마의 잔소리를 들을 때마다 지훈은 생각했다. 엄마는 무슨 생각으로 나한테 저 말을 하는 걸까? 다 나 잘되라고 하는 훈계라지만 저런 식의 말을 들을 때마다 곧이듣고 따라야겠다는 생각은 눈곱만큼도 들지 않는다. 오히려 가슴 깊은 곳에서 짜증과 스트레스가 솟구쳐 오른다. 들이받고 뛰쳐나가고 싶어지지만, 꾹 참곤 했다. 엄마 잔소리가 자살하고 싶을 정도라는 반 친구들의 얘기를 듣고서 지훈은 엄마와 대화가 안 통하는 것이 자신만의 문제가 아니라는 것을 실감했다.

어렸을 땐 엄마와 꽤 가깝게 지냈던 기억이 있다. 어쩌다 엄마가 야근한다고 늦으면 걱정이 되어 언제 오냐고 전화를 하기도 했다. 그런데 이제는 엄마와 가까워지고 싶지 않다. 엄마가 집을 비운 날이 오히려 반갑다.

아무 말도 하지 않자 수화기 너머에서 엄마가 다시 자기 말에 귀 기울이기를 촉구해 온다.

"아들, 듣고 있어? 아무튼 얼른 가. 그건 그렇고, 엄마가 저녁 차려 놓은 거 먹고 가는 거지?"

"어."

지훈은 이렇게 말하고 엄마 목소리가 더 이어지기 전에 전화를 끊었다. 느릿느릿 운동화를 구겨 신고는 현관문을 나섰다.

김지훈(한량고등학교 1학년 4반)
10대 후반. 남. 미혼. 외아들. ENTP. 외국 헤비메탈과 힙합 음악을 좋아함. 민트초코 싫어함.

작가의 단상

고등학생 지훈은 놀고 싶은 욕구를 참으며 학교와 학원에 다닙니다. 그러는 건 순전히 엄마 때문입니다. 엄마가 집을 비우자 지훈은 더 없는 기회라고 생각합니다. 자신이 하고 싶은 것을 참는 것이 미덕이라 배우는 십 대들이 불쌍하면서도 이런 귀여운 '반항' 정도는 그냥 넘어가 주었으면 하는 마음도 있습니다.

엄마들은 왜 항상 아들에게 잔소리를 해댈까요? 딸에게도 잔소리를 하겠지만, 유독 아들과는 아물어 들지 않는 대립각이 있습니다. 오죽하면 TV 예능 프로그램에서조차 노 총각 아들을 바라보는 엄마들의 속 터지는 심정을 다루겠습니까?

저도 학생 시절 엄마가 집을 비울 때면 기회다 싶어 엄마가 있을 때는 하지 못하는 것을 했습니다. 대표적인 것이 라면을 끓여 먹는 것이었습니다. 그렇게 끓여 먹던 라면을 어른이 되고 나서 밖에서 돈 주고 사 먹는다는 게 쉽사리 받아들여지지 않았던 적이 있었습니다.

돈 내고 사 먹어도 아깝지 않을 만한 라면 가게가 있습니다. '최루탄 해장라면'을 내세운 신촌의 '훽드라'를 소개합니다. 젊은 시절 신촌에 놀러 갔다가 술 마시고 새벽에 해장 라면을 먹은 것으로 저는 첫 인연을 맺었습니다. 가게 안에는 80년대 대학가의 데모가 성행했던 시절을 떠올리게 하는 사진들을 볼 수 있는데요, 최루탄이라는 이름도 그 시절의 향수를 불러오는데 한몫합니다. 맵기는 1단계가 신라면의 3배, 2단계는 최루탄이랍니다. 콩나물과 청양고추, 그리고 바지락이 들어간 '최루탄 해장라면'은 농심 신라면을 베이스로 하고 있습니다. 특별한 비법이 있어 보이진 않지만, 신기하게도 깔끔하고 매운맛이 기분을 좋아지게 합니다. 2단계를 도전하신다면 눈물도 좀 흘리게 될 겁니다.

"사장님! 최루탄을 라면에 넣으시면 큰일 나요!"

엄마가 되어가다
엄마의 떡볶이

 자고 있던 소정의 눈꺼풀을 밀어 올리는 손이 있다. 고사리 같은 아이의 손이 자고 있는 엄마의 얼굴을 사정없이 공격한다. "으음." 하는 신음이 절로 나오지만, 아직 잠에서 완전히 깨질 않는다. 엄마가 어서 일어나 자신과 놀아주기를 원하는 윤서는 엄마의 눈꺼풀을 밀어 올려 눈을 뜨게 하고 싶었나 보다. 어린 딸의 요구에 당해 낼 수 없던 소정은 침대에서 몸을 일으키며 딸을 안아 올린다.
 "우리 윤서 잘 잤어요?"
 "아바 음따다."
 "응, 맞아요. 아빠는 회사 가셨어요."
 "아바 해사."
 딸 윤서를 안고 거실로 나왔다. 점점 아이의 언어 발달에 신경

쓸 시기인지라 태블릿 PC를 켜고 영어 동요를 틀었다. 밤사이 윤서의 기저귀는 축축하게 젖다 못해 묵직해져 있었다. 아이를 내려놓고 냉장고에서 이유식을 꺼내 데운다. 분유도 같이 준비한다. 15개월 된 윤서는 잘 먹고 튼튼한 예쁜 딸이다. 그리고 아침잠이 없는 편이다. 소정은 아직도 정신이 몽롱하다. 딸의 아침 식사를 데우는 동안 기저귀를 갈아준다. 소정은 입이 찢어질 것처럼 큰 하품을 한다. 이제는 제법 커서 걸음마도 할 정도여서 선 채로 기저귀를 갈아주지만, 활발한 윤서는 엄마 머리카락을 부여잡고 놓을 생각이 없다.

　소정은 올빼미형이라고 할 수 있다. 밤늦게까지 깨어 있는 편이다. 학창 시절에는 조용한 새벽 시간에 집중이 잘된다는 이유로 낮에 자고 밤에 공부하는 식이었다. 경영학과를 졸업하고 은행에서 일하면서도 퇴근 후 밤늦게까지 어울려 놀고, 다음 날 퀭한 눈으로 출근하는 날이 많았다. 약속이 없는 날이어도 퇴근 후 기분 내키면 집에서 IPTV 영화를 즐기며 혼술을 하기도 했다. 양보할 수 없는 낙이라고 생각했었다. 그렇게 자유로운 삶을 만끽하던 소정은 유통회사를 다니는 성실한 남편감 현중을 만나 결혼했다. 아이가 생기자 소정은 휴직계를 냈다. 안 그래도 영업 실적이다 뭐다 스트레스 잔뜩 받고 있었기 때문에 잘됐다 싶은 마음이었다. 막상, 휴직을 하니 너무 마음이 편했다.

　자상한 남편 현중은 자신도 육아휴직을 하겠다고 마음먹고 있지만, 되도록 아이가 어릴 때일수록 아빠보다는 엄마가 더 많은 시간을 보내는 것이 좋겠다는 생각에 소정이 먼저 육아휴직을 했다. 아이와 함께 있는 동안도 소정은 밤 시간을 즐겼다. 모유 수유가 끝난 이후부터는 밤에 윤서를 재워놓고 맥주를 마시기도 했다. 하지만 아무리 해도 적응되지 않는 것은 아침에 일찍 일어나는 것이다. 남편은 소정과 달리 아침형 인간이다. 오늘도 소정과 윤서가 깨지 않도록 조용히 출근했다. 아침잠이 없는 윤서가 남편을 닮아 그런 것 같아 괜스레 남편이 원망스러웠다.

처음엔 익숙지 않았던 엄마로서의 일들이 윤서가 자라면서 점차 소정에게도 익숙해졌다. 아이를 먹이고 입히고 씻기고 재우는 것에 더해 하루하루를 즐겁고 유익하게 만들어 주는 것이 소정이 생각하는 엄마의 임무였다. 아이를 유아용 의자에 앉히고 턱받이를 씌운 뒤 준비한 이유식을 먹이기 시작했다. 아이가 밥을 먹는 동안 소정은 모닝커피를 한 잔 마셨다. 윤서는 밥을 먹으면서 종종 앉아 있던 유아용 의자를 발로 딛고 일어서기도 했다. 태블릿 PC에서 등장하는 캐릭터가 영어 동요를 부르며 하는 율동을 따라 하는 것이다. 소정은 그럴 때마다 다리가 긴 유아용 의자가 옆으로 쓰러질까 봐 마음이 조마조마하다. 당연히 식사 테이블은 엉망이 되고, 윤서의 입 주변과 옷 여러 곳에 음식이 묻었다. 심지어 흥에 겨운 딸은 손에 든 숟가락으로 테이블을 치거나 공중에 휘둘러댔다. 그러다가 숟가락이 종종 어디론가 날아가기도 했다. 없어졌던 숟가락이 세탁실에서 나온 적도 있었다. 딸이 이유식을 다 먹으면 약간의 분유로 보충을 해준다. 만족스럽게 배가 부른 윤서는 놀이 매트 위로 올라가 타요 스쿨버스 장난감을 가지고 놀기 시작했다. 버스의 이곳저곳에 달린 버튼을 누르면 만화 캐릭터의 목소리가 나오는 식의 장난감이다. 윤서는 이 장난감을 참 좋아한다. 그 사이 소정은 얼른 욕실로 들어가 세수했다.

아이를 어린이집에 보낼까도 고민했었다. 다른 집들은 아이를 일찌감치 어린이집에 보내기 시작했다는 이야기를 심심치 않게 들어왔기 때문이다. 맘카페나 육아 관련 유튜브에서는 3세 이전에 어린이집을 보내는 것에 찬반양론이 있다. 남편과 깊이 상의한 끝에 어린이집에 보내는 것은 뒤로 미루기로 했다. 일찍부터 어린이집을 보내는 엄마들이 이야기하는 가장 큰 이점은 육아 노동의 양적 감소를 꼽는다. 아이가 어린이집에 가 있는 단 몇 시간 만이라도 체력을 비축할 수 있다는 뜻이다. 반면, 육아 전문가들은 영유아기 부모와의 애착과 정서적 안정감을 이유로 이른 어린이집 보내기가 좋지 않을 수 있다고 했다. 아이와 애착 관계 형성에 조금 더 시간과 정성을 쏟겠다는 의지를 가지고 3세 이후에 보내는 것으로 결정했다. 지금도 소정과 남편은 그것이 잘한 결정이라고 생각한다. 하지만, 몸과 마음이 고된 것은 부정할 수가 없다.

문화센터에 가려고 짐을 한 아름 챙겨 들고 아기 띠로 윤서를 들쳐 안았다. 좀처럼 유모차에 얌전히 앉아 있질 않는 윤서 때문에 늘 고된 방법으로 이동해야 했다. 다행히 오늘은 날씨가 좋아 걷는 것도 기분이 좋겠다 싶었는데, 흡연부스 앞을 지나며 지독한 담배 냄새 때문에 기분을 잡쳤다. 해로운 담배연기가 윤서에게로 흘러올까, 손부채를 휘저으며 지나쳐왔다.

 문화센터 수업이 끝나고 식재료를 사려고 장을 봤다. 카트에 앉은 윤서는 이곳저곳을 두리번거리며 손가락으로 가리켰다. 그럴 때마다 소정은 반응을 해주고, 아이가 호기심을 갖는 물건들을 보여주고 만져보게 했다. 윤서는 특히 청과물 코너를 좋아했다. 사과, 오렌지, 귤, 파인애플 같은 과일의 겉껍질 질감을 만져보고, 들어서 무게를 느껴보는 자극을 좋아했다. 토마토는 빨간색, 당근은 주황색, 파프리카는 노란색, 아보카도는 초록색……. 색깔 공부를 하기에도 마트의 청과물 코너는 제격이었다. 쇼핑카트에 마주 앉은 윤서에게 끊임없이 이야기하고 반응하는 소정의 얼굴은 짧은 시간에도 수많은 표정을 만들어냈고, 목소리는 아이의 흥미를 자극하는 강약고저의 다채로운 변화가 있었다. 시식 코너를 지날 때면 놓치지 않고 작은 떡갈비 조각이라도 아이 입에 넣어준다. 윤서에게 마트는 온통 흥미로운 것 투성이지만 소정은 이제 슬슬 다리가 아파진다.

 '내가 언제부터 이렇게 되었을까?'

 결혼 전 소정은 아이를 그리 좋아하는 편은 아니었다. 그러나 막상 출산하고 나니 아이에게 최선을 다하고 있는 자신을 발견했다.

임신 중일 때부터 출산과 육아 관련 서적을 여러 권 남편과 함께 읽었지만, 윤서가 태어나고 나서 자신이 이렇게 '엄마답게' 바뀌게 될 줄은 몰랐던 것이다. 엄마답게 바뀐 모습이 싫은 것이 아니다. 이따금 존에 없던 자기 모습을 체감할 때마다 헛웃음을 짓게 된다.

'언제부터 그렇게 애를 좋아했었다고 말이야.'

외출에서 돌아와 아이의 손과 발을 씻기고, 옷을 갈아입히고, 장 본 식재료들을 정리해서 냉장고에 넣고, 옷을 갈아입고, 저녁 준비를 했다. 실상은, 윤서에게 먹일 이유식이 떨어져서 직접 만들어야 했다. 자극적이지 않으면서 영양이 충분히 들어갈 수 있는 소고기, 야채, 버섯을 잘게 썰어 볶고, 밥을 죽처럼 질게 끓였다. 인덕션의 열기가 더해져 소정의 이마에는 송골송골 땀방울이 맺혔다. 엄마가 주방에서 요리하는 동안 윤서에게는 TV에서 나오는 유아용 교육 영상을 보여주었다. 윤서는 놀이 매트 위에서 영상 속 춤을 따라 하기도 하며 나름 열중하는 모습이었다. 소정이 냉장고에서 물을 꺼내 마시려던 찰나에 윤서가 어느새 소파 등받이 위에 올라서 있었다. 너무나 위험해 보이는 자세였다. 소정은 놀라 윤서에게 뛰어갔다. 그 바람에 놀란 윤서가 소파 위로 떨어지며 얼굴을 등받이에 부딪치고 말았다.

"아아앙!" 윤서가 울음을 터뜨렸다. 온 동네가 떠나갈 듯한 우렁찬 소리다. 신생아 시절에도 자다 깨면 이렇게 우렁찬 소리로 울어재끼곤 했었다. 소정은 놀라 얼른 윤서를 안아 올렸다. 이미 눈물범벅이 된 윤서의 얼굴을 이리저리 살펴보았다. 볼에서 관자놀이까지 살짝 붉게 쓸린 자국이 있었다.

"엄마가 미안해. 윤서 안 보고 딴짓하고 있었네."

달래느라 한참을 품에 안고 있었더니 팔이 떨어져 나갈 것처럼 아프다. 온 힘을 다해 우는 열 덩어리 윤서를 안고 있었더니 자연히 소정의 몸도 땀범벅이 되고 말았다. 흉이 질까 싶어 붉게 일어난 피부에 연고를 발라주었다. 겨우 달랜 윤서에게 방금 만든 이유식을 먹이니 조금씩 기분이 좋아지는 것 같았다.

밥을 먹이고 윤서와 놀아주고 있으니 남편에게 문자가 왔다. 회식이 있어 늦는다고 한다. 한숨을 깊게 쉬고 소정은 윤서를 목욕시킬 채비를 했다. 목욕물을 받으면서 친정 아빠한테 영상통화를 걸었다. 손녀딸과 영상 통화할 때면 평소에 무뚝뚝하기 짝이 없는 아빠의 표정도 밝게 변하는 것을 알고 있었기 때문에 효도하는 차원에서 종종 영상 통화로 윤서의 모습을 보여주곤 했다. 특히, 엄마가 친구들과 여행을 가느라 집에 혼자 남겨진 아빠가 저녁 식사를 잘 챙겨드시는지 걱정도 되었던 것이다. 역시나 영상으로 손녀딸의 얼굴을 본 외할아버지는 눈이 하트 모양으로 바뀌었다. 몇 분간의 효도 서비스를 마친 후 욕조 물을 잠갔다.

윤서 목욕은 퇴근 후에 남편이 해주었는데, 오늘은 어쩌다 보니 소정이 풀타임 독박육아를 하게 된 것이다. 욕조에 윤서가 좋아하는 거품 입욕제를 넣고 물을 받았다. 오리랑 배, 공 같은 물놀이용

장난감들도 물 위에 둥둥 띄워 놓는다. 윤서를 욕조에 넣고, 소정도 함께 들어가 물장난도 하고 거품 장난도 하며 신나게 놀았다. 머리도 감기고 양치질도 시켰다. 온몸의 비누 거품을 물로 닦아냈다. 물기를 마른 수건으로 닦아주었다. 드라이기로 머리를 말려주고 온몸에 바디로션을 골고루 발라주었다. 침대에 눕혀 기저귀를 채우고 잠옷을 입혔다. 자는 분위기를 조성하기 위해 방 조명도 어둑하게 하고, 잘 때 듣는 오르골 자장가를 틀었다. 윤서를 품에 안고 침대에 같이 누워 토닥토닥 등을 두드려준다. 머리를 쓰담쓰담 해준다. 소정은 한 손으로 핸드폰을 만지작거리고 있었다. 익숙한 손놀림으로 재빠르게 조작하더니 이내 끝냈는지 곧 화면을 끄고 핸드폰을 내려놓았다. 그사이 윤서는 눈을 감고 조용히 공갈 젖꼭지를 빨다가 잠이 들었다. 소정은 아이가 깨지 않도록 슬며시 곁을 빠져나와 방문을 닫고 거실로 나왔다. '휴우!' 하는 한숨이 절로 나왔다.

 '카톡!'

 '왔다!'

 소정은 반가운 듯 발뒤꿈치를 들고 잽싸게 현관문으로 뛰어갔다. 현관문을 빼꼼 열자 문 앞에 무언가 담긴 비닐봉지가 놓여있다. 현관문을 조금 열고 비닐봉지를 들여왔다. 윤서의 장난감과 놀이 매트로 점령당한 거실은 이제부터 소정의 차지였다. 접이식 테이블을 펼쳐 TV 앞에 놓고, 방금 가져온 비닐봉지를 올려놓았다.

냉장고에서 꺼내 온 시원한 맥주 한 캔도 올려놓았다. 리모컨을 들어 TV 채널을 돌렸다. 혼자만의 시간을 만끽하는 데 필요한 적당한 볼거리를 찾았다. 이윽고 자리를 잡고 앉아 비닐봉지를 열기 시작했다. 아직 열기가 식지 않아 뜨끈뜨끈한 온기가 손에 전해져 왔다. 랩에 쌓여 있는 포장을 풀고 큼지막한 뚜껑을 열었다. 새빨간 국물에 잠겨있는 떡과 어묵들이 소정의 눈에 들어왔다.

"유후!"

절로 흥이 난다. 숟가락을 들어 비현실적으로 새빨간 국물의 맛을 본다. 달달하고 짭짤하고 매운맛에 몸이 전율했다. '그래, 이 맛이야!'를 속으로 연신 외치며 가차 없는 숟가락과 젓가락의 양손질로 떡볶이를 흡입한다. 떡의 쫄깃한 식감과 어묵의 찰진 느낌이 어우러진다. 감동적이다. 눈물이 날 것 같다. 이 눈물은 절대 매워서 흘리는 눈물이 아니다. 감동할 만큼 맛있기 때문이다. 맥주캔을 딴다. 벌컥벌컥 들이켠다. 입안에 가득 찬 매운맛과 맥주의 탄산이 만나자 혀를 따끔따끔 자극했다. 소정이 좋아하는 매운맛 단계는 적당히 땀이 배어날 정도이다. 분모자와 메추리알도 양보할 수 없다. 혀끝을 자극하는 매운맛에 묘한 카타르시스를 느낀다.

너무나 사랑스러운 딸과 함께하기 위해 직장도 휴직했다. 아침에 눈을 뜨고 밤에 잠이 들 때까지 함께 보내는 시간은 더없이 소중하다. 하지만, 기가 빨린다. 항상 하루의 끝에는 체력도 정신도 소진되어 너덜너덜해진다. 자신을 위해서 시간을 쓰고 싶은 욕구를 억눌러야 한다. 예쁘게 보이기 위해 정성을 들여 화장하고 몸단장한다거나 백화점에 가서 아이쇼핑하는 것, 원하는 사람들과 함께 맛있는 저녁을 먹는 것 따위는 이제 소정에게 사치스러운 일처럼 느껴졌다. 모든 일상이 윤서를 위해서 돌아가고, 자신의 욕구는 뒷전으로 미뤄야 하는 나날이 계속되는 것이다.

한편으로는 그 핑계로 직장을 쉬는 것이 다행이라는 생각이 들었다. 육아와 직장 생활을 병행한다는 건 생각만으로도 아찔했다. 남편 연봉이 조금만 더 오른다면 과감하게 일을 그만두고 집에서 육아에 전념하는 것도 고민해봤다.

부지런히 입을 놀리며 눈은 TV를 향해 있다. TV 드라마에서 모녀가 티격태격 대화를 한다. 불현듯 엄마가 생각났다. '우리 엄마도 나를 키울 때 이렇게 자신을 많이 포기했겠지.' 생각하니 자신도 모르게 눈물이 울컥했다.

바쁘게 움직이던 순가락, 젓가락이 잠시 멈췄다. 짧은 순간 정지된 것처럼 멈춰 있던 소정은 티슈를 뽑아 눈가를 닦았다. 그런 다음 언제 그랬냐는 듯이 다시 바쁜 양손질을 이어갔다. 이건 매워서 흘린 눈물이 아니야. 엄마 생각나서 운 거 아니야. 단지, 감동적으로 맛있어서 나도 모르게 눈물이 흘러내린 것뿐이라고.

오소정(윤서 엄마, 육아휴직 중)
30대 중반. 여. 기혼. 자녀 있음(딸1). ESTP. 경기도 연고 모 프로야구팀의 열성팬. 노래방 좋아함.

작가의 단상

소정은 사랑스러운 딸 윤서와 종일 함께 보내는 시간이 행복하지만, 힘에 부칩니다. 사랑하는 사람과 함께 보내는 시간이 즐겁지만, 체력이 따라 주지 않거나, 가끔 혼자 보내는 시간이 필요해서 더 오래 함께하지 못하는 경우가 있습니다. 사랑하지 않아서가 아닙니다. 하지만 엄마라는 역할은 힘들다고 '타임아웃'을 외칠 수 없는 것 같습니다. 그러기에 그 어려운 일을 해내는 숭고한 사랑이 더 위대한 것이겠지요.

체력이 바닥까지 고갈된 상태에서 입 안이 얼얼하게 매운 떡볶이를 먹으면 어떻게 될까요? 축 처졌던 몸이 훅 달아오르지 않을까요? 콧등에 땀이 맺히고 눈물이 맺히며 맥박수는 올라갑니다. 서울 강남 뱅뱅사거리에서 양재역 쪽으로 가다 보면 도곡동 은광여고 교문 앞에는 오감을 자극하는 떡볶이집이 있습니다. 우선 오래된 식당 풍경은 학창 시절을 떠올리게 하는 감성이 있습니다. 즉석떡볶이의 생명은 소스입니다. 저는 개인적으로 매콤한 고추장소스를 좋아합니다만, 짜장소스도 인기가 좋습니다. 즉석떡볶이 맛이 다 거기서 거기라고 생각하는 분도 계실 수 있겠지만, '작은공간'은 한 번 가보면 꼭 다시 가고 싶어지는 곳이랍니다. 벌써 40년 가까이 한 자리에서 여고생들의 방과 후 간식을 책임져 왔습니다. 누구라도 이곳에서라면 추억이 되살아나는 맛을 느껴볼 수 있을 겁니다.

허무하다
작가의 카레

 글쓰기라는 것에 취미를 붙이게 될 줄은 몰랐다. 브런치에 취미 삼아 글을 쓰기 시작한 것은 3년쯤 전이었다. 특별한 계기는 없었다. 단지 머릿속에 떠오르는 상상을 무엇으로든 현실 세계로 끄집어내고 싶었다고나 할까. 일찌감치 브런치에 글을 쓰고 책도 출간한 '문학소년' 성범 선배를 보면 대단해 보이기도 했다. 나도 해볼까 잠시 생각했었지만, 그때는 아직이었는지 내게는 글쓰기 말고도 재미있는 것이 주변에 너무나 많았다. 그러다 한 살, 두 살 나이를 먹어가면서 관계의 무상함을 체감할 무렵의 어느 날, 나는 모두 퇴근하고 혼자 남은 사무실에서 브런치에 첫 글을 썼다.
 매주 한 편씩 글을 쓰는 루틴을 유지했다. 어디까지나 회사원이라는 본업은 유지하면서 취미로 하는 글쓰기였기 때문에 남들처럼 매일 몇 편씩 글을 쓰는 것은 무리였다. 게다가 보고서를 쓰는 마음으로 사전에 자료수집과 조사에 심혈을 기울여 겨우 한 편을 써내야 했기 때문에 일기 쓰듯 아무 말이나 쓸 수는 없었다. 남이 읽을 글을 쓰는 것이라 준비도 없이 하고 싶은 말만을 늘어놓아서는 안 된다고 생각했기 때문에 공을 들였다. 그렇게 완성된 글이 수십 편이 되었을 무렵 글쓰기 근육이 생긴 것 같다는 착각을 하게 되었고, 소설에 도전하기로 마음먹었다.

브런치라는 공간에서 소설을 연재하는 것이 적절치 않았던 것인지, 아니면 내 소설이 형편없어서인지, 어쩌면 둘 다였는지, 나는 얼마 못 가 스토리를 계속 이끌어갈 동력을 잃어버린 느낌이 들었다. 호응을 많이 얻었던 전작들과는 달리 조회수와 댓글이 상대적으로 줄어든 탓도 있었다. 근본적인 회의가 들자 소설은 더 이상 앞으로 진도를 나가지 못한 채 멈추고 말았다. 그 상태로 몇 달의 시간이 흘렀다.

그러던 어느 날, 한 통의 이메일이 날아왔다. 그리고 그 메일 한 통으로 많은 것이 달라졌다. 브런치에 올린 글을 보고 출판사에서 출간 제안을 해온 것이다. 처음엔 사기나 자비 출판 제안 같은 것인 줄 알았다. 하지만 몇 번의 이메일이 더 오가고, 출판사를 직접 방문해 미팅도 하면서 의심은 걷혔다. 대형 메이저 출판사는 아니지만, 정식으로 출판을 제안해 온 것이었고, 브런치에 올린 작품 세 개를 모두 출판하기를 원했다. 계약서를 쓰고 나서야 조금씩 실감이 나기 시작했다.

"오, 이제 김 작가라고 불러야겠네?"

가족들과의 식사 자리에서 이야기를 꺼내자, 동생이 웃으며 반응했다. 작가라는 호칭이 어색하기만 했다. 그래도 막상 계약금이 입금되자 이제부터 더는 취미가 아니었고, 작가라는 호칭에 적응하기로 했다. 그렇게 브런치에 올렸던 원고를 바탕으로 첫 작품이 책으로 출간되었다. 하지만 내 이름으로 나온 첫 책은 단 1쇄에서 끝났다. 많은 서점과 도서관에 비치되고 온라인 서점에도 입점했지만, 이름이 알려지지 않은 아마추어 작가의 책에 대중의 눈길은 차가웠다. 출간되기 몇 달 전 한강 작가의 노벨 문학상 수상이 큰 화제가 되면서 책 안 읽기로 유명한 한국 사람들의 도서 구매가 반짝 오르긴 했지만, 그때뿐이었다. 얼마 못 가 한강 열풍은 금방 식어버렸고, 대중들의 눈은 다시 유튜브와 OTT로 돌아갔다.

요즘같이 책 안 읽는 시대엔 1천 부 판매하기도 쉽지 않은 것이 현실이다. 그러니 책 써서 인세로 돈을 번다는 것은 기대할 수도 없다. 첫 책이 잠시 세상의 빛을 구경하고 들어간 지 몇 달 후 브런치에 써두었던 두 번째 원고로 두 권의 책이 더 출간되었다. 이번에도 판매 실적은 그저 그랬다. 다만, 세 권의 책을 출간한 어엿한 작가로서 대외적인 위상은 달라질 수 있지 않을까 생각했다. 독서 모임의 모임장으로 활동을 시작했고, 각지의 독립 서점과 독서클럽을 섭외해 북토크를 진행했다. 대형 출판사와 달리 네트워크와 자본력에 한계가 있었기 때문에 마케팅을 모두 출판사에만 의존하고 있을 수 없었다. 언론사 기자들에게 출간 기사를 요청하는 메일을 보내기도 하고, 도서관에 희망 장서 신청을 하기도 했다. 네이버와 다음의 인물 검색에 '작가'로 등록을 신청하기도 했다. 그렇게 회사원 생활을 하며 짬을 내 홍보활동을 병행하는 바쁜 나날을 보냈다. 노력이 빛을 발하기 시작했는지 조금씩 인지도가 오르기 시작했다. 강의 요청이 들어왔다. 20명 정도 되는 작가 지망생 직장인들에게 작가로 등단하게 되기까지의 과정과 글쓰기에 임하는 자세 같은 주제로 이야기했다. 책 홍보도 잊지 않았다.

"이제 슬슬 소설 원고를 진행해 주셔야겠는데요. 늦어도 올해 11월 전에는 완성하실 수 있으면 좋겠습니다."

목소리만 친절한 편집장이 다음 원고를 재촉해 왔다. 휴대전화 너머로 들려오는 목소리였지만 편집장의 얼굴이 눈앞에 떠올랐다. 서글서글하고 푸근한 인상을 하고서는 한 치의 양보 없는 압박을 해온다.

"네, 해야죠."

다른 말은 할 수가 없었다. 미뤄두었던 소설 원고를 완성하는 수밖에 없다. 전작들은 픽션의 요소가 일부 가미되긴 했지만 주로 에세이에 가까웠다. 본격 소설, 그것도 오컬트 추리물을 첫 소설로 쓰겠다는 시도 자체가 어쩌면 섣불렀는지도 모르겠다. 하지만 이 소설 초반 원고의 어떤 점이 마음에 들었는지 편집장은 이 소설이 완성되기를 기대하고 있었다. 10월 말까지 원고를 완성하려면 작업 시간이 절대적으로 부족한 상황이었다. 전체 스토리의 5분의 1 정도밖에 되지 않는 기존 원고를 불과 한 달 안에 완성해야 했다.

회사 생활을 하면서 틈틈이 소설을 쓴다는 것은 쉽지 않은 일이다. 게다가 기한이 정해져 있다면 조급함이 더해진다. 결국, 회사에 하루 휴가를 내고 뒤처진 진도를 빼기로 했다. 다른 것에 방해받지 않고 작업에 몰두하기 위해서였다. 전날 퇴근 후 저녁을 먹자마자 작업에 돌입해 자기 전까지 글을 쓰다 잤다. 그리고 다음날은 온종일 글쓰기에 할애하기로 했다.

아침에 일어나 부스스한 얼굴로 주방을 서성이다가 재활용품 수거하는 날이라는 것이 떠올랐다. 새집처럼 뻗친 머리에 운동복 바지, 슬리퍼를 신고 쌓인 종이박스와 빈 병을 들고 현관문을 나섰다. 아침 공기가 상쾌했다. 상쾌한 공기를 마신 김에 담배를 물고 흡연부스로 향했다. 담배를 피우며 어제 썼던 원고의 스토리를 떠올려봤다.

시간을 아끼기 위해 씻는 것도 생략하기로 했다. 하루 정도쯤 씻지 않는다고 어떻게 되는 것은 아니다. 커피를 끓였다. 어젯밤 글을 쓰느라 어질러 놓은 거실 테이블에 앉았다. 노트북을 열어 어제 썼던 마지막 부분을 훑어보며 커피를 홀짝였다. 문장이 단조로운 것이 마음에 들지 않았다. 몇 개의 문장을 수정하는 동안 어느새 한 시간이나 지나버렸다. 정신을 차리고 본격적으로 진도를 빼기 위해 BGM을 틀었다. 집중에 도움을 주는 플레이리스트를 모아둔 것인데, 보컬 없이 연주만 나오는 일렉트릭 음악들이었다. 리스트 첫 번째 트랙 Timecop1983의 'On the run'이 블루투스 스피커를 통해 흘러나오기 시작하자 마치 최면에라도 빠지는 것처럼 집중력이 올라갔다. 주인공 대니얼이 형사 주호진과 처음 대면하는 장면에 다다랐을 무렵 핸드폰이 울렸다. 발신자를 확인해 보니 회사와 거래하는 광고회사 이 대표였다. 한창 집중된 상태를 깬 것은 마음에 안 들었지만 받을 수밖에 없다.

"대표님, 안녕하세요."

"차장님, 안녕하세요. 조금 전에 계약서 수정본 메일로 보내드렸습니다. 확인해 보시고요. 어제 말씀 주신 거 관련해서는…… 저희도 검토해 보았는데, 말씀해 주신 금액으로 그냥 진행하기로 했습니다. 대신에 다음번에는 금액이나 수량을 조금만이라도 더 좀 생각해 주시면 좋겠습니다."

"네, 대표님, 감사합니다. 잘 알겠습니다."

굳이 전화로 얘기하지 않아도 될 내용을 듣고 있자니 마음속으로 한숨이 나왔다. 이메일이나 메신저로 남겨 놓으면 되었을 법한 사안도 사사건건 전화로 통화하는 이런 부류의 사람들은 스스로 몸을 부산스럽게 움직여야 일하고 있다는 생동감을 느끼는지도 모르겠다. 자신의 생동감을 위해 남을 성가시게 하다니, 이처럼 폭력적인 일이 어디 있을까. 이런 혼자만의 생각을 하고 있는 동안에도 이 대표는 말을 멈추지 않았다. 결국, 내년도 사업 계획에는 반드시 자신들과의 새로운 프로젝트 예산을 감안해 달라는 말까지 듣고 나니 7분이 지났다.

  전화로 맥이 끊긴 김에 자리에서 일어나 두 번째 커피를 끓이고 쌀을 씻었다. 샤워는 하루 안 할망정 굶을 수는 없으니까. 씻은 쌀을 전기밥솥에 안쳐 놓고 다시 자리에 앉아 커피를 홀짝이며 액상 담배를 피웠다. 뿜어져 나가는 연기를 보며 지금의 내 모습이 제법 작가 같아 보이려나 생각했다. 잠시 후 밥솥에서 뜸을 들이느라 김이 뿜어져 나올 때까지 두 번의 업무 전화를 받았고, 네 명에게서 온 메신저에 응답해야 했다. 완성된 밥에 인스턴트 카레를 데우지 않은 채로 부었다. 가뜩이나 뜨거운 것을 잘 먹지 못하는데, 지금은 느긋하게 식혀가며 밥을 먹을 시간이 없었다. 눈을 노트북에 고정한 채로 그렇게 아침 겸 점심을 해결했다.

  식후엔 하늘이 두 쪽이 나는 한이 있어도 담배를 피워줘야 한다. 아파트 단지 내 흡연부스로 향했다. 엘리베이터를 기다려가며 오르내리고 담배를 피우는 것까지 생각하면 짧지 않은 시간이지만, 결코 포기할 수 없다. 아기를 안고 흡연부스 앞을 지나가는 여자가 담배 냄새에 얼굴을 찌푸리는 것이 보였다.

  '그럴 거면 다른 길로 돌아서 갈 것이지…….'

  담배를 다 피우고 나면 조바심이 살아나 얼른 쓰던 원고로 돌아가고 싶어진다. 잰걸음으로 집에 돌아와 다시 집중모드에 돌입했다. 그동안 동료인 줄 알았던 루카스가 배신했다. 그의 배신을 눈치챈 제임스와 대니얼이 그를 추격하는 장면이었다. 긴박감을 고조시켜야 하기에 짧은 문장들을 구사했다. 오랜만에 등장하는 캐릭터 줄리아의 분량을 작업할 때는 처음 이 원고를 쓰기 시작할 당시 작성해 두었던 등장인물 묘사 자료를 다시 열어보아야 했다. 그렇게 초반에 설정해 두었던 인물들 간의 관계가 복잡해지고 상황이 급박하게 돌아가기 시작하면서 어느덧 중반부쯤에 다다랐다. 어젯밤부터 쓰기 시작한 분량이 대략 1만 자 정도 되는 것 같았다. 내용상 진행도가 5분의 1쯤이었을 때부터 시작했다는 것을 고려하면 원고를 완성하면 글자 수가 33만 자 정도 될 것 같았다. 어제저녁부터 고생해 가며 써온 분량이 고작 3% 정도에 불과하다는 계산이다. 플롯을 다시 점검했다. 전반적으로 분량을 조절하고, 스토리의 진행 속도도 조절해야 할 필요성이 있었다. 완성할 원고의 분량을 20만 자 정도로 줄이고, 지금까지의 스토리 진행도를 5분의 1로 유지한다면 지금까지 썼던 원고에서 1만 5천 자 정도의 분량을 덜어내야 했다. 한숨이 나왔다. 오랜 시간 의자에 앉아 있었더니 엉덩이와 허리가 아파지기 시작했다. 창밖을 보니 가을 저녁 해가 뉘엿뉘엿 지고 있었다. 크게 기지개를 한 번 켜고 거실 테이블에 전등불을 켜고 자리로 돌아와 앉았다.

    기존 원고를 손보는 데 1시간 정도 걸렸다. 플레이리스트는 벌써 여러 번 전체 반복 플레이가 계속되고 있었다. 다시 집중력을 끌어올려 스토리를 쓰고 있는데, 초인종이 울렸다. 인터폰에 모르는 아줌마가 현관문 앞에 서 있는 것이 보였다. 아파트 부녀회나 이웃집 주민일 것 같다는 생각이 들었지만, 굳이 열고 응대하기 싫어서 모른 척했다. 그런데도 아줌마는 몇 번인가 초인종을 더 눌러댔다. 아마도 집안에서 음악 소리도 들려오고 사람의 기척이 있는 것으로 보이기 때문인 것 같았다. 블루투스 스피커를 끄고 대신 헤드폰을 썼다. 외부의 소음이 차단되고 집중력을 높이는 BGM만이 크게 울려 퍼지자 더 집중하기 좋은 상태가 되었다. 그렇게 한참을 더 글쓰기에 전념했다.

슬슬 배가 고파와서 전기밥솥을 열어 따뜻한 밥을 담고 그 위에 인스턴트 카레를 부었다. 점심과 똑같은 메뉴를 먹는 것에 대한 별다른 감정 따위는 없었다. 어차피 미식엔 관심이 없고 음식이란 인간이 생존하기 위한 에너지를 얻는 수단일 뿐이었다. 따뜻한 김이 솟아나던 밥은 차가운 인스턴트 카레와 섞이자 급격히 온도를 잃었다. 뜨거운 온도를 내리려 불어야 할 필요도 없어졌고 입안에 넣고 뜨거운 입김을 뿜으며 식힐 필요도 없어졌다. 편리한 방법이라고 생각했다.

카레는 좀처럼 질리지 않는 맛이다. 밥과 아우러진 카레 소스의 향이 입안에 한가득 감돌고 감자, 당근, 양파, 고기가 팀워크를 이루어 몸을 살라 씹힌다. 카레를 먹을 때면 보이스카우트 시절 초등학교 뒤뜰에서 야영을 하며 인생 첫 요리로 카레를 만들었던 것이 생각나곤 했다. 잘 익은 총각김치를 하나 집어 올려 아작 씹었다. 총각김치와 카레가 아주 잘 어울렸다. 총각김치의 꼭지 부분은 다음번 카레밥 한 숟가락과 함께 입으로 삼켜졌다. 아삭아삭하고 차가운 식감에서 짭짤한 김치 양념이 카레라이스와 버무려졌다.

식후 담배를 피우러 가기 위해 엘리베이터에서 내렸더니 40대 남자 한 명이 손에 책을 펼쳐 들고 엘리베이터를 기다리고 있었다. 아랫집이었던가? 근데 책을 참 열심히 읽는 분이시네. 몇 번인가 마주쳤던 것 같은데 매번 책을 읽고 있었다. 표지를 보니 소설 같았는데, 걸으면서도 읽는 것 같았다. 앞으로 나올 소설은 저런 사람만은 읽지 않았으면 좋겠다고 생각했다. 저 정도로 책에 빠져 있는 사

람이라면 까다로운 기준 같은 게 형성되어 있을지도 모른다. 괜히 반갑지 않은 서평이나 독후감이랍시고 여기저기 흠잡는 것으로도 모자라 블로그 같은 데에 올릴지도 모른다.

회사에 다니면서 취미 삼아 시작했던 글쓰기가 이제는 일이 되어 있었다. 글을 쓰는 것 자체가 즐거웠던 그때와 비교해 보면 똑같이 즐겁다고는 하지 못할 것 같다. 하지만 잘 해내고 싶었다. 그래서 원고의 마감 기한도 되도록 맞추고 싶었다. 글이 재미있을지 없을지는 독자들이 판단해 줄 몫이지만, 내가 할 수 있는 것은 온 힘을 다해 잘하고 싶었다. 내 책이 더욱 많은 사람들에게 읽히기를 바라는 마음도 갖게 되었고, 그렇게 되기 위해 내 선에서 할 수 있는 방법들을 동원하기도 했었다. 그러면 그럴수록 내가 즐거운 글쓰기보다는 독자들이 읽고 즐거워할 글쓰기를 추구하게 되는 자신을 발견하게 되었다.

오늘 하루 동안 쓴 분량을 훑어보니 늦은 밤까지 작업을 계속하면 꽤 많은 진척을 이룰 수 있을 것 같았다. 조만간 한 번 더 휴가를 내서 진도를 더 빼야겠다고 생각했다. 그러면서 자료 검색을 하기 위해 켜두었던 인터넷 브라우저와 예전 원고 파일 창을 닫기 위해 'X'를 클릭했다. 여러 개의 창이 열려 있어 'X'를 빠르게 반복 클릭했다. 그러다가 갑자기 비명을 지르고 말았다.

파일을 닫으려고 'X'를 눌렀을 때 팝업이 이렇게 물어왔다.

'변경 사항을 저장하시겠습니까?'

아무 생각 없이 '아니오'를 눌렀던 것이다.

아침 8시에 일어나 씻지도 않은 채 오로지 글을 쓰는 데에만 집중했다. 크고 작은 일을 다 합쳐 네 번의 화장실 출입이 있었고, 두 번의 업무 전화와 열한 명과의 카카오톡 대화를 하였고, 재활용품 분리수거를 했으며, 세 번의 흡연을 했고, 쌀을 씻고 아침 겸 점심, 늦은 저녁을 먹느라 잠시 작업을 중단했을 뿐. 그래서 상당량의 진도를 뺄 수 있었다. 기존 원고에서 1만 5천 자 분량을 덜어냈고, 새로이 3만 자 분량의 스토리를 썼다. 그런데 그 결과물이 한순간에 사라졌다. 오늘 하루 동안 결과적으로 아무 일도 일어나지 않은 것이 되어버렸다.

그림형제(『퇴근의 맛』 작가, 소설 집필 중)
40대 후반. 남. 자녀 있음(아들 1). ISTP. 통풍으로 고생하다가 채식주의자가 됨. 컬투쇼 다시 듣기하며 자전거를 탐.
사람들은 글을 쓴다고 하면 꽤 편한 것을 상상하는 것 같습니다. 만원 지하철에서 사람들에게 치이며 회사에 출퇴근하는 것이나 몸과 마음이 피곤해지는 노동보다는 책상에 앉아서 글만 쓰는 것이 훨씬 편할 것이라고 막연히 생각하는 것이지요. 절대로 그렇게 쉽지 않다는 걸 이 글을 읽고 조금은 알게 되시지 않을까 싶습니다.

작가의 단상

카레 하면 일본식 카레가 떠오르시나요? 아니면 인도 커리? 두 얼굴을 모두 가진 특별한 맛집을 소개드려볼까 합니다. 광화문역에서 서촌 방향으로 가는 길에서 만날 수 있는 '고가빈커리하우스'입니다. 건물 앞에 놓인 입간판을 보고 3층으로 올라가면 자연광이 스며드는 깔끔한 매장이 맞아줍니다. 일본식 카레와 인도 커리의 느낌을 모두 다 가지고 있는 메뉴들이 저마다의 개성을 뽐냅니다. 시즌마다 제철의 식재료를 이용한 메뉴를 선보이고 있다는 점도 이 맛집의 장점이기도 합니다. 저의 기억 속에 남아 있는 메뉴는 '에그카츠카레'입니다. 다진 고기와 반숙란을 튀겨낸 이른바 '카츠'가 존재감을 과시합니다. '버터 치킨커리'와 '베지터블 빈달루'도 먹어보았는데요, 굉장히 맛있습니다. 인도 커리 식당처럼 '로띠'와 '라씨'와 곁들여 먹을 수도 있습니다. 아주 매력적입니다. 한 번 가보시고 나서 계속 또 가고 싶어져도 저는 책임 못 집니다.

초등학교 시절 보이스카웃 야영 때 인생 첫 요리로 카레를 선보인 이후 저는 일평생 카레 사랑을 몸소 실천해 왔습니다. 실제로 저는 며칠 동안 매 끼니 카레만 먹은 적도 있을 정도였으니까요. 제가 원래 무던한 식성이기도 하지만, 카레는 몇 번을 연속해서 먹어도 질리지 않았던 지극히 개인적인 경험까지 있습니다.

감사의 말

Thanks for the inspiration

이 책이 나오기까지 많은 분들의 조력이 있었습니다. '문학소년' 강성범 작가님이 아니었다면 저는 브런치스토리에 글을 써봐야겠다는 생각조차 하지 않았을지도 모릅니다. 강성범 작가님의 브런치스토리 특별상 수상작 『자네는 딱 노력한 만큼 받을 팔자야』(2023. 글라이더)는 실제로 저에게 큰 영감을 주었습니다. 저의 브런치스토리 첫 작품 『이렇게까지 탐구할 일이냐고』는 강 작가님의 서사와 정보가 공존하는 구성을 차용해서 조금 더 과장되게 시도한 것이라 할 수 있습니다. 그러다가 서사 부분을 채워 넣던 저의 자전적 에피소드가 바닥나자 상상의 나래를 펼쳐 창작을 하기 시작했고, 그 창작의 습작들이 『퇴근의 맛』을 탄생시키는 계기가 되었습니다. 우즈베키스탄에서 잠시 귀국하셨던 강 작가님과 2023년 겨울 어느 날 밤 청계천 관수교 위에서 추운 줄도 모르고 한참을 이야기 나누었는데, 그때 처음으로 직업과 음식을 다루는 작품 구상을 강 작가님께 이야기했습니다.

Thanks for the dedication

그렇게 픽션에세이 『퇴근의 맛』은 브런치스토리에 선을 보이게 되었습니다. 펜타클에서 출간 제의를 받은 후 브런치스토리에 올렸던 것만으로는 단행본으로 출간하기에 부족해서 추가 원고 작업이 필요했습니다. 작업을 하다 보니, 음식과 관련된 글을 쓰면서 맛집과 연관 짓지 않는 것도 아쉽다는 생각이 들었습니다. 그렇게 막상 맛집을 소개하는 것으로 정하고 나니, 퇴근 후와 주말을 이용해 많은 맛집 식당들을 방문해야 했습니다. 그 과정에서 가족, 친구, 직장 동료들이 동원되었습니다. 이 책에 실린 식당, 음식 사진들은 이름을 밝히길 원하지 않는 저의 지인들이 움직여준 덕분에 독자 여러분을 만날 수 있게 되었습니다. 저와 식당 방문에 동행해 주신 구자정 님, 김종희 님, 김윤지 님, 최윤혜 님께 감사드립니다. 저의 든든한 응원군이었습니다.

Thanks for the cooperation

책의 출간에 발맞추어 쿠폰을 협찬해 주신 고마운 맛집 식당 관계자분들께도 감사의 말씀을 드립니다. 천진영감 강남점 김종현 점장님과 대표님, 반피차이 윤지영 오너셰프님, 바스버거 차용훈 대표님, 테이커테이블 박준형 대표님, 미반 미역국정찬 이승홍 점장님과 대표님께 깊은 감사를 드립니다. 지금도 인기 많은 맛집이지만 더 대박 나시길 바라겠습니다. 그 외에도 책에 묘사된 음식의 영감을 주신 맛집 사장님들께도 감사드립니다.

Thanks for the endorsement

생애 첫 책을 내는 초짜 작가에게 누가 추천사를 써주겠습니까. 하지만 브런치스토리를 통해 그것이 가능할 수도 있다는 것을 경험했습니다. 조효진 작가님, 엘엘리온 작가님, 변호사 G씨 작가님, 글짓는 요리사 김동기 작가님, 다작이 작가님, 예일맨 작가님, 신아 작가님, 창순이 작가님께 진심으로 감사를 드립니다. 그리고 늘 저의 작가 활동을 응원해 준 장보영 선생님, 김지환 학생에게도 특별히 감사의 마음을 전합니다. 제 책을 먼저 경험해 보시고 멋진 추천사를 써주셨을 뿐만 아니라, 현실고증의 오류까지도 바로잡아 주셨습니다. 한층 더 제 책을 빛내 주셨습니다. 그 외에 이 책에 등장하는 여러 직업에 관한 정보를 직간접적으로 제공해주신 많은 분들께도 감사드립니다.

Thanks for the facts

이 책에 등장하는 많은 직업에 대해 조사하고 이해하는 데에는 많은 노력이 필요했습니다. 혼자만의 리서치로는 채워지지 않는 공백을 채워주시고 현업에 몸담지 않고서는 발견할 수 없는 오류들을 바로잡아 주셨습니다. 조효진 님, 조은혜 님, 이은덕 님, 변호사 G씨 님은 추천사 뿐만 아니라 현실고증의 오류까지도 바로잡아 주셨습니다. 그리고 작품 속 직업들을 이해하는데 도움을 준 정재원 상무, 김태권 대표, 장보영 선생님, 김지환 학생, 김필중 LP에게도 감사드립니다. 그 외에도 일일이 다 언급할 수 없는 많은 분들로부터 직업에 관한 정보를 직간접적으로 도움 받았습니다. 모두 감사드립니다.

Thanks for making this happen

부족한 제 글을 보시고 출판해 보자는 꿈같은 이야기를 건네주신 분들이 계십니다. 처음엔 도무지 믿기지 않아서 저한테 사기 치려고 하는 줄 알았습니다. 펜타클의 강세윤 실장님, 이상원 대리님께 감사합니다. 진실성을 갖고 저를 대해주셨기에 이 책이 완성되어 나올 수 있었습니다. 매번 미숙한 점이 많은 저의 의견을 경청해 주신 인내심에도 깊은 감사를 드리고 싶습니다.

Thanks for making me be me

이 책이 세상에 나오기까지 이렇게나 많은 분들의 손길과 호흡이 더해졌습니다. 많은 사람들의 축복을 받으며 세상에 태어나는 아기와도 같다는 생각을 해봅니다. 결국 저를 있게 해주신 분들에 대한 감사를 하지 않을 수 없습니다. 이 책을 쓴 저를 이 세상에 보내신 하나님 아버지께 감사드립니다. 세상 모든 것이 처음부터 끝까지 아버지의 뜻에 따라 되지 않은 것이 없습니다. 그리고 지금까지의 저를 있게 한 부모님과 가족에게 감사함을 전하고 싶습니다. 사랑합니다.

퇴근의 맛

초판 1쇄 발행 2025년 6월 18일
초판 2쇄 발행 2025년 6월 23일

지은이 | 그림형제
발행인 | 이승현
편집 | 강세윤, 이상원
디자인 | 이원우

펴낸곳 | 펜타클
주소 | 경기도 파주시 헤이리로 133번길 63, 4층(10858)
전자우편 | pentaclebooks@naver.com

인쇄·제본·후가공 | (주)프린탑
배본 | 문화유통북스

글 ⓒ 그림형제, 2025

ISBN 979-11-992390-4-3 (03810)

* 이 책은 저작권법에 따라 보호받는 저작물이므로 무단 전재 및 복제를 금합니다.
* 잘못 만들어진 책은 구입처에서 바꾸어 드립니다.

* 이 책의 모든 제작은 단행본 전문 디지털윤전인쇄소 (주)프린탑에서 진행하였습니다.
  제작문의: printopsolution@naver.com